序 龍の系譜

DRAGON BUSTER

龍盤七朝

遠い昔、老人は〝龍《りゅう》〟を見たことがある。

老人は、近頃では「群狗《グング》」と名乗ることが多い。先祖と両親から受けた本名はとうの昔に延《エル》覇《ハ》山の坊主が葬ってしまったし、その後の血塗られた半生においては名前などいくつあっても足りはしなかった。生国は卯《ウー》、護神は申《さる》、自身の正確な年齢も知らぬくせに、龍を見たあの日からどれだけの歳月が過ぎ去ったのかは今でも数えている。あれは、六十と七年前――四年と六ヶ月間続いた白陽天動乱の、最後の夏。

あの日、群狗は卯が派遣した遠征軍の一兵士として、白陽天は黄山の麓《ふもと》にあったはずの八門関という砦《とりで》を守る任に就いていた。

あったはず――というのは、あの動乱の後に卯室で編纂《へんさん》されたどの戦記を紐《ひも》解いても、「八門関」などという名の砦は最初から存在しなかったことになっているからだ。勝った側の歴史とは所詮《しょせん》そんな程度のものではあるが、とりわけ天下の軍国たる卯にしてみれば、あの一件は是が非でも葬り去らねば収まりのつかない理解不能の記憶であったのかもしれない。あの夏が去った後も、白陽天は氏《うじ》も素性も異なる幾通りもの戦《いくさ》に蹂躙《じゆうりん》され、かの地の人々はそのたびに夥《おびただ》しい難民となって四散した。今日、黄山の麓《ふもと》には下草に埋もれた石組みの痕跡《こんせき》がわずかに残るばかりである。近隣の古老を訪ね歩いてみたところで、かつてそこに卯軍の砦《とりで》があったことを知っている者はまずいない。

しかし群狗《グング》は、若き雑兵《ぞうひよう》として日々を過ごした八門関の最後の一日の光景を、つい昨日のことのように憶《おぼ》えている。あの日は蜻蛉《とんぼ》の日だった——一体どこから湧《わ》いたのか、前日までは一匹たりとも見かけることのなかった紅色の蜻蛉が我が物顔で辺りを飛び交っていた。暑気は夕刻になってようやく緩み、落日は防壁の縁《へり》へと沈みつつあり、遥《はる》かな高みにまで渦を巻く蜻蛉の群れを見上げていると束《つか》の間気が遠のいた。

中でもひときわ鮮明な記憶は、「北東に大凶の兆《きざ》しあり」を意味する占術の幟《のぼり》が防壁の鐘楼《しようろう》に掲げられていたことである。当時の卯軍には従軍占術師を随行させる慣習がまだ残っていて、その日の運気の判定や戦況の透視や、果ては敵将を呪殺《じゆさつ》したり疫病《えきびよう》を召喚したりといった眉唾《まゆつば》ものの呪《まじな》いまでが正式な軍務の範疇《はんちゆう》として認められていたのだ。彼らの託宣に耳を貸す将も存外に数多く、百万言を尽くした軍議の決定が棒の倒れる行方《ゆくえ》ひとつで覆《くつがえ》るような理不尽も決して珍しいことではなかったらしい。

もっとも、砦の足軽《あしがる》たちにとってはあんな旗切れ一枚の縁起の良し悪《あ》しなどまったくどうでもいいことだったし、翌日の天候すら満足に言い当てられない八門関の占術師はどうしようもない凡愚に違いなかった。幟の上げ下げも歩哨《ほしょう》の仕事のうちであり、これで自分たちよりも遥かに高い禄《ろく》を得ているのかと思えば、防壁の風に揺られるしか能のない占術の幟は砦の雑兵たち全員のうっすらとした憎悪の対象ですらあったのだ。

そんな役立たずの幟が、あの日に限って、八門関を滅ぼす大凶が北東より到来すると看破していたのは一体どういうわけだったのだろう。

群狗は今も昔も占いなど信じない。呪札《じゅさつ》を燃やしたり玉石を転がしたりするだけで先々の吉凶が知れたら誰も苦労はすまい。――が、あの日の防壁に掲げられていた幟とその後の出来事とを顧みたとき、あるいは占術師たちの言う通り、人々の生死に関《かか》わるような吉事や凶事にはそれなりの兆しが伴うものなのではないかという思いに囚《とら》われることがある。龍《りゅう》の気配は、明日の雲行きひとつ占えぬ術師にもそれと知れるほど確たるものだったのか。唐突に湧いて出た蜻蛉の群れも、思えばある種の凶兆だったのではないか――

否《いな》。

やはり、ただの偶然だったのだろう。

群狗の迷想はしかし、結局はいつもそこへ行き着くのだった。そもそも、あの日の八門関の命運を本当に見通していたというのなら、当の占術師自身がまず真っ先に逃げ出していたはずではないか。

老いさらばえた分だけ魂も干乾びて軽くなったのかもしれない。近頃では、薄く目を閉じて気を静めるだけで遠く過ぎ去った日々へと容易に飛翔《ひしょう》することができる。あの日のあの夕刻、大凶到来の幟《のぼり》を掲げよと自ら命じたあの無駄飯喰《ぐ》らいは一体何をしていたのだろう。またぞろ下手《へた》くそな詩でも捻《ひね》っていたか、物見櫓《ものみやぐら》に登って蘭水の岸辺に洗濯をしに来る女たちを覗《のぞ》いていたか。西日の差し込む粗末な執務室では、当時の砦首《さいしゅ》であった円将王朗《オーロ》が流刑《るけい》も同然の己《おの》が任を呪《のろ》いながら性懲りもなく転属を懇願する書状をしたためていただろう。無理もない、戦線もすでに地平の果てへと去ったあの頃、八門関は大掛かりな戦《いくさ》や輝かしい功名とは無縁の砦《とりで》だったのだ。紅色の蜻蛉《とんぼ》は桶《おけ》の水面を突いて波紋を広げ、出入りの商人は証文に判を突き、午後番の歩哨《ほしょう》は汗と虱《しらみ》と退屈にまみれ、群狗《グング》自身はと言えば、天幕の日陰に長椅子《ながいす》と丼《どんぶり》を持ち出して仲間三人と賽《さい》を振っていた。

――てめえ、やっと親落ちしたと思ったら途端に勝ち逃げか?

――小便だよ。戻ったら残りのケツの毛もむしってやる。

そんなやり取りを交わしたと思う。

群狗はそれまでの勝ち分を懐《ふところ》にしまい込むと、目の前をうるさく飛び回る蜻蛉を手で追いながら厠《かわや》へと向かった。尿意を覚えたのはまんざら嘘《うそ》でもなかったが、そのまま勝ち逃げする気がなかったというのは今にして思えば明らかな嘘である。誰ぞ兵長あたりにつまらぬ用事でも言いつけてもらえぬかと期待してせっかく足取りを緩めているのに、こんなときに限ってどこからも声がかからない。

砦の中庭は、燕の商標をつけた巨大な荷車が三両と全身汗まみれの人足たちでごった返していた。燕《エン》家は近郷の大店《おおだな》であり、雇いの人足たちもみな白陽天の人間である。敵地の豪商に兵《へい》站《たん》の一部を委託するのは素仏《ソブ》朝の昔からしばしば行われてきた悪習で、莫大な利権を巡る様々な腐敗の温床となってきた。とりわけ、干戈《かんか》の響きにも置き去られて暇を持て余している砦首ともなれば、例えば燕家のような現地の業者と結託しての不正蓄財をおいて他にやることなどあったはずはない。

にもかかわらず、八門関が業務委託に際しての面倒な軍規を愚直なまでに守り通していた理由はただひとつ——円将王朗という男がまことにろくでもない貴族根性の持ち主で、こんな辺境くんだりの未開人どもを相手に少々の人脈を広げたところで身の穢《けが》れにしかならんと考えていたからである。ともあれ、厳重な審査を経た商隊でなければ砦内への出入りは決して許可されなかったし、人足たちがほとんど裸に近い格好で働いているのは武器の類《たぐい》を持ち込ませないための用心だった。近隣の駐屯地の多くが怠慢と腐敗の泥沼へと沈み果てていた中にあって、八門関は相応の規律をどうにか保ち、警備もそれなりに行き届いた、いっそ模範的な砦であったとも言える。

厠は中庭を渡った先、砦の北東の方角にあった。

棺桶《かんおけ》をひと回り大きくして縦に置いたような、小屋とも呼べぬ小屋が立ち並んでいる。

三年以下の兵はみなこの吹きさらしの厠《かわや》で用を足す決まりだった。三方を板で囲って屋根を載せただけの作りで、一朝《いっちょう》事あらばすぐさま飛び出せるよう、入り口には扉の代わりに垂れ幕が掛かっている。床板には用を足すための大きな穴が開いており、その下の土は塹壕《ざんごう》のように広く深く掘り抜かれていて、ひと抱えもある糞樽《くそだる》が並べて置かれている。樽の中身を砦《とりで》の外に捨てに行くのは捕虜《ほりょ》や罪人たちの仕事だ。

厠の数はおそらく十ほどであったろう。同じ釜《かま》の飯を食っていると催す間隔まで似てくるのか、切羽詰まって来てみるとすべての小屋にまんべんなく行列ができていてうんざりさせられることもしばしばであったが、あの日、西日の中に立ち並ぶ厠には垂れ幕を捲《めく》って出入りする兵の姿が二、三あるばかりだった。

尿意に急《せ》かされて、群狗《グング》は向かって右端の厠へと足を向けた。

そこが一番手近だったからである。

他意はなかった。用を足すときは右端と決めていたわけでもないし、どこぞの神仏にそうしろと囁《ささや》かれたわけでもない。今でもはっきりと思い出せる——使用中は裏返しておく決まりの三角札、足元の砂地にまで蛆虫《うじむし》が這《は》いまわっていたこと、垂れ幕の下半分が見るもおぞましいほど汚れているのは何度禁止されてもそこでケツを拭《ふ》く奴が後を絶たないからで、目に沁《し》み入る臭気がまるで防壁の縁《へり》から差しかかる夕日そのものの匂《にお》いのようだった。

今にして思う、

もしあのとき、別の厠を選んでいたら。

入り口の垂れ幕に手を伸ばしかけたとき、それを内より捲り上げる手があった。

女の手だった。

女の手は日に焼けた細腕へと続き、細腕はぼろ布に包まれた豊かな胸元へと続いた。


目の前の厠から、女が出てきた。


尿意など、ひとたまりもなく消し飛んでしまった。

長い長い髪の女だった。歳《とし》の頃は二十《はたち》に届くかどうか。道端から拾ってきたような布切れで肝心な所を縛《しば》っただけの、遠い蛮国の女奴隷《どれい》と言われれば誰もが一も二もなく信じるであろう風体。肌もあらわなその肢体は何やら得体の知れぬ汚泥《おでい》にまみれ、左の腿《もも》に眼《まなこ》を並べたような模様の刺青《いれずみ》があって、力なく垂れ下がった両方の手の先にはあろうことか、刀身二尺ほどの双剣が抜き身で握られていた。

群狗は驚きのあまり声もなく、我知らず一歩脇《わき》に退《ひ》いて道を譲っていた。

女はまるで表情を動かさない。

すぐ傍《そば》にいる群狗など一顧だにしない。

肩が触れんばかりの距離ですれ違った。

途端に凄《すさ》まじい異臭が鼻を突き、群狗《グング》は女の全身を汚しているものの正体を知った。

最初は泥かと思ったそのぬめりは、腐れきった糞尿《ふんにょう》だ。

糞《くそ》まみれの女は、病み上がりを思わせる足取りで五歩も歩いて不意に立ち止まる。汚物にまみれた背筋の反りが西日に炙《あぶ》られてぬらぬらと光っている。肩を落として首を仰向かせ、あたかも厠《かわや》から産まれ出てきたような女はまるで、数知れぬ蜻蛉《とんぼ》が舞い飛ぶ夕空の広さを目《ま》の当たりにして途方に暮れているかに見えた。

――物狂いか。

この女は、羅金《ラーゴン》の街はずれに夜な夜な屯《たむろ》する商売女のひとりではないのか。どこぞの部隊の馬鹿どもが久々の非番に羽目を外そうと羅金の酒家に暴れ込み、酔った勢いで梅《ばい》の毒に頭をやられた夜鷹《よたか》を砦《とりで》に連れ帰ったのではないか。朝が来て、酒の抜けた馬鹿どもは事の重大さに青くなり、とりあえず人目につかぬ所に閉じ込めておいたものが何かの手違いで逃げ出して、剣にすがってよろぼい歩くうちに厠へと迷い込んで糞樽《くそだる》にはまったのか。

冷静に考えれば、到底ありそうにない話である。

しかし、それ以外の説明は思いつかなかった。なるほど、裸同然の身なりや尋常ならぬ振舞《な》いが正気を失くした夜鷹のそれであるという解釈は道理を遠く外れたものでもあるまい。夕刻まで誰にも見つからずに人ひとりを隠しておけるような場所も、員数外の真剣がそこらに捨て置かれているなどという不始末も絶対にないとは言い切れない。

そのとき、

「――おい、何だ貴様」

赤ら顔の初年兵だった。

名前はもう思い出せない。

群狗の後に続いて用を足しに来たのであろう。群狗と同様にしばし呆然《ぼうぜん》自失の態《てい》で女を見つめていたが、思わず一歩退《ひ》いて道を譲ってしまった群狗と違って、赤ら顔は腰帯を解《ほど》きかけていた手を伸ばして女の肩を摑《つか》もうとしたのだ。

それが、生きるか死ぬかの違いとなった。

若気も涸《か》れ尽くした今でこそ、群狗はあの日の己《おのれ》の未熟さを笑うことができる。女の太刀筋《たちすじ》は「見えなかった」のではなく「意識できなかった」のだと今では理解もしている。あれほど見事に水月《すいげつ》を貫いたのでは出血も知れたものだったろう。

だが、あの日の群狗には何が何やらわかっていない。不意に口をつぐみ、石像のようにばったりと倒れ伏した赤ら顔がすでに事切れていようとは夢にも思わない。女が再び歩き出す。たまたま通りかかった膳房長《ぜんぼうちょう》が、その異様な姿を視界の隅に捉《とら》えてぎょっと立ちすくむ。

今度は見えた。

何の躊躇《ためら》いもなく、女は無造作に膳房長の胴を抜いた。

臓物はたちまち軍服の内に溢《あふ》れ、身体《からだ》を大きく折り曲げたその様は、盗んだ果物を服の下に山と隠して遁走《とんそう》しようとする悪童のようだった。すぐに膝《ひざ》が折れ、膳房長《ぜんぼうちょう》はひゃあひゃあと悲鳴を上げながら血まみれの砂転がしになって、しばらくの間は生きていた。

その悲鳴で、中庭にいた全員がようやく異変に気づく。

兵たちは防壁の内を振り返り、人足たちは作業の手を止めて、砦《とりで》の只中《ただなか》に忽然《こつぜん》と出現した女を呆気《あっけ》に取られて見つめる。まずはその異様な風体、両手に双剣、背後には断末魔に転々とする膳房長と突っ伏したまま動かない初年兵。さらにその背後で腰を抜かしたようにへたり込んでいる二年兵がひとり——すなわち群狗《グング》自身。

曲者《くせもの》と叫ぶ声ひとつなく、歩哨《ほしょう》の警笛が吹き鳴らされることもなかったのは、咄嗟《とっさ》に事の脈絡を把握し得た者が誰一人としていなかったからだろう。兵たちは互いに顔を見合わせつつ腰を上げ、得物が手に手に投げ渡されて漠然と厚みを増し続ける包囲の只中へと、女は急ぐでもなく躊躇《ためら》うでもない足取りで自ら踏み込んでいく。

「おい、」

その喉元《のどもと》に一人の兵長が槍《やり》の穂先を突きつけ、さらに四人ほどが女を囲む形となった。兵長は名を迂琉《ウル》といって、下の者に対しては何かにつけて威張り散らす嫌な奴だったと記憶する。好色そうな視線を女の胸から腰へと移す途中で、その全身を汚しているものの正体にどうやら気づいたらしい——口の端まで出かかっていた卑猥《ひわい》な台詞《せりふ》を呑《の》み込んだのが遠目にもはっきりと見て取れた。

「――あのな。そいつを捨てて、地面に這《は》いつくばれ。おとなしく従えば、」

命は取らん、とでも言うつもりだったのか。

迂琉にしてみれば、それは一瞬の出来事だったはずだ。槍の手元から先が斬《き》り飛ばされたように消失し、一歩退《ひ》こうにも右足の膝から下にまったく力が入らない。実に不思議そうな、まるで大道の奇術にでも見入っているような目をした迂琉の右肩に今度は下りの斬撃《ざんげき》が滑り込む。血潮がしぶき、反射的に突き込まれた幾筋もの槍が空《むな》しく土を噛《か》み、一人が喉笛を耳から耳へと斬り開かれ、続く一人が両の手首を槍もろとも打ち落とされ、残る左右の二人は何が起きたのかもわからぬままに胴を払われたに違いない。

厠《かわや》の一歩手前の地べたはまさに、特等の見物席であったと思う。

魂を抜き取られたかのように、事の一部始終を群狗は見ていた。

女が踊る。その動きは淀《よど》むを知らず、万化して定石《じょうせき》を持たない。兵たちは得物を握り締めて怒号を発し、一時は退いた包囲の輪が数知れぬ槍の刺突となって集中する。女の長い髪が西日の中で弧を描き、血玉を跳ね散らして疾《はし》る双剣が次々と新たな血を舐《な》めていく。

瞬《また》く間に十人が斬られた。

戦友を目の前で殺されて平静でいられる者はいない。兵たちは誰しも頭に血が上っていたはずであり、女を捕らえた暁《あかつき》には八つ裂きにでもしないことには到底収まりがつかなかったに違いない。

しかしその一方で、当初の兵たちの間には、退屈な砦《とりで》に降って湧《わ》いたこの空前絶後の珍事をどこかで面白がっているような空気が確かにあったと思う。中庭を満たす叫び声には女を囃《はや》し立てるような響きが混じっていたし、雄叫《おたけ》びだけは勇ましい調子者が片足を飛ばされて転げ回るその無様には荒々しい笑い声さえ上がった。女を見事討ち取ったら褒美《ほうび》を出すとでも言われたのか、燕《エン》家の人足たちまでが唾《つば》した両手に天秤棒《てんびんぼう》を握り締めて走り出す。

さらに十人が斬《き》られた。

跳躍、旋転して大樽《おおだる》の上に飛び乗った女をめがけて男どもが殺到する。兵長たちの指図は乱戦の渦に掻《か》き消され、周囲の制止も聞かずに弓を持ち出してきた馬鹿がいて、それでなくても方々で発生していた同士討ちになお一層の拍車がかかる。見るだに歯痒《はがゆ》いそれらの失態が、時に自らを囮《おとり》とする女の歩法によって誘導されたものであることには誰一人として気づかない。夕空を圧する雄叫びに驚いたのか、辺り一面に漂う血煙を嫌ってか、中庭を飛び交う蜻蛉《とんぼ》たちの軌跡は骸《むくろ》に群がる蝿《はえ》のような禍々《まがまが》しさを増していく。

さらに十人が斬られた。

南北の両門が歩哨《ほしょう》たちの手で閉ざされた。もはや逃げ道は無く、これほどの多勢に無勢は戦術的な有利不利など通り越していっそ馬鹿馬鹿しい。兵たちは十重《とえ》二十重《はたえ》の陣を組み、熾烈《しれつ》を極める槍《やり》の撃ち込みはしかし、ただの一度も女の身体《からだ》に届かない。糞《くそ》にまみれていたはずの肢体は今や血の池から這《は》い出てきたかのような有様で、一歩ごとに血の足跡を残して槍の中で踊る姿は人間とは思えず、背後からの撃ち込みにさえ後《ご》の先《せん》を取る剣舞は背中に目があるとしか思えない。

さらに十人が斬られた。

この期《ご》に及んでようやく、兵たちの間に静かな動揺が広まりつつあった。

あの双剣の間合いに踏み込んで、五体無事に出てきた者が一人もいない。

そもそも槍をもって剣に対するは、それだけでも生半《なまなか》には覆《くつがえ》らぬ戦《いくさ》の利ではなかったか。

そして、さらに十人が斬られた。

もう誰も笑ってはいない。怒声も雄叫びも尻窄《しりすぼ》まりに終息してしまった。凄《すさ》まじい血臭の只《ただ》中《なか》、女は数知れぬ骸の叩頭《こうとう》を受けてゆるゆると立ち尽くしている。身体の軸が定まらぬあたりは酒に酔い痴《し》れているようにも見えたし、双剣を微《かす》かに揺らめかせて何事かを呟《つぶや》いている様は、当人にしか聞こえぬ調べに合わせてゆっくりと拍子を刻んでいるようでもあった。

女が一歩前に出る。

頭がぐらりと揺れて、顎先《あごさき》が胸に触れるほどに深く俯《うつむ》く。

隙《すき》ありと見た一人の兵長が素晴らしい突きを放った。呼吸に緩み無く発勁《はっけい》は重厚、両足《りょうそく》は大樹の如《ごと》くに地《つち》を捉《とら》えて盤石。あの一突こそまさに雑兵《ぞうひょう》の意地、練兵で詰め込まれたお仕着せの兵法が、弛《たゆ》まぬ精進を経てのみ到達し得る極北の姿であったと皮肉でなしに思う。

女が踊った。

槍《やり》が弾け飛び、濡《ぬ》れ布を振るうような右の一刀が兵長の股座《またぐら》を滑り上がっていく。女は最後まで顔も上げない。続く左の一刀は旋回する血色の暴風となって、兵長に続く血袋《ちぶくろ》どもをひと息のもとに弾けさせていく。首を裂き腕を落とし、頭蓋《ずがい》を打ち抜き心の臓を突き通し、這《は》いつくばって身を翻《ひるがえ》そうとした最後の一人は切っ先で地を掻《か》く斬撃《ざんげき》がその後足を逃がさなかった。

組織的と言える反撃は、この一隊が最後であったかもしれない。

夜が忍び寄りつつある空に高く高く跳ね上がり、残照に煌《きらめ》きながらゆっくりと回転して、厠《かわや》の手前にへたり込んでいる群狗《グング》の一歩先にどかりと突き立つ一本の槍があった。

兵長の槍だった。

潰走《かいそう》が始まって以降の顚末《てんまつ》は、見るも無残なものだった。

なおも踏み止《とど》まって戦う者と、得物を放り出して逃げ惑う者——女は、その両方を分け隔てなく殺していった。

烏合《うごう》の衆へと堕した兵たちは南北の門へと殺到したが、普段は四人いれば開くはずの大扉が何人がかりで押してもびくとも動かず、続く集団に次々と押し込まれて圧死者を出すほどの大混乱が生じた。悲鳴と罵倒《ばとう》が交錯し、「自分たちを逃亡させないように士官連中が行く手を塞《ふさ》いでいるのだ」という勘違いをする者も現れて、ついには互いに鼻をこすり合うような距離での壮絶な斬《き》り合いさえ始まった。

大扉が開かなかった理由を群狗が知ったのは、何年も後のことである。

群狗も含め、砦《とりで》の中にいた兵たちの多くは最後まで気づかなかったが、あの時すでに八門関は伍頭《ごず》一誠党の手勢三百名に包囲されていたらしい。党名の「伍頭」は頭目の通称で、白陽天軍の崩壊によって山賊化した一部勢力が、この地に人脈を持つ俠客《きようかく》崩れを担《かつ》いで立ち上げた無法者の集団であった。

この話を群狗に語ったのは、あの日たまたま羅金《ラーゴン》の街に出かけていて命拾いをしたという三人の「生存者」のうちの一人である。所用を済ませて砦に戻ってきたところでその場に出くわして、物陰から一部始終を切歯扼腕《せつしやくわん》して見守るより他になかったという。聞くだに怪しい話ではあったが、何か後ろ暗い事情でもあって無断で離隊していたのだとすれば、「見守るより他になかった」というのは案外本音だったのかもしれない。敵勢を幾倍にもして語るのは敗者の常というもので、砦を包囲していた人数も実際にはせいぜい五十名ほどであったろうと群狗は見ている。連中は南北の街道沿いに物見《ものみ》を置き、砦に侵入した女が暴れ出して大扉が閉ざされるその時をじっと待っていたはずだ。まずは少数の斥候《せつこう》が砦に接近し、続く工作隊が土嚢《どのう》や丸太で大扉を外から封鎖する。その後は得物を手に全員で防壁の周囲に展開、回廊から飛び降りて逃げようとする奴がいたら矢を射かけ、あるいは足を挫《くじ》いて唸《うな》っているところに飛びかかって斬り刻む――。それなりに目端の利く者が采配《さいはい》を振るうなら、もっと少ない頭数でも実行は可能だったろう。女の出現に浮き足立って、門外にろくろく歩哨《ほしよう》も残さぬまま自ら大扉を閉ざしてしまった時点ですでに勝負はついていたのだ。

そんな状況の真っ只中《ただなか》に、あの日の群狗《グング》はいた。

厠《かわや》の一歩手前に座り込んだまま、眼前の地獄が脳天まで染み透《とお》って身動きもできずにいた。

このままでは遠からず死ぬことになる――ぼんやりとそんなことを思う一方で、戦う者の雄叫《おたけ》びも逃げ惑う者の悲鳴もどこか他人事の気配が濃厚だった。赤ら顔の初年兵は群狗の目前に突っ伏したままぴくりとも動かない。膳房長《ぜんぼうちょう》も今は静かなもので、泣き喚《わめ》いたり転げ回ったりするのもとっくにやめてしまった。あれから一体どれだけの時が経《た》ったのか。博打《ばくち》で巻き上げた懐《ふところ》の重みが何だか少し悲しく、ふと目を上げれば、目の前に突き立った槍《やり》の石突きに一匹の蜻蛉《とんぼ》が止まっていた。

なぜ、その槍を取ろうなどという気になったのだろう。

ただ一人仲間に入れてもらう勇気を奮い起こせぬまま、もうじき事が終わってしまうのに気づいて急に寂しくなったのかもしれない。

指先が竿《さお》に触れるよりも一瞬早く、蜻蛉はふわりと浮き上がって薄闇《うすやみ》に紛れてしまう。両手で槍を握り締め、立ち上がってもしばらくは足が痺《しび》れてその場を一歩も動けなかった。いつの間にやら女の姿を見失っていたことに気づくが、そのとき厩舎《きゅうしゃ》の方角から聞こえた馬の嘶《いなな》きと人の叫びがそれであろうと大雑把な見当をつける。中庭はまさしく死者の道であり、泥田のような血溜《ちだま》りに行く手を阻《はば》まれて歩みは遅々として進まず、手当てやとどめをせがむ手に途中で幾度足を掴《つか》まれたか知れない。やがて、燕《エン》家の荷車が放置されている辺りから周囲の光景は次第にその様相を変え始めた。叫喚はいつしか意識の背後へと去り、つい今し方荷台から落ちたと思《おぼ》しき大壺《おおつぼ》は砕けた縁から油を滴《したた》らせ、傍《かたわ》らに這《は》いつくばっている骸《むくろ》の傷は、大した戦《いくさ》も知らぬ二年兵の目にもそうと見て取れるほどに新しい。
いる。

どうやらこの先は虎口《ここう》だ。

不思議と恐怖はない。むしろ居ても立ってもいられぬほどの高揚感に歯の根が合わない。女の首級《しゅきゅう》を挙げたら皆の賞賛にどう応《こた》えようか——、そんな正気と思えぬようなことを真剣に考えていたが、要するに正気ではなかったのだと思う。間近に迫った確実な死を少しでも先延ばしにしようとしていたのかもしれない。

二両目の荷車の動輪に背中を預けた。燕家の商隊はいつも三両一列の編成で、栗近種《グリゴン》の輓曳《ばんえい》馬《ば》で四頭曳《び》き以上の大型貨車は軍事転用を防ぐために製造も所有も禁じられているはずだったが、やはり何事にも例外や抜け道はあるものらしい。頭上にのしかかってくるような二番車の巨体は、周囲に少々の鎧板《よろいいた》を張り巡らす程度の改装で充分に戦車の代替が務まるはずだ。右後方、荷台の角を回り込んで十歩も行けばそこは厩舎の入り口で、興奮した蹄《ひづめ》の足踏みが途切れ途切れに聞こえてくる。女がまだあの中にいるのだとすると、一本槍でその後を追うのはいかにもまずい。狭い屋内で長物を振り回すのはどう考えても下策だ。付近に帯剣している骸は見当たらず、兵器倉へ取って返そうにもあの中庭を再び横切る気にはなれない。思い余って荷車の下までのぞいてみる。

泥まみれの相貌《そうぼう》と面が突き合った。

群狗《グング》も思わず槍《やり》を取り落として尻餅《しりもち》を突いたが、燕《エン》家の番頭の驚きようといったら常軌を逸していた。積荷惜しさに逃げ遅れ、人足たちにも見捨てられて荷車の腹の下に這《は》い込んで震えていたのだろう。番頭は追い詰められた猿《さる》のような悲鳴を上げて荷車の下から這い出すと、群狗から一瞬でも目を逸《そ》らすのが恐ろしいのか、荷台の横腹にすがりながら後ろ向きに走って逃げようとした。

ごつん、

群狗の耳には、そう聞こえた。

その瞬間、番頭の顔は確かに笑っていたと思う。

荷車の陰から横ざまに伸びた剣先が、笑う番頭の耳穴深く突き刺さっていた。刀がめつい商魂に似合わぬひょろ長い身体《からだ》が、まるで薄布を落とすようにその場に屈した。刀身に貫かれたままの頭が思わず胸の悪くなるような方向に捻れ、一番車と二番車の狭間《はざま》からゆっくりと歩み出てきた剣の主は女でもなければ人間でもない。血と糞《くそ》、人間が原初から知っている臭気を漂わせ、人間を喰《く》う牙《きば》を両手に生やしたそれは、誰の目にも見紛《みまが》いようのない人間以外の何かだった。

悲鳴くらいは上げた気がする。

それとも喉《のど》が凍えついて声も出なかったか。

槍、
死に物狂いで手探りをする。ようやく指先が竿《さお》に触れ、立ち上がろうとした途端に血溜《ちだま》りに踏み込んで両足が空回りする。女は目の前に座り込んでいる番頭を見つめ、その真似《まね》をするかのように小首を傾《かし》げ、やおら肩に足をかけて頭蓋《ずがい》から剣を無造作に引き抜いた。

裂けた耳穴からぬらぬらと滑り出てくる刀身の赤白い照りに、もはや狂う他はなくなった。秩序立った思考など邪魔物でしかない。純然たる狂気に取り憑《つ》かれたら叫ぶことすらできないのだとあのとき初めて知った。あの女を前に、こうして槍を手に生きて突っ立っていることがどうしても耐え難《がた》い。

血溜りを蹴《け》って走り出す。

それよりも一瞬早く女は動いている。わずかに右肩を入れ、上体が翻《ひるがえ》ってこちらに背を向けようとしているかに見える。一刻も早くあの背中に槍を突き立てなければ——そんな目も眩《くら》むような焦《あせ》りで頭が爆発しそうだった。どうしてこんなに身体が重いのか。まだ間合いが遠い、もう三歩、せめてあと一歩、もう我慢できない。女の身体がわずかに傾ぐ。

——あれ。

だめだ、

もう間に合わない。

もう近すぎる。女はすでに槍《やり》の穂先よりずっと内側にいる。一瞬たりとも目を離さなかったのに、どうやって間合いをすり抜けたのか。息のかかるような距離で女が翻《ひるがえ》る、長い長い髪が踊り、左肩を開いてこちらを振り返ろうとする。後退しろ、間合いを離せ、槍を棍《こん》のように振り回して竿尻《さおじり》で薙《な》ぎ払え。当たりさえすればどこだっていい、早く――

その一撃を、群狗《グング》は見ていない。

憶《おぼ》えているのは、肋骨《ろっこつ》の間に滑り込んできた切っ先の金臭さと、その刀身に彫り込まれていた龍《りゅう》の文様だけだ。

天地の感覚が消失した。踏み止《とど》まったつもりがうつ伏せに倒れている。どうにか気を失わずに済んだのは、息をするたびに疼《うず》き上がってくる苦痛を意識したからだった。放り捨てられた案山子《かかし》も同然の視界の中で、女はすでに群狗に対する一切の興味を無くしていた。眠気を堪《こら》えているような表情が長い髪に隠れ、踵《きびす》を返そうとしたところで女は不意に立ち止まる。一体どこの粗忽《そこつ》が置き忘れたのか、その足元には、木樽《もくだる》に焼印を押すための火鉢が蓋《ふた》も外したまま放置されていた。

群狗の胸を貫いたその切っ先が、火鉢の取っ手をすくい上げる。

薄闇《うすやみ》になお陽炎《かげろう》の透ける火鉢を高々と持ち上げて、女は無造作に剣を振るった。切っ先から放たれた火鉢は風を受けて明らかな弧を描き、油の大壺《おおつぼ》が山と積まれた二番車の荷台に焼けた炭を赤々とばら撒《ま》いた。

首は言うまでもないし、腹もまず望みはない。腕や足を飛ばされた場合も人が思うほどには命を拾えない。斬《き》った方も斬られた方も目を剝《む》くほどの血潮が断面から迸《ほとばし》り出て、すぐに正体を失《な》くして大抵はそれっきりだ。

しかし、胸の傷は案外と助かってしまうことがある。

無論それも傷の程度と運の良し悪《あ》しの問題ではあって、心の臓への一突は言うに及ばず、胸の内に溢《あふ》れ出た血潮が喉《のど》に回って溺《おぼ》れ死ぬこともある。あの日、群狗の胸の傷から滲《にじ》み出てきた血の色は赤というよりもむしろ桃色に近く、おまけにぶくぶくと細かな泡が立っていた。後の人生において飽きるほど目にすることになったが、その生命を脅《おびや》かすほどに人体が破壊された場合には、流れ出る血潮もまた日常のそれとは様相を異にするものだ。頭からの出血はどろりとした粘り気を帯びていることが多いし、腹からの出血には糞《くそ》の臭《にお》いとも少し違う悪臭が混じる。

大壺の油を当時の卯軍では「虎血《こけつ》」と呼んでいた。南方の鉱山から出る廃液を精製したもので、古くはあの壺を多数埋設して待ち伏せのための罠《わな》とした例もあると聞く。短期の輸送の際には壺の口を硬紙という太鼓の皮のような質感の紙で封印した。親樽から小分けした虎血は紙を通じて適度に「息抜き」をさせないと急速に油質を落とすからだが、そこに火鉢など放り投げたが最後、撒《ま》き散らされた炭はいとも簡単にその紙を焼き貫いて壺《つぼ》の中に落ちただろう。二番車は跡形も残らなかったはずで、壺を砕いて次々と噴き上がる炎から逃げ果《おお》せるのは五体満足の者にとってさえ相当の難事であったに違いない。

ところが、その難事を自分がいかにして為《な》し得たのかを群狗《グング》はまったく憶《おぼ》えていない。胸を貫かれて以降の記憶は断片的で、前後の脈絡も定かでない不鮮明な光景が点々と思い浮かぶばかりである。博打《ばくち》で巻き上げた金を返さなくてはならないという思いに取り憑《つ》かれて、方々に火の手が回りつつある中庭を泣きながら這《は》い回っていたような気もする。炎に追い詰められて、積み重なった骸《むくろ》の下に潜り込もうとしていたような憶えもある。あれは夜半も過ぎた頃だったか、——聞こえるか、まだ生きている者はいるか——、寸毫《すんごう》の先も見えぬ闇《やみ》と煙の彼方《かなた》からそう叫ぶ声がして、練兵隊の行軍歌をいつまでもいつまでも歌っている奴がいた。あれは、一体誰だったのだろう。

八門関に向かった商隊が定刻を過ぎても戻らぬことを知った燕《エン》家は、子飼いの鏢師《ひょうし》二名を早馬に乗せて物見《ものみ》に出している。羅金《ラーゴン》の番所に転げ込んで八門関炎上の第一報を伝えた男というのはその二名のうちの片方で、まことに恐るべき無能ぶりではあるが、どうやら付近の友軍はその報に接するまで事態にまったく気づいていなかったらしい。怠惰な月日に微睡《まどろ》んでいた将たちの采配《さいはい》は遅れに遅れ、夜も明けぬうちから真っ先に駆けつけた第一陣は、やはり燕家が急遽《きゅうきょ》駆り集めて送り込んだ人足たちの集団であった。——もっとも、連中とて何ができたというわけでもない。人足たちが到着したのは火災が自然に鎮火してまだ間もない頃で、ろくな装備も持たぬ素人《しろうと》連中が到底踏み込んでいけるような状況ではなかったようだ。結局、本格的な救助活動が始まったのは友軍の土工兵が現場に到着して以降であり、砦《とりで》の焼け跡に恐る恐る足を踏み入れていった者たちは、まるで天から地獄が降ったようなその惨状を初めて目《ま》の当たりにすることとなった。

積み上がった骸の下から助け出されたときのことも、間に合わせの担架に担《かつ》がれて黄山の麓《ふもと》を下ったことも、一切は群狗の記憶から欠落している。

病院として徴発された羅金の旅籠《はたご》に運び込まれて以降も四日ほど意識が戻らず、介護役に回された兵たちはその間、群狗のことを「十三号」と呼んでいた。——無論、十三番目に発見された生存者、の謂《い》いである。思えば、後に数知れぬ名を乗り捨てながら長い修羅の道を歩むこととなった群狗の、それは最初の別名であった。

その後の卯軍は情報の秘匿と背後関係の調査に躍起になったが、事件とは関《かか》わりのない反卯勢力に対する弱い者いじめのような襲撃が何度か立案されたのみで、結局はそれすらも芳《かんば》しい成果はあがらなかったと聞く。焼け跡から女と見られる骸はついに発見されず、その行方《ゆくえ》も杳《よう》として知れない。

ただ——、

ひとつだけ、

あの炎の夜の中で見た、群狗《グング》が今なお忘れ得ぬ光景がある。

ことによると、あれは紅蓮《ぐれん》の炎が見せた夢や幻の類《たぐい》であったのかもしれない。今となっては真偽を確かめる術《すべ》もないが、その光景の記憶は、群狗がまだ炎に追われて中庭を這《は》い回っていた頃の、身じろぎをするたびに骨まで染み透《とお》るようだった胸の痛みから始まっている。つまり、それが夢ではなく事実だったとするならば、夜が始まってまだ間もない頃の出来事だ。幾つかの骸《むくろ》が折り重なるように行く手を塞《ふさ》いでおり、確たる目的もないままそれ以上這うことに絶望して周囲の闇《やみ》を透かし見た群狗は、骸の連なりをひと跨《また》ぎしたその先に、棺桶《かんおけ》を縦に置いたような小屋が立ち並んでいることに気づいた。

厠《かわや》だ。

すべてが始まった場所だ。

そして、ゆっくりと背後を振り返った群狗は、その光景を見た。

余す所なく炎に包まれた砦《とりで》の全景と、逆立つ瀑布《ばくふ》のような炎に照らされて真昼ほども明るむ中庭と、地を埋め尽くす骸の群れの只中《ただなか》にひとり立つ女。

否《いな》。

やはり、夢だったのだと思う。

理屈を通せば嫌でもそうなる。腐っても八門関は卯軍の砦であり、卯軍の砦には敵の火計に際してもそう簡単には類焼を許さぬ構造というものがある。全棟全壁が一度に炎上するような事態は、大軍を向こうに回して余程の不運が重なりでもしない限りはまずあり得ない。最終的に砦の大部分が焼け落ちたのは事実にせよ、常識的に考えれば、自分が見たと思うほどの大火は一夜を通じてただの一度も出現しなかったとするのが妥当だ。仮にそこを譲ったとしても、今度はその大火によって女の存在が否定される。芝居の一幕でもあるまいし、生身の人間があれほどの炎に取り囲まれたらとても立っていられたものではない。光景の視点である群狗自身にとってもそれは同じことで、衣服を発火させるほどの熱と濁流のような煙によってたちまちのうちに命を落としていただろう。

しかし、事の真偽など、今の群狗にとってはどうでもいいことのように思えるのだった。夢であれ幻であれ、群狗はその光景にひとつの天啓とひとつの業《ごう》を得たのだ。夢と天啓は、幻と業は何も相反すまい。

炎の中で、女は不思議と「人間」に見えた。

血で洗ったような長い髪も真っ黒に汚れた細い手足も、そのときはなぜか、戦災に惑うごく当たり前の娘のようだった。女は悪夢から覚めたような顔で中庭の光景を呆然《ぼうぜん》と眺め渡し、火の粉と陽炎《かげろう》の中をおぼつかぬ足取りで歩き回って周囲に転がる骸の顔をひとつひとつ確かめている。歩いては足を止め、また歩いては足を止め、親に置き去られた子供のような目で左右の骸をのぞき込み、双剣を地に刺して倒れ伏した骸を裏返す。

見紛《みまが》いようもなく、女は、誰かを探していた。

一体、誰を。

あれほどの死神《ししん》が、自ら鏖殺《おうさつ》した骸《むくろ》どもの中に今さら誰を探そうというのか。

そして――、
その矛盾の中に、女の剣の理《すがた》を見たと群狗《グング》は思う。鬼の一刀にさえ後《ご》の先《せん》を合わせてのける徹頭徹尾の受けの太刀《たち》。刀身に刻まれた荒ぶる龍《りゅう》をその身の内に呑《の》み下し、間合いに踏み込もうとする他者に反応してその存在を決して許さぬ「人で無しの剣」。襲い来る兵たちが、女にとっては「方向を逸《そ》らすべき槍《やり》の穂先」にしか過ぎなかったに違いない。双剣の届く間合いに踏み込んだ者は単に斬《き》って捨てるべき自分以外の「何か」であって、それ以外の一切は最初から最後まで眼中にないのだ。

厠《かわや》から産まれ出たとき、女がその身の内に呑み込んでいた龍の目には、八門関は無人の砦《とりで》と映っていたのかもしれない。

命を捨てて、発狂さえしてようやく槍を撃ち込んだときも、その撃ち込みを外されて胸を抜かれたときも、女にとって群狗は存在さえしていなかったのだろう。

その女が、誰かを探している。

ふと、群狗の胸の内にある感情が生まれた。

それは瞬《また》く間に身を焦がすような激情となって、群狗に地を這《は》いずるだけの力と思わず身を捩《よじ》るほどの胸の苦痛を等分に与えた。傍《かたわ》らの骸の手から槍を奪い取り、耐え難《がた》い苦痛に耐えて地を這いずった。

許せなかった。

今度こそ息の根を止められても構わないから、もう一度あの双剣の間合いに立ちたかった。

女が背を向ける。

待て。

槍の石突きを地に突き立てる。

両手で竿《さお》にすがり、死に物狂いで身を起こす。

俺《おれ》を見ろ、と群狗は思う。

俺はまだ生きている。

待っていろ、いま立ち上がってみせるから。

貴様の相手はここだ。

内心の叫びは血潮となって群狗の口から溢《あふ》れ出る。右足がまず地を捉《とら》え、左足もあと少しというところで、女はとうとう力尽きたかのようにその場に座り込む。世界を焼き尽くすほどの劫火《ごうか》の中で、救い難い孤独を背負ったその後ろ姿が大きく肩を震わせる。

そして、女は泣き叫んだ。

身を振り絞るようにして、まるで童女のように女は泣いた。

その慟哭《どうこく》は火の粉に巻かれ、星ひとつ見えぬ虚空《こくう》に吸い込まれていく。ついに群狗《グング》の両足が地を踏みしめたとき、胸の傷から真っ白な痛みが来て、すぐに真っ黒な闇《やみ》が来た。

——俺《おれ》は、ここにいるぞ。

夢の記憶はそこで途切れているが、あの慟哭と傷の痛みは、今も胸に疼《うず》く。

戦《いくさ》の後、部隊の損耗を評価するにあたって、卯軍では将兵を三つの等級に分けて管理する。すなわち、歩ける者と、立てない者と、死んだ者だ。

また、こんな話もある。——武臣倫院では、高等武官の候補学生たちに「死者一に対して負傷者二」の原則を教える。傷病兵を後送、介護する用意の整った標準的な戦闘における死者と負傷者の割合は一対二である、という大雑把な経験則だ。仮に、戦線から完全に孤立した部隊が友軍のいかなる支援も最後まで受けられずに「全滅」したとしても、実際には三割程度の重傷捕虜《ほりょ》や投降者が発生しているのが普通である。これがもし二割以下であった場合、敵は負傷兵を放置して死ぬに任せたことを意味し、一割未満であった場合には、敵は投降者をすべて殺害、負傷兵にもとどめを刺して回った可能性が高い。——いつの世のいかなる戦場においても正しいかどうかはさて置き、今日の武臣倫院では、そのように教えている。

あの〝龍《りゅう》〟の日、八門関で任に就いていた将兵は二百九十と六名。

翌日、友軍の到着後に救助された者のうち、己《おの》が足で歩けた者は七名。立てなかった者は、群狗も含めて十二名。さらにその翌日まで命を長らえた者は三名。姓名の特定が可能だった死者は六十二名。行方《ゆくえ》不明者は二十名程度と見られ、九名が後に自主帰隊し、四名が友軍に捕縛《ほばく》されて逃亡者として処罰を受けた。

以上が、後送中に調べを受けた際、自らは名前も明かさぬ情報武官の口から聞いたあの日の始末だ。

だから、これもまた、正しいかどうかはさて置く。

＊

誰かに呼ばれた気がして、群狗は顔を上げた。

振り返れば、孫のような歳《とし》の女中が小さな肩を気の毒になるほど縮めて畏《かしこ》まっている。

「鴉眼《あがん》様、す、すみませんお休みのところ、あの――」

「――伊仁《イニ》か」

思わぬ隙《すき》を突かれた気がした。

目頭を揉《も》み、背もたれの中で姿勢を正して、

「大丈夫、寝てはおらんよ」

鴉眼（あがん）——というのもまた、今なお十指に余る群狗（グング）の呼び名のひとつだ。地方の警務長官やそれに類する者への尊称で、この屋敷の使用人たちの多くは群狗のことをそう呼んでいる。名目上の肩書は確かにその通りなのだが、今の自分が子守とうたた寝を日課とするただの老いぼれであると自覚している群狗は、そう呼ばれるのが実はあまり好きではない。

晩春の夕刻である。

庭先の陽《ひ》だまりに出したはずの椅子《いす》は、いつしか庇《ひさし》の陰に入って少しだけ肌寒かった。草木が濃密に配された庭の景色は未《いま》だ少しの現実味も伴って見えないが、伊仁《イニ》の様子をひと目見たときから用件の察しはついている。

「——月華《ベルカ》様が、また、お忍びで街に出たか」

何やら言いかけていた伊仁は図星を指されて目を丸くした。そりゃあわかるさ、という意味を込めたつもりの横目をたちまち誤解して、

「も、申し訳ありませんっ！　あの、わたしも気をつけてはいたんです、でも、克子《カッシ》様が見える前におさらいをするから邪魔をするなと申されて、お昼過ぎからずっとお部屋に籠《こ》もられたきり、その——」

——そして、いざ家庭教師が来てみたら何のことはない、部屋はもぬけの殻、窓も開け放たれたままだった。

大方はそんなところであろう。置物のように平伏する伊仁のきれいなつむじを見ながら、群

瓢《ひょう》狗は聞こえぬようにため息をついた。克子様というのは礼奉式所の末席に身を置くうらなり瓢簞《たん》で、十日に一度、宮中の礼儀作法を教えにやって来る。前回は月華に花瓶を投げつけられてほうほうの態《てい》で逃げ帰ったはずだが、群狗にとってはそれがつい一昨日《おととい》あたりのことのような気がしていたのだ。

まさか、あれからもう十日も経《た》ったのか。

歳《とし》を取るとこれだから困る。そうと知っていれば、自分も少しは気をつけていたのに。

「——わかった。すぐに探しに行く」

伊仁は面《おもて》を上げて、皮一枚で斬首《ざんしゅ》を免《まぬか》れたような目で群狗を見上げた。

若いのに似合わず苦労性な子だ、と群狗は思う。

伊仁はまだ十五にもならぬはずではなかったか。屋敷に入ったのは四年前だから使用人の中ではすでに古株の部類だが、その難儀な性格は一向に改まる様子がない。斬首も何も、月華が何かしてかすたびにいちいち誰かの首を刎《は》ねていたらこの屋敷はたちまち無人の館《やかた》になってしまう。

「心配はいらない。侍従たちにも私から話しておくから。邪魔をするなと直々に言われてまさか部屋を覗《のぞ》き見ているわけにもいくまいよ。伊仁は何も悪くないのだ」

群狗はゆっくりと立ち上がり、肘《ひじ》掛けに立てかけられている長剣を手に取った。どうかよろしくお願いしますっ——再び平伏して発したらしい下向きの声を背中で聞いて、群狗《グング》は急ぐ風もなく歩きながら考えを巡らせる。

——さて、

どこから探したものか。

部屋に籠《こ》もった直後に屋敷を抜け出したのだとすれば、かなり遠くまで行っているかもしれない。

ああ見えて意外と思慮深いところもある月華《ベルカ》のことを、群狗は実はそれほど心配はしていない。だが、使用人たちの立場もあるし、万が一ということもある。あまり遅くならないうちに連れ戻しておきたい。

元都の空は、ひどい夕焼けだった。

意識が遠い過去にまだ片足を残しているらしい——群狗の目には、巨大な雲の絡み合う夕空の赤が砦《とりで》を焼き尽くした炎に見える。大きく息をついて再び地上に視線を戻すと、庭先に植えられたひと群れの花が目に入った。

丈は群狗の腰ほど。根元から放射状に伸びる細長い葉。

一様に昼の花である孤仙花《こせんか》の種類の中で、あの花だけは夜に蕾《つぼみ》を解《ほど》く。

月華とは、あの花の名に由来する渾名《あだな》である。

群狗がこれから探しに行こうとしている少女もまた、群狗と同様に数々の名を併せ持つ。群狗のそれは敵の目を眩《くら》ますための化けの皮であるが、少女のそれは権謀術数がとぐろを巻く宮中にあって政治的な命脈を保つための威嚇《いかく》の牙《きば》である。

少女は卯王朝の第十八皇女であり、正式な本名を「禁呪迷魔発　畏山　卯皇尊珀礼門天詩操宇慎望神狗守康倫下清姫　敬海　禁呪迷魔結」という。

DRAGON BUSTER 01
龍盤七朝

秋山瑞人
Mizuhito Akiyama
イラスト†藤城 陽

後継者たち

DRAGON BUSTER 龍盤七朝

力剛《リーゴン》は乱世の拳達《けんたつ》であった。

幼い頃から寝食を忘れて修行に励み、その功夫《こんふー》たるや同門の兄弟子たちすら遠く及ばぬほどとなったある日、ついに師はその努力を認め、指のひと突きで鬼をも絶命せしめるという伝説の魔拳――一指功の技を力剛に授ける。ところが力剛は奥義《おうぎ》を授かるや、清廉な拳士の仮面をかなぐり捨てて、大恩ある師を始めとする一門の郎党を皆殺しにしてしまうのだ。それは力剛が幼少の時分から企《たくら》んでいたことであり、技の血統を根絶やしにして一指功の絶技を独り占めにするためだった。

「な、何たる卑劣漢！　群狗《グング》を差し向けて成敗してくれる！」

力剛は道場に火を放って野《や》に下ると、たちまち盗賊団の大親分へとのし上がって悪逆非道の限りを尽くす。しかし、とある尼僧《にそう》の法力に敗れたことが力剛の運命を大きく変えた。それまでの行いを深く悔いた力剛は両の拳《こぶし》を二度と使わぬという誓いを立て、自分が手にかけた者たちの供養《くよう》に残りの生涯を費やすことを決意する。山深い荒れ寺に籠《こ》もって俗世との一切の関《かか》わりを絶ち、読経《どきょう》に明け暮れる日々の中に力剛はようやく心の平安を見出《みいだ》したのだ。

「む。――そ、そういうことならまあ、勘弁してやらんでもない」

そうして数十年が過ぎ、力剛《リーゴン》も老人となった。かつての隆々たる筋骨はすでに枯れ木の如《ごと》く痩《や》せ衰え、勾《かどわ》かした娘たちさえ見惚《みほ》れた美髯《びぜん》も今は白く伸び放題となってしまったが、その心中はかつてなかったほど清々《すがすが》しく穏やかである。手にかけてしまった者たちもすでに一人残らず成仏を果たしたであろう。自分ともう長くはあるまいが、寿命が尽きた暁《あかつき》には閻魔《えんま》様に寛大なお裁きを賜《たまわ》ろうなどというつもりもさらさらない。無間《むげん》地獄に落とされて初めて力剛の償いは完成を見るのであり、今となってはその日が待ち遠しくさえある。早くお迎えが来んものか――力剛がそんなことを考えていると、指先からむくらむくらと湧《わ》き立つ真っ白な煙!

銅鑼《どら》が打ち鳴らされた。

東祭門の市場――というのは幾分畏《かしこ》まった古い呼び方で、「右の袋」という通称の方が町人たちの間では遥《はる》かに通りがいい。「左の袋」と呼ばれる西忌門の一帯が古くは軍放出の刀剣の売買に端を発する古物市場であるのに対して、こちらは食い物の屋台を中心に多種多様な露天が犇《ひしめ》く万《よろず》の市である。奇術師や猿《さる》回し、軽業《かるわざ》使いに見せ物師といった大道芸人たちが好んで屯《たむろ》する理由もまた、嵩張《かさば》る荷物に閉口しながら家路に就こうとしている左の客より、腹もくちくなったところに二、三杯ひっかけた右の客の方に当然の勝算を見出《みいだ》しているからだろう。

その一角、辻《つじ》の雑踏を相手に「一指力剛」の芝居を演じる一座があった。舞台のかぶりつきは幼子たちの指定席と相場は決まっていたが、その少女は、幼子と呼ぶには随分と薹《とう》が立っている。面立ちには若干の幼さを残しているものの、横一列にしゃがみ込んでいる童子童女たちの中でも頭抜けている身の丈からすれば、歳《とし》の頃はどう若く見ても十四か十五。身なりの良さにおいても周囲の子供たちとは天地の開きがあって、妹や弟の駄々につき合わされている良家の子女という風でもない。

当初、一座の者たちはそれでも、その胡乱《うろん》な少女をどこぞの名のある豪商の娘か何かであろうと考えていた。が、それにしても少し様子がおかしい。そもそも「一指力剛」は芝居としてはすっかり手垢《てあか》にまみれた演目なのだ。裕福な商家の娘であれば、こんな辻舞台など比較にもならぬ豪奢《ごうしゃ》な劇場で、名だたる名優たちが演ずるそれを十回も観《み》ているはずではあるまいか。現に周囲の子供たちの中にさえ退屈し始めた者がいて、あさっての方を見ながら鼻くそをほじったり足元の牛糞《ぎゅうふん》を素手でこねたりしている。しかし、その少女はまるで芝居というものに生まれて初めて触れたかのような顔で舞台を見つめ、そこで何かが起こるたびに飛び上がらんばかりの反応を見せるのだ。弁士が語りに勿体《もったい》をつければじれったそうに身じろぎをし、戦いが始まれば舞台に身を乗り出して奇妙な言葉遣いで善玉を応援し悪玉を痛罵《つうば》する。それこそ役者冥利《みょうり》と言えばまあそうなのだが、あまりに素直すぎる少女の反応に演者たちはだんだん薄気味が悪くなってきた。弾け上がった煙幕に紛れて力剛役の男がちらりと横目を走らせると、少女は話の急展開に度肝を抜かれて声もなく固まっている。精緻《せいち》な刺繍《ししゅう》が施された着物の裾《すそ》に、隣の子供が牛糞まみれの両手をごしごし擦《こす》りつけていることにもまったく気づいていない。ちょっと足りないのか？——力剛《リーゴン》役の男がそう思うのも無理からぬ話ではあった。

指先からむくらむくらと湧《わ》き立つ真っ白な煙！

さては狐狸《こり》の悪戯《いたずら》か、はたまた如何《いか》な妖怪変化《へんげ》の仕業《しわざ》かと驚き慌てる力剛の目前で、白煙はたちまち若い女へと姿を変えた。女は力剛の誰何《すいか》に応《こた》えて曰《いわ》く、我が名は「一指功」なり。あろうことか、女は一指功の拳訣《けんけつ》の化身であった。力剛の身につけた技が人の姿を得て力剛自身の前に現れたのだ。女は滔々《とうとう》たる恨み節、曰く——すべての生きとし生けるものがそうであるように、我ら〝技〟にもまた命がある。我らは人から人へと伝わり行く中で変容を繰り返し、その複雑さを増していく。しかし、お主はかつて我が同門の技を根絶やしにした挙句、今度は唯一の生き残りである我を巻き添えに死のうとしている。そのような身勝手が許されるものか。今すぐ山を下り、我を習い覚えるに足る才能の持ち主を探し出して、その者に我を伝授せよ。

力剛必死の抗弁、——そう言われても、私は拳《こぶし》を再び使わぬという誓いを立ててしまったのだ。しかも私の寿命は明日にも尽きるかもしれん。今になってそのような無茶を言いに来られても困る。

すると女曰く、——ならば我にも考えがある。お主は無間《むげん》地獄に落とされるが終生の念願であったな。もし我をこの世に残さずに死ぬようなことがあれば、この指がお主の舌を千切りとってやる。お主は口がきけぬまま閻魔《えんま》大王の前に引き出されるのだ。そこで我は、この者はかつての罪がその魂を洗い清めた比類なき聖人であると口添えをして、お主を極楽浄土に送り込んでくれようぞ。

力剛は青くなった。――それは困る。地獄に落とされなければ私の償いは終わらないのだ。

しかし女はにべもない。――いいや、きっとそうしてやる。

我を伝え残せ。

さもなくば極楽送りだ。

かくして力剛は山を転げ降りたのだった。寿命が尽きる前に相手を見つけて技を託さねば極楽往生させられてしまう。果たして一指功を習得するだけの才能の持ち主は見つかるのか。力剛は見事地獄に落ちることができるのか。――さてさて、これより続きはまた後ほど。受け持ち決まれば楽屋総出、お囃子《はやし》鳴り物をあしらいまして相つとめますれば、いずれ様にも相変わらずの熱烈なるお手拍子ご声援を賜《たまわ》りますよう、楽屋一同伏してお願い奉《たてまつ》りまする――

銅鑼《どら》が乱打された。

演者たちはそれぞれ見得を切って袖《そで》へと下り、芝居はそこで唐突に終わってしまった。

驚いたのは少女である。まさか、こんな中途半端なところで幕が切れるとは予想もしていなかったのだろう。助けを求めるようにおろおろと周囲を見回すが、客たちの誰ひとりとして文句を言う様子がない。子供たちは銅鑼が鳴り出す前からとっとと舞台に背を向けていたし、後方で立ち見をしていた大人たちも適当に小銭を放り投げて三々五々に散っていく。

上がった。

「こらあーっ!!」

舞台に石ころを投げて叫ぶ少女に、その場を立ち去りかけていた誰もが飛び
「話はこれからではないか！　そんな中途半端なところでやめるなあっ！」

「――こらこら待て待て、どちらのご令嬢か知らんが、ちょいと待ちなって」

見かねた客のひとりが、舞台に躍り上がろうとする少女を背後から抱き止めて、

「昼市の大道芝居は『緒幕《しょまく》』ってな、大抵はこういうもんなんだよ。さんざ引っぱって気を
持たせた挙句に『続きはまた後ほど』で、ちょん。――まあ、夜も更《ふ》けてからの『本幕』の宣
伝が半分に、役者連中の肩慣らしが半分ってとこだな」

少女はすがるような目つきで男を振り返る。

「夜も更けてからでは間に合わん！　妾《わらわ》は夕方までしかここに居《お》られん！」

「――そ、そんなこと言われたってよ」

うう、
ひと声呻《うめ》いて、少女の顔が今にも泣き出しそうに歪《ゆが》む。

そして、一体何事かと見守る衆目の只中《ただなか》で少女はまことに奇怪な行動に出た。両の拳《こぶし》を握り
締め、両の足で一緒に地団駄を踏みながらその場でぐるぐる回り始めたのだ。

「うう〜〜〜!!　うう〜〜〜!!　うう〜〜〜!!」

回る回る。

ものすごく悔しそうにばたばたぐるぐる回る。

そのとき、

「月華《ベルカ》っ！」

名指しで呼びかけられた途端に月華は我に返った。ぐるぐる回っていた身体《からだ》が糸を切られた人形のように危なっかしく傾《かし》いで止まり、人垣の隙間《すきま》から安ぴかの腕輪をじゃらじゃらと絡みつかせた女の腕が伸びて月華の首根っこをぐいと摑《つか》む。

「――たくもう、こんなとこにいたの」

腕輪の主は辻《つじ》の芝居には少々過分な銭を舞台に放り投げ、月華を人込みの中から強引に引き離した。騒ぎを遠巻きに見守っていた寧馬幇《ねまはん》の地回りたちへの愛想《あいそ》笑いも抜かりはない。連中としてもいきなり荒事に及ぶ気はなかっただろうが、月華がごね続けるようなら二、三発小突いて市場から叩《たた》き出すくらいのことはやったかもしれない。

「あんたねえ、あたしが戻るまで待ってろって言ったでしょ？」

口答えも出ないほど意気消沈して歩き出す月華を横目に、珠会《シュア》は深いため息をついた。

並んで歩けばこれほど対照的な二人もない。背丈に色気、とりわけ世間ずれした仕草は随分と大人びて見える珠会であるが、実際の年回りは月華といくらも違わない。目のある魚料理と馬鹿な奴が大嫌いで、本来なら月華のような手合いは歯牙《しが》にもかけないはずなのに、肩を落としてとぼとぼ歩くその後ろ姿を見つめる珠会のため息はやがて苦笑へと変わっていった。一緒に街を歩けば悶着《もんちゃく》ばかり起こす月華《ベルカ》の、まるで赤子のように無垢《むく》な性格を珠会《シュア》はどうしても嫌いになれないのだ。

月華と珠会は今年の正月、祭りの屋台にひとつだけ売れ残った肉饅頭《にくまんじゅう》をどちらが買うかで見物人が出るほどの大喧嘩《おおげんか》をして以来の仲である。以降、月華は屋敷を抜け出すとまず真っ先に珠会の住まうおんぼろ長屋を訪れるようになった。珠会は「仕事で留守」にしていることもしばしばだったが、その長屋にくたびれた様子の年増《としま》ばかりが住んでいる理由も、目と鼻の先に廓《くるわ》が軒を連ねる一帯があることの意味も、世間知らずであることにかけては人後に落ちぬ月華はまったく理解していない。一方の珠会は、「主に饅頭を扱う商人の娘」という月華の拙《つたな》い出まかせをまさか信じてはいなかったが、さては珀礼門清姫様か、などという考えもまた突飛に過ぎている。第一第二あたりまでならともかく、第十八皇女の顔と名前を弁《わきま》えている平民など端《はな》からいるはずもないのだった。

月華がぽつりと、

「——あんまりではないか」

「何が？」

「あれで終わりなどと、あまりに殺生《せっしょう》ではないか」

「ねえ、あんたまさか、芝居を見るの初めてだったの？」

「——父上が、そういうことには厳しいのだ」

そういうことには厳しい父上。

言動の端々から月華の正体を想像するのは珠会の密《ひそ》かな楽しみになりつつある。目下、珠会が最もありそうだと踏んでいる線は、「お城への出入りを許されている大臣の妾腹《めかけばら》」というものだった。芸事に否定的な頭の古い頑固者、ということは大臣は大臣でも軍のお偉方か、お城の縁起事を取り仕切る僧籍者――珠会はそんな連想をする。当代の卯王が三十年も昔に発した臣の奢侈《しゃし》を禁ずる勅命《ちょくめい》などは、やはり視野の埒外《らちがい》である。

「――あのね、夕方より前の辻《つじ》芝居って、言ってみれば客が稽古《けいこ》を勝手にのぞいてるようなもんなのよ。途中でいきなり終わっちゃうこともあるし、だからむこうも木戸銭よこせなんて言わないけどさ、でもやっぱり大店《おおだな》の娘ともなれば、ああいう所ではそれなりの祝儀は投げてやらなきゃ格好ってもんが、――なにそれ。転んだの？」

珠会が指差したのは月華の衣《ころも》の裾《すそ》だ。月華は何気なく視線を落として、

「わ。ああっ！」

蔦草《つたくさ》に絡む蟒《うわばみ》の刺繍《ししゅう》が牛糞《ぎゅうふん》で見るも無残に汚れていた。あまりの出来事に月華は愕然《がくぜん》とする。薄く黄色味のかかった白地に見事な刺繍の入ったその略装衣は、月華が街に出るときに身に着ける服の中でも一番のお気に入りだったのだ。

「――う。うう、」

「ほらまた回ってる回ってる、――ああもう、じっとしてなさいよ」

珠会《シュア》が裾《すそ》を拭《ぬぐ》ってくれていることも上の空で、月華《ベルカ》は口をへの字に曲げて己《おの》が不運をじっと噛《か》み締めていた。

せっかく屋敷を抜け出してきたというのに、今日はとことんついていない。空にはすでに夕刻の気配が忍び寄りつつある。お作法の稽古《けいこ》をすっぽかしたことはとっくにばれているだろうし、群狗《グング》はもうその辺りまで来ているかもしれない。日が暮れる前には戻るつもりでいたが、こんな気分のままでは戻るに戻れない。

「ん」

目の前にいきなり棒刺しの飴菓子《あめ》が現れて、月華は目を丸くした。

見れば、珠会は自分の飴を丸ごと口に突っ込んだまま、財布の紐《ひも》を片手でくるくると振り回して器用に結び直している。通りがかりの飴屋から買ってくれたものらしい。

「——あ、」

珠会に街を案内してもらうときは月華が金を払う、という約束である。しかし珠会はくわえていた飴をちゅぽんと引っぱり出して、

「いいってこれくらい。たまには奢《おご》らせてよ」

飴の棒を受け取り、礼を言いかけたところで月華は再び口ごもった。それを見ていた珠会がおかしそうに肩を震わせる。「苦しゅうない」という言葉は使わない、というのも二人の間の約束なのだ。

「——あ、ありがとう」

「はい。どういたしまして」

飴を舐《な》め舐め通りをひやかして歩くうちに、月華の気分も少しはましになってきた。春の山野を切り取ってそこに置いたような花売りの屋台、百も二百も札を貼《は》りめぐらせた辻《つじ》占いの大看板、露天の茶屋で将棋盤《しょうぎばん》を前に自信満々の笑みを浮かべる真剣師。街に出た月華を魅了するのはいつも、屋敷の退屈な灰色を五色に染めてくれる往来の華やぎである。

「そうだ、」

月華の顔が明るんで、

「さっきの芝居は夜に続きをやると言っておったから、珠会は今夜にでもそれを見て、妾《わらわ》は次に街に出たときに珠会の口から話の筋を語り聞かせてもらえばいいのだ。珠会は話がうまいからな、直《じか》に芝居を見るよりその方がきっと、」

「駄目よそんなの。あたし夜は忙しいもん」

せっかくの思いつきを返す一刀で拒否されて月華は見る見るうちにしおれた。その顔を珠会は下からのぞき込んで、

「なによ、まだ続きが気になってたの？　そんなに面白い話だった？　何ていう演目？」

「——題名は忘れた。一本指で鬼をも倒す男が、師匠を殺して盗賊の頭になって、」

「一指力剛？」

月華《ベルカ》は目を丸くして珠会《シュア》を見つめ、

「知っておるのか⁉」

「――たぶん、そのへんの小さい子でも知ってると思うけど」

「ならば話は早い！　続きを聞かせてくれ！」

「え〜〜、」

だってあれ長いし――と一度は渋った珠会だが、まるで餌《えさ》を取り上げられそうになっている子犬のような月華の眼差《まなざ》しに結局は負けて、

「――で？　続きってどこから？」

できればもう一度最初から、と思う月華であるが、珠会にへそを曲げられてしまっては元も子もないので仕方なく妥協する。珠会は珠会で、力剛《リーゴン》が山を降りるくだりから、と聞いて内心なるほどと思った。そこで幕を切られたのでは確かに後生が悪かろう。

「――つまりね、あれって笑い話なのよ。力剛が山を降りてみると下界はもうとっくに太平の世の中になってて、そんなところにのこのこ帰ってきた力剛なんてただのしょぼくれた宿無しのじじいでしかないわけ。みんなきれいな着物着ておいしい物食べてて、ずっと昔に力剛っていうおっかない盗賊の親玉がいたことなんてだーれも憶《おぼ》えてない」

珠会は宙に視線を彷徨《さまよ》わせ、飴《あめ》の棒を指先で回しながら歩き語りに語り出す。

「それでも、拳《けん》の精霊は技を習得できるだけの才能の持ち主がどこにいるかが神通力でわかる

のね。力剛は自分の指に引っぱられて国中を駆けずり回って、命からがらたどり着いた場所はとあるお大尽《だいじん》の屋敷の前で、そのときちょうど門が開いて馬鹿息子が綺麗《きれい》どころを侍《はべ》らせて出てくるんだけど、これがもう飲めや歌えの毎日に首まで浸《つ》かった百貫でぶ。生まれてこのかた箸《はし》より重いものなんか持ったこともないって口よ」

月華はたわいもなく興奮して、歩き続けている珠会の周りをうろうろと行きつ戻りつしながら夢中で話を聞いている。珠会はわざと間を置いて、月華が苛立《いらだ》たしげに顔をのぞき込んできた瞬間にへらっと視線を逸《そ》らし、

「――さてさて、これより続きはまた後ほど」

月華は物も言わずに珠会の背中をばしんばしん叩《たた》いた。珠会は嬉《うれ》しそうに痛がりながら、

「ところがね、拳の精霊はその百貫でぶこそ探していた相手だって言うわけ。力剛も最初はまさかと思うんだけど、老いたりとはいえ力剛だってものすごい達人には違いないから、馬鹿息子のぶくぶくに肥えた身体《からだ》の中に磨けば光る才があるってことに気づいちゃう。力剛としてはもう必死よね、馬鹿息子の行く手に跪《ひざまず》いて地べたに額を擦《こす》りつけるとさ、そんなの知らない人が見たら金持ちの旦那《だんな》に絡んでる物乞《ものご》いのじじいよ。門番が飛んできて追っ払われそうになるんだけど、馬鹿息子は酔狂で話を聞いてくれるの。

――私の目に狂いはありません。貴方《あなた》様こそは万人が一の逸材、我が一指功の絶技を受け継ぐに足る才を持ったお方。この技が失伝するかと思うと私は死んでも死にきれないのです。

で、馬鹿息子は力剛《リーゴン》に三つの質問をするのね。

その一指功とやらを身につければ、女にもてるようになるのか？

——恐れながら、そうはなりません。一指功は真の武芸にござりますれば。

では、一指功を身につければ今より金持ちになれるのか？

——恐れながら、そうはなりません。一指功は真の武芸にござりますれば。

では、一指功を身につければ腹が一杯になるのか？

——恐れながら、そうはなりません。一指功は真の武芸にござりますれば。

ならば、その一指功とやらは天下万民にとって無用の長物だなあ。

馬鹿息子はそう言って、大笑いしながら綺麗《きれい》どころを引き連れて酒を飲みに行っちゃう。だけど力剛だってそう簡単には諦《あきら》めきれないよね。なにせ極楽往生させられちゃたまんないからさ、馬鹿息子の行く先々につきまとってあの手この手で技を教えようとするわけ」

話を吟味していた月華《ベルカ》はふと、それのどこが笑い話なのだ？——という目を珠会《シュア》に向ける。

珠会もまた、ここまで聞いてなんで笑わないのかしら？——という目で月華を振り返る。

すでに右の袋の外れまで来ていた。見つめ合う二人の間を風鈴の担《かつ》ぎ売りがごめんなさいよと呟《つぶや》きながら通り過ぎていく。そのとき、珠会の視線がふと月華の背後に泳いで、何やら重要なものを見つけたように固く焦点を結んだ。

「——ごめん、やっぱり続きはまた今度ね」

何事かと振り返った先、二つ奥の裏路地を行く白装束の行列が月華の目に入った。先頭は鈴つきの呪布《じゅふ》で飾り立てられた駱駝《らくだ》、そのすぐ後ろに経《きょう》を誦《ず》しながら歩く和尚《おしょう》、香炉振りの小坊主に柝《き》鳴らしの小坊主、さらにその後ろに喪主と思《おぼ》しき老婆と参列者たちが続く。装束の白は武人の葬送に特有の色だ。

葬式行列だった。

月華は幼い頃に、十七で身罷《みまか》った兄の大葬に参列したことがある。

白ずくめの葬儀の列は、大旺殿で行われた「忌送行」の様式をごく簡略化したもののように思える。しかし、楽師もおらず旗振りもいない、わずかな人数でただ粛々《しゅくしゅく》と夕刻の薄闇《うすやみ》を歩く葬列は月華の目にはよほど現実離れして、この世とあの世の狭間《はざま》を行く人外の行進であるかのように映った。あの裏路地は地獄にまで続いているのかもしれない。

「——ああもう、まいったな、すっかり忘れてた。ごめんね月華、あたしすぐ戻らなきゃ」

珠会の慌てぶりに月華もつられて、

「なんだ、どうしたのだ？　——よもや、あれは誰ぞ御身内《おみうち》の、」

「違う違う、死人が出たらあたしら稼ぎ時なの。この埋め合わせは倍返しでするからさ、一人で帰れる？　大丈夫だよね？　それじゃ！」

珠会は言うだけ言って踵《きびす》を返し、その後ろ姿はたちまち人波に紛れてしまった。

月華は呆然《ぼうぜん》とその場に立ちすくむ。おい邪魔だよ、重そうな麻袋を担いだ男に睨《にら》みつけられて逃げるように往来の端に退《の》き、為《な》す術《すべ》もなく棒刺しの飴《あめ》を見つめているうちに、薄情な珠会《シュア》に対する怒りがふつりと湧《わ》いた。

「――まったく、忙しい奴じゃ」

ふん。いかにも強気に鼻を鳴らしたのは心細さの裏返しだった。綺麗《きれい》な前歯で飴をひと口齧《かじ》り、月華《ベルカ》は市場の雑踏を敢然と遡《さかのぼ》っていく。これを潮に屋敷に戻ろうかという気も起こらぬではなかったが、そんな怖気《おじけ》を絶対に認めたくないという意地に背中をぐいぐい押されていた。

一人で帰れるか？

ふん。帰れるに決まっている、人を馬鹿にするにも程がある。かくなる上は自分一人で楽しいことを見つけて、次に会ったときには土産話《みやげばなし》のひとつもしてやらないことには気が収まらない。考えてみれば、今すぐ帰ろうが夜も更《ふ》けてから帰ろうが、侍従長のねちっこいお小言に絞られるのは一緒なのだ。その対価が生殺しの芝居と棒刺しの飴だけではまったく割に合わないではないか。

末妹というほど気楽でもない。

長姉であればこんな中途半端な懊悩《おうのう》を抱く暇がそもそもなかったろう。

第十八皇女とはそんな、まるで平民と王族の悪いところだけを寄せ集めたような、実に微妙な立場なのだった。万事に不自由を強《し》いられる割には強権を振り回して憂《う》さを晴らせるわけでもない。宮中の公用語である馬厨方言は月華にとっては外国語に等しく、本来の意味も由来も忘れ去られた宮廷作法は複雑怪奇な舞踏の集積に他ならず、物心もつかぬうちから徹底して叩《たた》き込まれてきたそれらの「お行儀」を実際に御前《おまえ》で試される機会など、果たして一生のうちに何回あるというのだろう。

我が身を苛《さいな》むこの不自由さとはすなわち、人形の不自由さである――月華はそんなふうに思うことがある。その生涯のほとんどを蔵の中で身じろぎもせずに過ごし、重要な祭事があると否《いや》も応もなく引っぱり出され、大急ぎで埃《ほこり》を払われて末席にちんまりと座らされる。話しかけられた時だけ口をきき、百八種類の「八方寿」のお辞儀の仕方さえ弁《わきま》えていればとりあえずは格好がつく、「無作法を働かないこと」以外は何ひとつ期待されない生き人形だ。

そんなものになり果てるくらいなら死んだ方がましであったが、そうした境遇から逃れる術がないこともよくわかっている。

かくして、感情が激すると地団駄を踏みながらぐるぐる回ってしまう姫君が誕生した。宮廷作法においては、様々な感情表現が所定の動作として様式化されている。獣が吠《ほ》えているのとは違うのだから、例えば怒りを表明したいのなら「口元を手の甲で隠す」といった具合に、より抽象度の高い記号を一段挟むことでむき出しの感情を相手にぶつけないようにするわけだ。幼少の砌《みぎり》から皇女としての教育を受けてきた月華にもそうした所作は骨の髄《ずい》まで染み込んでいるのだが、月華はその一方で、そんな作法は窮屈で退屈で面倒でくだらないと思う自我を、王族としてはほとんど精神的な奇形と言えるほどはっきりした形で残している。その結果、ひどく感情が高ぶるとその双方が月華《ベルカ》の中で激しく衝突し、複数の所作が混ぜこぜになった挙句の果てに、「地団駄を踏みながらぐるぐる回る」という当人にもわけのわからぬ動作となって暴発するのだった。

過去、月華が城内でぐるぐる回ったのは一度や二度ではなかったし、それ以外の細かな失敗をいちいち挙げていったらそれこそきりがない。元都の民衆は当代卯王の十八番目の娘のことなど何ひとつ知りはしないが、こと城内においては「珀礼門の独楽姫」と言ったら誰もが一度はその噂《うわさ》を耳にしたことのある不名誉極まりない有名人なのである。そもそも「月華」という渾名《あだな》からして、その発端は宮中の口さがない女官たちが言い出した一種の陰口であった。

「月華」とは、女官たちの雅語《がご》で「思い出し笑い」のことなのだ。

城内での思い出し笑いはとんでもない無作法とされており、その行為の名を直接口にすることさえはしたないというわけで、何かを思い出して一人で笑う様を同族の中で唯一遅れて夜に咲く花に喩《たと》えた婉曲《えんきょく》表現なのである。そんな回りくどい渾名をつけられた理由はもちろん月華がしょっちゅう思い出し笑いをするからで、要するに大変ひどい言われようなのだが、言われている当人はその渾名が大層気に入っている。月華は女官たちのそういう持って回った物言い方が大嫌いだし、それとは別に、月の下で白く可憐《かれん》に咲くその花のことは好きだ。だから屋敷の庭先にも月華の花を山と植え、気心の知れた相手には「月華」と呼ぶことを推奨してさえいる。そして、そんな横紙破りがまた要らぬ憶測と噂を招来する。

ほら、また——

一体何を思い出したのか、飴《あめ》の棒を未練がましく舐《な》めている口元が「にまっ」と笑った。

珠会《シュア》に置いてけぼりにされた不安なども半分は忘れている。ひとたび覚悟を決めたら頭上に迫る夕闇《ゆうやみ》も屋敷で待ち受けている侍従長の小言もさして気にならなくなってしまった。行く手に現れる辻《つじ》を気の向くままに右へ左へと折れて、ぐるぐる回る「思い出し笑いの姫君」は市場の奥へ奥へと分け入っていく。闘鶏《とうけい》の土俵、証文の代書屋、饂飩《うどん》の屋台、魚の量り売り、八百屋《やおや》、床屋、濁酒《どぶろく》の立ち飲み、鋳掛《いかけ》屋、面屋、

面屋。

月華は足を止め、竹棚に掛けられた色とりどりの面に目を輝かせた。茣蓙《ござ》に座り込んでいた露店の主《あるじ》は染みの浮いた細面《ほそおもて》をのっそりともたげ、砂塵《さじん》に洗われたようなかすれ声で如才《じょさい》ない世辞を言う。

「お嬢、しょうもない面なんざ被《かぶ》って御尊顔を隠しちまったら男衆に恨まれますよ」

狐《きつね》に決めた。竹棚の端には「御代銅七滴」と筆書きされた板切れが吊《つ》り下がっている。財布を取り出そうと懐《ふところ》に手を入れて、腹の底がいっぺんに冷たくなった。

財布がない。

掏摸《すり》泣かせの紐《ひも》を手繰《たぐ》ってみると、革帯の金輪から先が鋭利な刃物ですっぱりと断ち切られていた。

「——？　お嬢、どうしなすった？」

絶望に弛《ゆる》んだ口元から飴《あめ》の棒が落ちた。露店の主《あるじ》の声が脳裏にわんわんと反響し、腹の冷たさに心が凍えついてまともに物が考えられない。今日はまだ財布を一度も出していないし、通りすがりの誰かにぶつかられた憶《おぼ》えもぎゅう詰めの人込みの中にいた憶えもない。

芝居を見ていたとき？

いや、自分は終始舞台の真ん前にいて、周囲にいたのは子供ばかりだったはずで、

——こらこら待て待て、どちらのご令嬢か知らんが、ちょいと待ちなって。

月華《ベルカ》の顔に、真っ黒な理解の色が広がっていく。

——昼市の大道芝居は『緒幕《しょまく》』つってな、大抵はこういうもんなんだよ。

あの男。

舞台に躍り上がろうとして抱き止められた、あのとき——

気がついたときには、転げるように走り出していた。

今さら何をしても手遅れであると心の底ではわかっている。手癖《てくせ》の悪い素人《しろうと》の出来心ならいざ知らず、予《あらかじ》め刃物を用意して財布の紐《ひも》を切るような手合いが用済みの狩場をいつまでもうろうろしているはずがなかったし、万が一の幸運で男を見つけることができたとしても、財布の中身はとっくに酒や食い物に化けて男の腹に収まっているかもしれない。

それでも、走らずにはいられなかった。

財布の紐を解《ほど》いたとき、男は予想を遥《はる》かに下回る中身の貧相さに舌打ちしたかもしれない。上等な仕立ての財布自体を売り払った方が余程ましな金になるだろう。

しかし、その貧相な中身は、月華が束《つか》の間の自由を購《あがな》うための金だったのだ。

溺《おぼ》れる者の頭を岸から踏みつけるも同然の理不尽に、たとえ一時でもじっとしていたら五体がばらばらになりそうだった。走りに走り、どぶの臭気が立ち込める裏路地から天幕が張り巡らされた大通りへと飛び出す。もうじき日が落ちる、足早に行き交う人々の顔は一転してどれも血も涙もない人でなしばかりに見える。

月華は忙《せわ》しなく周囲を見回した。

芝居の一座がいたあの辻《つじ》は、一体、どちらの方角であったか。

＊

道場の師範が死んだ。

武臣倫院がケツ持ちの兵法道場は番手が若いほど筋がいい。はっきり「強い」と誰もが認めるのはまず一桁《けた》まで。十番台も道場によって色々だが概《おおむ》ね悪くはない。これが二十番台あたりから一挙に怪しくなって、三十番以降ともなれば師範も弟子もろくなものではないと相場は決まっている。

それでも、他流試合で命を落としたというのならまだしも格好はついたろう。享年《きようねん》七十一歳。三十六番手講武所師範、〝一刀の朱風《スーファン》〟は食あたりでこの世を去った。

まさしく市井《しせい》の評判を地で行く最期《さいご》だと涼孤《ジャンゴ》は思う。

それでも、野垂れ死ぬ寸前のところを道場の下男として拾ってくれた師範は、涼狐にとって恩人には違いない。その当時から師範はもう杖《つえ》を片時も手放せぬ一指必倒の老人だったし、涼孤はとうとう〝一刀の朱風〟が剣を取るところを一度も見ず終《じま》いだった。道場には十日に三度も顔を見せればいい方で、夏の日も冬の日も練武場の柳《やなぎ》の木陰に揺り椅子《いす》を持ち出して、起きているのか眠っているのかもわからぬ顔で弟子たちの練習を飽かず眺めていた。

箒《ほうき》を動かす手をふと休めた涼孤の前に、夕日を浴びて今もその揺り椅子はそこにある。

六国大戦で智安《チーアン》将軍の先陣を先駆けたという嘘《うそ》丸出しの武勇伝が唯一の金看板だった。武術家の大法螺《おおぼら》もここまでくればいっそ見上げたもので、さては我らが師は御歳《おんとし》三百歳か、などという無粋な揚げ足を取る者は弟子たちの中にもいなかったと思う。実を言うと、智安将軍の先陣が云々《うんぬん》の与太《よた》はともかく、享年が七十一歳と聞いたときの内心の驚きは今も胸に冷めやらぬものがある。まさか三百歳ではなかったにせよ、あれほど説得力のある年寄りにはなかなかお目にかかれるものではない。やはりそこに騙《だま》されるのか、師範は地方の成金連中に武術指南役として招かれて道場を留守にすることがしばしばあった。ついひと月ほど前にも、元都の外西門を発《た》つ師範を一門総出で見送ったばかりだったのだ。ひと足先に帰ってきた弟子の話によれ

な
ば、招聘《しょうへい》先で雇いの鏢師《ひょうし》たちを相手にいつもの精神訓話もどきを垂れ、ほとんど詐欺《さぎ》のような過分の礼金を受け取って元都に戻る途中、旅籠《はたご》で夕食を摂《と》った後に腹が痛いと言い出して、それから先は本当にあっという間だったらしい。町医者に言わせれば「油にあたった」とのことだったが、油にあたろうがあたるまいが、いつ何が起きてもおかしくない年齢であったことも確かであろう。旅籠に残った一番弟子は客死の厄払いに師範の馬を殺し、町医者の手で三つの甕《かめ》と一つの棺《ひつぎ》に分けられた師範の亡骸《なきがら》と共に道場に戻ってきた。

それが、昨夜遅くの出来事だ。

葬式に出かけた弟子たちはまだ誰も戻ってきていない。貴様は掃除でもしていろと一人残された道場で、手持ち無沙汰《ぶさた》に耐えかねて始めた練武場の掃き掃除は物思いに阻《はば》まれて一向に終わらなかった。

葬式に出られなかったことは、大して残念だとも思わない。

その程度の爪弾《つまはじ》きは毎度のことである。

ただ、誰も手の施しようがない嘘を周囲に張り巡らせていた師範は、間違いなく孤独だったのだと思う。その孤独をわかってやれる者が、実際に葬式に顔を出している面々の中に果たして一人でもいるのか、そのことだけが気がかりだった。

主《あるじ》を失った揺り椅子を見つめ、次いで西方の夕空に涼孤は目を細める。

師範とて死にたくて死んだわけではあるまい。死人はただひたすら死ぬのみであって、後は残された側がその空白をどう納得するかの問題だ。死人の心情を斟酌《しんしゃく》するなど愚かで無意味で大きなお世話なのかもしれないが、あんな椅子《いす》ひとつを残して死なれたらいやでも考えずにはいられなかった。――晩年を剣先ではなく口先で生きたあの老人は、最後の旅の空で、一体どんな気持ちで、

背後。

考えるよりも先に旋転し、両腕を交叉《こうさ》させて身体《からだ》の中心を守るよりも早く「それ」が無害なものであることを見て取っている。果たして涼孤《ジャンゴ》の右手が受け止めたものは、まだほっこりと湯気の立つ大きな肉饅頭《にくまんじゅう》だ。

「おおっ？」

世にも見事な禿《は》げ頭が、してやったり、という笑みを浮かべた。

一番弟子の蓮空《デクー》だった。家に立ち寄ってきたのか、白ずくめの喪服を小汚い普段着に着替えている。実際には二十歳《はたち》そこそこのはずが十も老《ふ》けて見えるのは、子供の頃に熱病を生き延びて禿げ上がったというその頭のせいか、それとも両の頬《ほお》に刻まれた深い笑い皺《じわ》のせいか。

「習わぬ経《きょう》にしちゃあ見事なもんじゃねえの。ええ涼孤よ？」

涼孤は呆《あき》れたようにぐるりと目を回してみせる。通りすがりに足元を払ってきたり、話している最中にいきなり木剣を打ち込んできたり――蓮空はいつも、まるで挨拶《あいさつ》代わりのように涼孤を試すような真似《まね》をするのだ。

「——もお、やめてくださいよこういうの」

「馬鹿ぬかせ。恥を知れ。もったいなくもいやしくも、

「御上《おかみ》より厠《かわや》の汲み取り代金を頂戴《ちょうだい》している道場で何たる言い草だそれは」

そうは言っても涼孤は正式な弟子ではなく下男である。この道場に通うのは剣術の修行をするためではなく、掃除や洗濯などの雑事をこなして幾許《いくばく》かの給金を貰《もら》うためだ。

立ち食いも何なので、屑茶《くずちゃ》を沸《わ》かして練武場の塀《へい》沿いの長椅子に運んだ。蓮空は涼孤の隣に腰を下ろすなり、がはあ、と吠《ほ》えるようなため息をつく。

「あーあ。今度という今度はさすがの俺様《おれ》もまいったわ」

「——お疲れ様でした」

「おう。それよりも悪かったな、留守番なんかさせちまって。お前も弟子のうちってことにして混ぜちまおうって言ったんだが、ごちゃごちゃぬかす奴らがいてよ。——ったく、誰とは言わねえけど」

涼孤は首を振って、

「多分、みんな先回りして気を使ってくれたんだと思います」

「お前なあ、それ本気で言ってんのかよ？　あいつらがそんなタマだと思うか？」

思わない。

思わないが、自分が民族的な汚物であるという自覚と周囲の白眼視こそは、涼孤の十五年間

の人生そのものである。正直なところ、熱血漢の蓮空《デクー》が時に振り回す「正論」は、その他大勢に踏みつけにされるよりもむしろ重荷に感じられることがあった。涼孤《ジャンゴ》は曖昧《あいまい》な視線を殺風景な練武場へと逃がして、

「――これから、どうなるんですか。この道場」

蓮空は片手に余るほどの大きな饅頭《まんじゅう》を早くも平らげると、

「どうもなりゃしねえよ。そのうち御上《おかみ》が誰か代わりをよこすんだろうが、んなもん一体いつになるかわかりゃしねえからさ、俺《おれ》と背守《セス》と、それに面弟《マンデ》あたりか。そのへんでどうにか回していくしかねえだろうな。それよりお前だ」

「は?」

「お前こそどうすんのよこの先。右の袋のどん詰まりで似顔絵描きするだけじゃ食ってくのもきついだろ」

「ええっ!?」

長椅子《ながいす》から飛び上がった拍子《す》に、まだ半分も残っている饅頭を取り落としかけた。

「ぼ、ぼくも馘《くび》になるんですか!?」

「ならねえよ。ならねえけどさ、師匠がいきなりおっ死《ち》んじまったからなあ、次のが来るまでちゃんと給金が出るかどうか――」

「そんな、だって、師範の分とぼくの給金とは別なんでしょ?」

「別だよ。別だけどさ、まず貰《もら》えねぇと思っといた方が間違いはねぇって。師匠が金を取りに来なくなったのをこれ幸いとばかりに、木っ端《こっぱ》役人どもが寄ってたかって懐《ふところ》に入れちまうはずだ。連中がお前の取り分だけ残しておいてくれると思うか？」

涼孤は目を閉じて、しばし呼吸を止める。

いつものことだ。

その一念で、呆気《あっけ》なく諦《あきら》めはついた。

やおら饅頭にがぶりと噛《か》みつく。仕方がない、次の師範が決まるその日まで只《ただ》働きだ。たとえ給金を貰えなくても、この道場から追い出されたくはない。

「けどな、物は考え様だ。師匠がおっ死んでくれたのは、お前にとっちゃあまたとない好機かもしれん」

「——好機って？」

「お前さ、このどさくさに紛れて正式に道場に入門しちまえよ」

いきなり何を言い出すのかと涼孤は目を丸くした。

しかし、蓮空の方は冷静そのものの口調で先を続ける。

「つまりだな、お前が弟子になれずに下男の身に甘んじてるのは、要するに命金が払えないからだろう？」

今も昔も、武術を学ぶにあたって必要なのは一にも二にも経済力である。

武臣倫院が市井《しせい》の兵法道場に補助金を出しているのは、武術を広く奨励して兵士として有能な人材を育成するためだ。そうした道場を「講武所」と呼ぶが、その他一般の道場との最大の違いは、講武所においては師範の食い扶持《ぶち》もまた補助金で保障されているために、弟子は折々の謝礼を支払う必要がないという点にある。

しかし、只《ただ》より高いものはないというのもまた世の常であり、講武所への入門を希望する者は、「命金」と俗称される一種の保証金を納めなければならないのだった。修行の後、卯軍への入隊を希望した者にのみこの保証金は還付され、修行期間の長さに応じて最高で兵長までの地位が約束される、という一応のおまけが付く。

高名な師範に高額な謝礼を支払い続けるより遥《はる》かに安上がりなこの制度は、とりわけ貧困層に埋もれている才能に対する広範な発掘を可能にする——と期待されてはや五十余年。実際に兵の質が目に見えて向上したかといえば答えは断じて否《いな》であった。それもそのはず、まず第一に補助金程度で雇える師範にろくな者がいないのは道理であったし、その下でまかり間違って才能を開花させた者がいたにせよ、彼らは一人残らず命金など掛け捨てでどこぞのお大尽《だいじん》の用心棒に収まってしまうからだ。かくも無様な制度が今日まで存続してきた理由は、先の卯王の発案に誰も敢《あ》えて異を唱えようとしなかったから、という一点に尽きる。その間、様々な利権が複雑怪奇に絡み合ってじりじりとつり上がった命金の額は、確かに蓮空《デクー》の言う通り、その日暮らしの涼孤《ジャンゴ》に到底支払えるものではなかった。

しかし蓮空はこともなげに、

「お前は師匠が死ぬ直前に命金を納めた、ってことにするんだ。もし役人どもが何か言ってきたら師匠に全部おっかぶせて知らぬ存ぜぬで押し通せばいい。大丈夫、バレやしねえよ」

涼孤は二の句が継げなかった。

踏みつけにされることに慣れきっている涼孤にとって、その種の大胆不敵な発想は確かに精神的な盲点ではあった。なるほど、役人どもがこの道場の補助金を着服するというのなら、その銭勘定の杜撰《ずさん》さはこちらにとっても充分につけ入る隙《すき》となるだろう。

――だが、
道場の下男としての給金が貰《もら》えなくなることに変わりはないのだ。この先まともに食っていけるかどうかもわからないのに、その上さらに修行をする暇など――

「何考えてるかわかるぞ。お前さえよければ俺《おれ》ん家《ち》に居候《いそうろう》させてやってもいい。すきま風も抜け放題のぼろ家だが部屋は余ってるし、手前で言うのも何だがこちとら蛆《うじ》の湧《わ》いてる男やもめだからな。掃除に洗濯さえやってくれたら飯くらい食わせてやる」

本気で言っているのか。

涼孤はまじまじと蓮空の顔を見つめたが、そこに見て取れるのは、蓮空が世の悪を弾劾《だんがい》するときにいつも浮かべている義憤の炎だけだ。

「――駄目ですよやっぱり、みんなが納得するわけないし」

「するさ。次の師範が来るまでは俺様《おれ》が事実上の師範代だ。もしごちゃごちゃ言う奴がいたら構うこたあねえから半殺しにしてやれ。俺が許す」

「そ、そんな乱暴な」

蓮空《デクー》はいきなり涼孤《ジャンゴ》の肩を摑《つか》んで引き寄せると、まるで嚙《か》みつくような勢いでこう言った。

「やっとうの道場で乱暴もへったくれもあるか！　この際だから言わせてもらうがな、その青い目ん玉を取っ替えでもしねえ限り、お前が言愚《ゴング》だっていう事実は一生ついて回るんだぞ！」

言愚。

「売れねえ似顔絵描きなんざ大概にしろ！　いいか、武門では強い奴が正しいんだ。周りの奴らに人間扱いしてほしかったらな、お前はこの世界でのし上がっていくしかねえんだよ！」

幼い日の涼孤は、しばしば自分に向けて発せられるその言葉を、「馬鹿」や「間抜け」などの罵倒《ばとう》の一種だと思っていた。

今にして思えば、その理解の仕方はそれほど間違っていたわけでもなかったし、その言葉の正確な意味を知ってからは馬鹿や間抜けに憧《あこが》れた。どちらも、口を閉じておとなしくしてさえいれば他人にそれと知られることもないからだ。

涼孤は生まれも育ちも元都の貧民街であり、まともな教育などかつて一度も受けたことはないが、大昔に卯《ウー》が白陽天という国と戦争をして勝ったことくらいは知っている。白陽天が属領となって後、卯に流入していた数多くの戦時捕虜《ほりょ》たちは、外見や言葉に大きな違いがないこともあって、様々な迫害を受けつつも卯人の中に同化していったらしい。

唯一の例外は、白陽天の国体が崩壊した後も頑強に戦い続けた山岳民族たちだ。

彼らは元々、白陽天の支配にさえ抵抗していた順《まつろ》わぬ民であり、その一部は現在も流民《るみん》と化して駐留軍との小競り合いを繰り返している。生活習慣や信仰形態においても白陽天の多数派である天爬人《てんぱ》とは大きく異なっており、言語上の類似点から西方の遊牧氏族の末裔《まつえい》とも言われているが、それら近隣の民族にも類を見ない最大の特徴は、十人に一人ほどの割合で目の青い者がいることだ。

鏡など言うに及ばず、顔が映るような澄んだ水にさえ縁のない貧困の中にあって、お前の目は青い、という言い草は涼孤にとって長年の謎《なぞ》であった。

言愚とは、白陽天の山岳民族に対する蔑称《べっしょう》なのだ。

「――あ。つまり、その、なんだ、」

見開かれたその青い目を真正面からのぞき込むことになって、蓮空はひとたまりもなく狼狽《ろうばい》した。

「すまん。口が過ぎた」

「――え？　ああ、いや。別にそんな、」

居心地の悪い沈黙が長々と立ち込めた。やがて、蓮空は唐突に立ち上がると長椅子《ながいす》を力任せに蹴《け》りつけ、

「あァくそ面白くねえ！　こんな肥溜《こえだ》めとっととおん出てやる。見てろよ涼孤《ジャンゴ》、俺《おれ》は入営したら三段飛ばしくらいで出世してやるからな」

　蓮空《デクー》はいい男だ、と涼孤は思う。

　蓮空がこの道場を肥溜めと呼ぶのはよくわかる。蓮空の剣は生活の剣であると同時に、周囲に蔓延《はびこ》る虚飾を斬《き》り払って「強いか弱いか」という単純かつ清浄な両極にすべてを還元するための手段なのだろう。見上げる涼孤の目に、すっかり日に焼けているはずの禿《は》げ頭はなぜか眩《まぶ》しく映った。

「とにかくだ、さっきの話はよく考えとけ。糞《くそ》どもの目はごまかせても俺様の目はごまかせねえぞ。お前には見所があるんだ。きっちり精進さえすりゃあ、俺様の次の次くらいには強くなれるんだからよ」

　そして、人間誰しも最終的には自分が基準である。

　蓮空はいい男すぎて、世の中の悪意というものにあまり考えが及ばないのだろう。貧民街出の涼孤ほどではないにせよ、この道場に吹き溜まる貧乏人の誰にとっても命金の額はやはり負担なのだ。そんなところに、つい昨日までは下男だった自分が師範の急死に乗じて土足で上がり込んだら一体どんな騒ぎになるか。ごちゃごちゃ言う奴は半殺しにしろと蓮空は言ったが、もし本当にそんなことをしたら連中はその足で武臣倫院へと走り、身の程知らずの言愚《ゴング》が納めるべき命金をごまかして講武所に潜り込んでいると訴え出るだろう。そして、そこから先を蓮空は絶対に考えてはいない。

「――さてと、お前ももう帰っていいぞ。さっさとその饅頭《まんじゆう》食っちまえよ」

「え？　あの、みんなが戻ってくるまで留守番してろって言われたんですけど」

「馬鹿かお前。葬式帰りの独りもんが戻ってくるわけねえだろ。あ、」

涼孤が饅頭の残りを慌てて口に押し込むと同時に、蓮空は何事かを思い出して、

「そうだそれだ。一番肝心な用事を忘れるとこだった。感謝しろよ、うまいこと言ってお前の分も貰《もら》ってきてやったんだぞ。ほれ」

ぶほ、と涼孤が饅頭に噎《む》せ返った。

蓮空が懐《ふところ》から取り出したのは、葬式帰りに喪主から渡される厄落としの雄札《おふだ》だった。

「――ちょ、ちょっと！　何考えてんですか！」

「何って。せっかく土産《みやげ》に持ってきてやったんじゃねえか、ほれ」

蓮空はそう言って、二枚ある雄札の一枚を涼孤の懐にぐいと押し込もうとする。涼孤はまるで焼け石を押しつけられたように飛び上がり、

「駄目ですってば！　葬式にも出なかったぼくがそんなの貰うわけにいきませんよ！」

「細けえこと気にする奴だな、大丈夫だって。別に名前が書いてあるわけじゃなし。いいから貰えるもんは有難《ありがた》く貰っとけ」

蓮空の言う通り、その札の表には朱書きされた死人の戒名《かいみよう》と経文《きようもん》と通し番号しか書かれてい

ない。大きさは大人の掌《てのひら》に少し余るくらい、黄色の香粉が全体に塗《まぶ》しつけられているので「黄札」という別名で呼ばれることもある。そんな紙切れ一枚の何が饅頭《まんじゆう》に噎《む》せ返るほどの驚きかと言えば、家に持ち帰ってひと晩厨房《ちゆうぼう》の隅に貼《は》って翌朝に庭先で燃やす――という雌札《めふだ》と同じ始末の他に、もうひとつの使い道があるからだった。

その札を出せば、廓《くるわ》の花代が只《ただ》になるのだ。

男女の交合に退魔の力があるとする考え方は、卯《ウー》を含む大仙江流域の国々においては特に珍しいものでもない。喪主はとにかく豪勢に札をばら撒《ま》き、独身の弔問《ちようもん》客はその札を使って好きなところで好きなように厄を落とし、客から札を受けた遊廓《ゆうかく》の主《あるじ》が後日こっそり札を返しに行くと、喪主は花代に色をつけた礼金を黙って払う。――というのが建前ではあるが、よほど剛《ごう》毅《き》なお大尽《だいじん》でもなければ到底そんな真似《まね》はできないので、実際には喪主が葬儀の段取りのひとつとして特定の遊廓と契約を交わし、発行する雄札《おふだ》の枚数分の枠を予《あらかじ》め割引料金で買い上げておくのである。だから札の裏面をよく見ると、喪主と契約を結んでいる遊廓の屋号がある種の暗号でひっそりと書き込まれている。

「はー。〝六百貫〟ってことは『金灯楼』か、大金灯詩集の全六百巻に引っかけた符丁だな。金灯楼っていやあお前、ここらの廓にしちゃあちょっとしたもんだぞ。まったく見直しちまったぜ、あの死に損ないのけち婆《ばばあ》がこういう金の使い方をするとは思わなかった」

「駄目です！　困りますこんなの！」

涼孤《ジャンゴ》は札を必死になって返そうとするが、そういう反応を予想していたらしい蓮空《デクー》はにたにたと笑っているばかりだ。

「なんで困ることがある？　――ははあ、それともあれか、お前こういうの初めてか」

涼孤は真《ま》っ赤《か》になった。図星も図星、涼孤は「こういうの」はおろか、どういう女もまだ知らない。だから余計にむきになって、

「違、だってそんな！　大体、ぼくみたいなのが廓になんか上がれるわけないでしょ!?」

「誰が決めたそんなこと。試してみたことあるのか？　金の事はもうこれ以上ないくらい綺麗《きれい》さっぱり片付いてるんだし、もし廓に上げてもらえなくたって他にもやりようはあるだろ。好みの女が出てくるのを待って札を直接渡せば案外受けてくれるかもしれんぞ？　前から聞きたかったんだがな、お前と一緒に歩いてるとすれ違う女がしょっちゅう振り返るのは俺《おれ》の禿《は》げ頭が珍しいからか？」

ばっしと背中を叩《たた》かれて、涼孤は青い目の玉がこぼれ落ちそうになるほど慌てた。

「まあいいや。とにかくそれはお前のだ。一発度胸試しに行くもよし、そこらを歩いてる奴に売りつけて何十日分かの飯代を浮かすもよし。どうとでも好きにしろ」

そして蓮空は大きな背伸びをひとつ、涼孤に背を向けて首の骨をごりごりと鳴らす。

「さあてと、俺様も溜《た》まりに溜まった厄を落としにいくとしますかね」

「あ。う、」

涼孤《ジャンゴ》は何ひとつ決心のつかぬまま腰を上げ、蓮空《デクー》の後に続こうとして傍《かたわ》らの箒《ほうき》を片付けなくてはと思い立ち、しかしそれでは蓮空に置いて行かれてしまう、とその場を右往左往する。柳《やなぎ》の根元に置き去られたままの師範の揺り椅子《いす》がふと目に入って、

「──あ！、あの、」

「んー？」

「あの椅子、どうします？」

涼孤としては、何でもいいからとにかく声をかけて蓮空の足を止めたかったのだ。その揺り椅子も恩人の形見には違いなかったし、処分しろと言われたら後日こっそり家に持ち帰ってどこかに飾っておくつもりでいた。

ところが、蓮空は涼孤の指差した椅子を遠い目で見つめて、

「──あれは、あのままにしておけ」

「は？」

「いいから。あの椅子は、この先もずっとあのままでいいんだ」

「そんな。──だって、それじゃまるで、」

まるで、師範が何者かに殺されたかのような扱いではないか。

武門において、遺品を片付けずにそのまま残しておくというのは「必ず仇《あだ》を討つ」という決意の表明なのである。

「でも、医者の見立ては油にあたったたって、確かそう――」

「は。あんな藪《やぶ》医者に何がわかる。いいか、そんな話は二度と人前で口にするんじゃやねぇ」

戯《たわむ》れで言っているわけではない。蓮空の言葉には刃物のような真剣さがその隅々にまで透徹していた。

「忘れるな、俺《おれ》たちの師は〝一刀の朱風《スーファン》〟だ。六国大戦で智安《チーアン》将軍の先陣を切った豪傑だぞ。過去の因縁なんぞ掃いて捨てるほどあったろうし、命を狙《ねら》ってる連中とその手下を一人残らず集めたら洞幡《ドーハン》の演武場にだって収まりきらねぇだろうよ。その中の誰かが宿に忍び込んで夕餉《ゆうげ》に毒を仕込んだのさ。〝一刀の朱風〟は、武人として死んだんだ」

一転、蓮空はからりと晴れやかな笑みを浮かべた。

「――それでいいじゃねぇか、な」

そうですね、と答えるべき場面であることなど百も承知だった。

だが、即答できなかった。

青い目を見開いたまま、裏切られたような表情のまま――そんな一瞬が、確かにあった。

涼孤はしかし、蓮空が気づくよりも早く頬《ほお》を緩めた。その晴れやかな笑みを鏡のように真似《まね》て、不自然でない程度のため息と共に、

「――そうですね」

蓮空は小さく頷《うなず》いて踵《きびす》を返す。

「戸締まり頼むな」

「はい」

そして、涼孤《ジャンゴ》は練武場に一人取り残された。

右手に箒《ほうき》を、左手に雄札《おふだ》を握り締めたまま、涼孤はしばらく元都の夕空と向き合っていた。

その青い視線はやがて、柳《やなぎ》の根元に佇《たたず》む揺り椅子《いす》へと向けられた。涼孤は箒を引きずりながら練武場を横切ってその真正面に立つ。座る者の背中や尻《しり》に擦《こす》られ続けた部分だけがほんのりと黒ずんで、まるで師範の影が今もそこに蹲《うずくま》っているかのように見える。

何のことはない――

言愚《ゴング》である我が身を差し置いて同情しなければならないようなことなど、何ひとつなかったらしい。

極楽に昇ったか地獄に落ちたかは知らない。しかし、吐き散らした嘘《うそ》の中に立て籠《こ》もって死んでいったあの老人は、蓮空《デクー》の最後の言葉によって確かに救い出されたのだと思う。

誰も手の施しようのない孤独の中に立ち竦《すく》んでいるのは、自分だけだった。

最後の最後で、まるで勝ち逃げをするかのように師範は逝《い》ってしまった。

誰を恨む筋合いでもない。

何も変わってはいないのだから。

何も失ってはいないのだから。

ただ、晴れ晴れとした寂しさがあるのみだった。

頬《ほお》に笑みさえ浮かべ、高々と箒を振り上げて、涼孤は〝一刀の朱風《スーファン》〟の揺り椅子を元都の夕空高く殴り飛ばした。

＊

それでも、すぐに道を尋ねてさえいればどうとでもなったろう。まさか月華《ベルカ》の顔や名前は知らずとも、とにかく道行く者を誰彼構わず摑《つか》まえていれば、珀礼門にある馬厨様式の古い屋敷を知っている者の一人や二人はたちまち見つかったはずである。

しかし、すっかり気持ちがいじけていた月華にはそれができなかった。

ならばせめてその場を動かず、探しに出た屋敷の者に見つけてもらうのを待つべきだったのに、一文無しの不安とすぐ背後に迫る夕闇《ゆうやみ》と、何よりも生まれて初めての本格的な迷子の恐怖が月華に足を止めることを許さなかった。ここで弱みを晒《さら》したら今度は誰に何をされるかわからぬと思えば素直にべそをかくこともできず、闇雲に歩き回る一歩ごとに取り返しはつかなくなっていき、日が落ちるに及んでいよいよ八方が塞《ふさ》がった。

屋敷どころか、右の袋の方角さえもうわからない。

よもや、夜の街がこれほど暗いものだとは思わなかった。

上下左右に入り組んだ胡同《こどう》の果ての果て、緩い下り坂の路傍に朽ちゆく小さな荷車の陰に身を潜めて、歩き疲れた月華《ベルカ》は膝《ひざ》を抱えて鞠《まり》のように蹲《うずくま》っている。凪はそよとも吹かず、鼻につく幾通りもの悪臭は百年も昔からそうして闇《やみ》にわだかまっていたのかもしれず、路面は荒《すさ》み放題のごみだらけで、方々の壁面でせめぎ合う労働礼賛《らいさん》の標語と体制批判の卑語はおどろおどろしい邪教の意匠のように見えた。人の声が聞こえるたびに月華はびくりと身を縮ませる。通りかかる酔漢たちは闇に住まう異人種に違いなく、坂を少し下った先に点《とも》る明かりは——あれは酒家なのだろうか、軒先の長椅子《ながいす》に集《つど》う男たちの放歌は狭隘《きょうあい》な両の壁に幾重にも反響して少しも意味のある言葉のようには聞こえない。それはまったく悪鬼どもの酒宴としか思われず、喰《く》らう肴《さかな》はどこぞから拐《さら》ってきた子供の腸《はらわた》に決まっており、たとえ連中が屋敷までの道を知っていたとしても、あの中に踏み込んでいって物を尋ねるなど頼まれても御免《ごめん》だった。

一世一代の不覚だと月華は思う。

屋敷から抜け出すことを憶《おぼ》えて以来の、最大の失敗だ。

時間の感覚も失われて久しい。すでに真夜中に近いのではないかという気もするが、実際にはまだまだ宵の口で、本当の恐ろしい夜はこれから始まるのかもしれないという気もする。

群狗《グング》は、今頃どこを探しているのだろう。

夜空は胡同の闇の単なる延長でしかなく、星の光などほんの数える程度しか見当たらない。しかし、群狗も今こうして同じ夜空の同じ星を見上げているかもしれない、という考えに月華はほんの少しだけ慰められた。まだ小さかった時分に聞かせてくれた星の話はもうほとんど忘れてしまったが、あるいは群狗なら、たったこれだけの星からでも方角を導き出すことができるのだろうか。

突然、腰の辺りに何かがぞわりと触れた。

その瞬間、月華の理性は半分かた吹き飛んでいた。何かいる——ざらついた剛毛の感触と獣臭の混じる息遣い、恐怖のあまり振り返ることもできぬ月華の背中に、何かがどっしりとのしかかってきた。

昼日中の陽光の下であれば、ただの人懐こい野良犬《のら》一匹を恐れるような月華ではない。しかし、胡同の深い闇の中にあってそれはまさしく怪物に他ならなかった。両手両足で荷車の陰から飛び出して、路面の窪《くぼ》みに呆気《あっけ》なく足を取られて顔から転ぶ。酒家の軒先に屯《たむろ》する男たちの歌声がぴたりと止《や》んで、自分が悲鳴を上げてしまったのだということに気づいた。石畳を掻《か》く怪物の爪音《つめおと》がすぐ背後に迫る。

今度こそ自覚的な悲鳴を上げながら、月華は死に物狂いで走りに走った。

酒家の男たちが怖いのなら逆方向に逃げればよかったのに、坂を駆け下る方を無意識のうちに選んでしまった。店先を走り抜ける瞬間、一様に目を剝《む》いてこちらを見ている男たちの顔が一枚絵のように月華の脳裏に刻まれる。野良犬が酒家の明かりと人の気配を恐れて立ち止まってくれたのはよかったが、今度はだいぶ酒の回った一人の男が好色そうな奇声を発して立ち上がり、ふざけて月華《ベルカ》の悲鳴の真似《まね》をしながら手足を出鱈目《でたらめ》に振り回して追いかけてきた。月華にしてみればたまったものではない。男の奇怪な叫び声と気がふれたような動作は泣くほど恐ろしかった。酔っ払いのしつこさで男は散々に月華を追い回し、最後にはどぶ板を踏み抜いて一回転した挙句に大の字に伸びてしまったが、それでも月華の足は止まらない。何かに蹴《け》つまずくたびに追いかけられる恐怖はいや増し、いつまでも耳に残る男の叫び声を現実のそれだと錯覚し続けて、汚水に浸《つ》かった辻《つじ》も筵《むしろ》に包まって眠る物乞《ものご》いの背中も無我夢中で踏み越えてしまった。行く手はいつしか猫の通り道のように狭くなり、薄っぺらい戸板のようなものに身体《からだ》ごと突き当たって、木の裂ける感触と同時に身の丈にも余る深い草むらの中に転び出た。

もう走れない。

泣きべそに邪魔をされて乱れた呼吸が一向に整わない。お気に入りの略装衣がどんな有様になり果てているかはもう確かめる気にもなれず、生傷や節々の痛みにしばらくは立ち上がることもできなかった。青臭い匂《にお》いの中に横たわったまま、今から十数えるうちに群狗《グング》が迎えに来てくれたらもう二度と屋敷を抜け出したりしないと心に誓う。

十。

闇《やみ》を吹き抜ける風が草を揺らし、淀《よど》んだ水の臭《にお》いが微《かす》かに意識された。

いつまでもこうしているわけにもいかない。のっそりと身を起こし、ちくちくする葉の感触に顔を顰《しか》めながら不器用に藪《やぶ》を漕《こ》ぐ。立ち込める草は次第に低く疎《まば》らになり、何処《いずこ》とも知れぬ開けた場所に歩み出た月華はそこに、無数の人魂《ひとだま》が乱舞する常闇《とこやみ》を見た。

運河の畔《ほとり》だった。

人魂の正体が翅禍虫《ハカム》であると気づくまでにしばらくかかった。親指の爪《つめ》ほどの大きさの羽虫の一種で、泥水の中で成長した幼虫が晩春あたりになるとこうして一斉に羽化し、闇夜に薄緑色の光を放ちながら飛び回るのだ。その様子は確かに人魂のようでもあって、卯《ウー》を含む方々の国々において縁起の悪いものとして忌み嫌われる存在である。

月華はしかし、そのあまりの数に単純に圧倒されてしまった。

とうとうこの世の果てまで来てしまったのだろうか。

月華はゆっくりと、死人の魂に誘われるかのように歩き出す。そこは運河に面した空《うつ》ろな場所で、胡同《こどう》を散々に迷った挙句の目にはまったく思いがけない広さに映った。見知らぬ神が祭られた小さな祠《ほこら》が不規則に点在し、敷石の隙間《すきま》からは気の早い夏草が茫々《ぼうぼう》と顔をのぞかせている。大きな火を焚《た》いた痕跡《こんせき》が方々にあって、一面に散らばる灰が月華に踏まれるたびに乾いた音を立てる。闇夜は幸いであった――さもなくば、燃え滓《かす》の中に取り残された明らかな人骨に月華は気づいてしまっただろう。

行く手に広がる運河の水面《みなも》は油のように黒々と静まって、水が一体どちらの方向に流れているのかも判然としなかった。石敷きの地面全体がわずかに傾斜しており、自然と水辺へと向かう歩みにつれて死人の魂はさらにその数を増していく。

ふと、正面の空に光の気配が蠢《うごめ》いた。

唐突に雲が引いて、呆《あき》れるほど巨大な月が天にかかった。垂れ幕が風を孕《はら》むような月光が瞬《またた》く間に周囲の闇《やみ》を青く染め、ほんの三歩先の水際に立ち尽くしている何者かの後ろ姿が照らし出されて月華《ベルカ》は驚きのあまり死ぬかと思う。

腰砕けに後ずさり、苔《こけむ》生した敷石に手足を滑らせながら傍《かたわ》らの祠《ほこら》の陰に這《は》い込んだ。

恐る恐る様子を窺《うかが》う。先ほどの酔っ払い親父が先回りして待ち伏せをしているのかと思ったが、よくよく見れば、目の前の男は後ろ姿からでもはっきりと知れるほど若い。棒立ちのまま振り返ろうともせず、まるでこちらの存在にまったく気づいていないように見えるのも不可解と言えば不可解だった。これほど近ければ足音も当然聞こえたはずだし、そもそも悲鳴を我慢できるような驚きでもなかったのに。まさか、

——幽霊?

しかし、抜き身の剣を両手に下げた幽霊——というのも聞かぬ話である。

もしそんな幽霊が本当にいるのなら、男のすぐ背後に転がっている二本の鞘《さや》もまた幽霊だということになるのだろうか。

とはいえ、男が尋常ならざる何者かであることは確かだと月華は思う。こんな夜更《よふ》けの川縁《かわべり》で剣を手に突っ立っているというだけでも充分に普通ではないが、巨大な月に浮き上がる後ろ姿がゆらゆらと揺れ動いて見えるのは目の錯覚というわけでもなさそうだった。酒に酔ってい

る風とは違う。何かの拍子に合わせて身体《からだ》を揺り動かしている、という言い方でもまだ遠い。

──人間とはまったく別の「何か」がその身体の中にいる。

あるいは、そんな表現が月華の印象に最も近いのかもしれない。

何処《いずこ》とも知れぬ運河の畔《ほとり》に得体の知れぬ男と二人きりでいるのは、ある意味では幽霊に出くわすよりもよほど恐ろしい状況であろう。しかし、驚きも過ぎ去った今、月華の胸中にあるのは「何か不思議なものに出会った」という一種の感動であった。

この男は、一体、何者なのだろう。

「──、」

祠に手を突いて恐る恐る身を起こし、声をかけようとして言葉が出てこない。そのとき一陣の風が運河を渡り、吹き乱された前髪に目元を弄《なぶ》られて月華の注意が逸《そ》れた一瞬、男の中に潜む「何か」が前触れもなく動き始めた。

男は逆手に握り直した左の剣を背後に、右の剣を目の高さに構える。

それが「第二路」の「起式」と呼ばれる動作であることなど、もちろん月華は知らない。月華は「套路《とうろ》」という言葉すら聞いたことはなく、男が剣術の型稽古《かたげいこ》を始めたのだということにも理解が及ばない。

最初に繰り出される技は連環五剣──崩剣、把剣、横剣、劈剣、攢剣。

それら五剣は木火土金水の五行に対応し、月華の目前で相生《そうしょう》と相克《そうこく》を繰り返す。相生環とはすなわち、崩剣が変じて把剣を生じ、把剣が変じて横剣を生じ、横剣が変じて劈剣を生じ、劈剣が変じて攢剣を生じ、攢剣が変じて崩剣を生じる円陣の流れ。相克環《そうこくかん》とはすなわち、崩剣が横剣を制し、横剣が攢剣を制し、攢剣が把剣を制し、把剣が劈剣を制し、劈剣が崩剣を制する五芒陣《ごぼうじん》の流れだ。

男が闇《やみ》に放つ技は月華《ベルカ》の追いきれぬ速度で旋転した。ふた振りの刃《やいば》が月光に濡《ぬ》れて冷え冷えと輝き、燃え立つような残像を残して蒼《あお》い闇に走る。果てしのない五剣の循環は無数の変化を生み出して一層の複雑さを増し、男は次第に手順の決まりきった動作から自由となって、繰り出される技も始まりと終わりと定型から解き放たれていく。

——うわあ、

それはあたかも、即興の舞踏のように月華の目に映った。

それはまさしく、六十と七年の間、誰一人として見た者のいない剣法だった。

男が踊る。その動きは淀《よど》むを知らず、万化して定石《じょうせき》を持たない。物に影を成すほどの月光は死人どもの魂を逆に浮き上がらせ、それら無数の光を従えて縦横に走る両の剣先は万物に死を運ぶ車輪であり、旋転する男の体軀《たいく》はその車輪に乗って水辺に舞う死神《ししん》の使者であった。

男が跳躍し、身体《からだ》を反らして巨大な月を背負う。

そして、交叉《こうさ》した両腕の隙間《すきま》に炯々《けいけい》と光る双眸《そうぼう》を月華は見た。

その正体が何であれ、男の身体の中にいる「それ」は、青い目をしていた。

月華は為《な》す術《すべ》もなく呼吸を止める、

——すごい、
男は足音も立てずに地に降り立った。死人の魂は何事もなかったように静まり、祠《ほこら》の上に身を乗り出していた月華はふと我に返る。

——すごいすごいすごい、
祠の陰から飛び出して、背筋を這《は》い登ってくる感情に耐え切れずにその場でぐるんと一回転する。熱病のような憧《あこが》れをその目に湛《たた》え、思いは何ひとつ言葉にはならず、氷を踏むような足取りで男に近づいていく。

月華を突き動かしていたのはおそらく、幼子が綺麗《きれい》な虫に触れてみたいと思う願望と同種のものだったのだろう。

男の身の内に潜む「何か」は未《いま》だ去ってはいない。

月華は何度も躊躇《ためら》った挙句、ついに腹を決めて、男の背中に手を伸ばそうとしたのだ。

それはまさしく、生きるか死ぬかの違いだった。


男なら誰でも、路地裏のちゃんばら遊びが世界のすべてだった時期がある。

もちろん涼孤《ジャンゴ》にもそんな頃があった。棒切れ一本さえあれば大英雄になるも大悪党になるも変幻自在、不死身の妖怪を退治するも囚《とら》われの美姫《びき》を救い出すも朝飯前であり、棒切れの一閃《いっせん》で意のままにならぬことなど何もなかったと思う。

ただひとつだけ——一緒に遊んでくれる相手が誰もいない、ということを除いて。

涼孤《ジャンゴ》の記憶に残る最も古い光景は、何処《いずこ》とも知れぬ夕刻の路地裏で、一人ぼっちで棒切れを振っている自分の姿だ。

もっとも、あの頃の自分は、そうした境遇について今よりもずっと納得していたような気がする。なにしろ自分は「言愚《ゴング》」なる存在であり、言愚とは馬鹿や間抜けの一種であって、故《ゆえ》に自分は皆に嫌われて当然である——そんな身も蓋《ふた》もない考え方にはあの当時なりの充分な説得力があったし、子供心にはむしろよく馴染《なじ》む理屈だったのかもしれない。誰だって馬鹿や間抜けは嫌いだ。近所の子供たちがちゃんばら遊びをしているのを物陰から盗み見ることはあっても、自分はそこに混ぜてもらえるような身分ではないと信じていたのだ。

しかし、涼孤はただ一度だけ、その物陰から歩み出ていったことがある。

あの日の涼孤には策があった。大英雄や大悪党の役は畏《おそ》れ多いにしても、その他大勢の斬《き》られ役なら自分のような者にもやらせてくれるかもしれない。何日にもわたって斬られるふりの練習も積んでいたし、その見事な死にっぷりに免じて皆も自分を遊びの輪に混ぜてくれるのではないか——そう期待したのだった。その代償は、額の生え際《ぎわ》の傷跡として今も涼孤の身に刻まれている。

まさか木の股《また》から生まれてきたはずはないが、生みの親についての記憶が涼孤にはほとんどない。育ての親は蛇楊《ダヤン》という絵を生業《なりわい》とする男である。貧民街に隠れ住む卯人の絵描きがなぜ言愚の子供の面倒など見ていたのかは今となっては大きな謎《なぞ》ではあるが、当時は単にそういうものだと思っていたし、面と向かって事の次第を尋ねるような真似《まね》をしたことは一度もなかったように思う。涼孤の記憶にある蛇楊は特徴の乏しい顔つきの初老の男で、とにかくいつも家に閉じこもって絵筆を握っており、時おり買い手らしき何者かと会って二言三言話をする以外はひどい無口で、流行《はや》り風邪《かぜ》でぽっくり逝《い》くまでに教えてくれたことといえば「他人の目をまっすぐに見るな」ということだけだった。

ちゃんばら遊びの斬られ役に志願して散々な目に遭って以降、涼孤はもっぱら昼間に寝て夜中に遊びに出るようになった。どうせ誰にも仲間に入れてもらえないのなら人気の絶えた夜の方がよほど気楽でいられたし、ひとたび胡同《こどう》の深い闇《やみ》の中に紛れてしまえば青い目も黒い目もなかった。――もっとも、あの頃の涼孤はまだ、自分の目が青いということをうまく呑《の》み込めていなかったのだが。

闇の中からしわがれた声が聞こえてきたのは、そんなある夜のことである。

「柄《つか》の握りが悪い」

夜が自分を透明にしてくれると信じていた涼孤にとって、それは胡同の闇に住まう物の怪《もののけ》の呼び声に聞こえた。その場は悲鳴を上げて逃げ出したくせに、どうして次の夜にまた性懲りもなくのこのこと出かけていったかはよく憶《おぼ》えていない。――相手が物の怪でもいいから一緒に遊んでほしかったのかもしれない。

胡同《こどう》の行き止まりに蹲《うずくま》っていたのは、見るからに前の冬を死に損ねたという感じのする物乞《ものご》いの老婆だった。

「――握りが悪いって、どういうこと?」

老婆は枯れ果てた木の根のような指をもたげ、何かあったら殴ってやろうと棒切れを固く握り締めている涼孤《ジャンゴ》の手元を指差して、

「柄《つか》は、そんなに鷲掴《わしづか》みにしてはいかん。そんな風では殴ることはできても斬《き》ることはできんよ。力みも抜けんし、剣先も固く遅く短くなる」

老婆の話し方には語尾を長く引き伸ばすような耳慣れない抑揚があった。異国の訛《なま》りなどということには思いも至らぬ当時の涼孤は、この老婆はきっと耄碌《もうろく》して言葉が不自由なのだろうと考えた。

「じゃあ、どうすればいいの?」

「まっすぐに立て。切っ先を下にして、剣を臍《へそ》に斜めに立てかけてみろ」

涼孤はその通りにした。

「胸の前で両手を合わせろ。坊さんが拝むときのように」

涼孤はそれにも従った。

「合わせた両手を下ろして、剣の柄に沿わせて、そのまま手を前後にずらして小指から握れ」

言われるがままの握りは棒切れに対して随分と斜めに角度がついて、まるで両手をそっと添えているだけのような按配《あんばい》だった。

「へんなの」

「わしも最初はそう思ったさ」

老婆は喉《のど》が引き攣《つ》るような音を立てた。どうやら笑ったらしい。

涼孤の心にふと疑念が兆《きざ》した。このお婆《ばあ》は一体何者なのか。お為《ため》ごかしを言って金をせびろうという魂胆なら、もう少しましな相手を選びそうなものだ。

「――言っとくけど、ぼくはお金なんか持ってないからね」

老婆の喉が続けざまに引き攣った。今度のそれはどうにか笑い声らしく聞こえる。

「そりゃあそうだろう。お前さんがお大尽《だいじん》の御子息に見えるほど老いぼれちゃあいないよ」

「じゃあ、どうしてこんなこと教えてくれるの？」

「いけないかい？」

「だって、ぼくは言愚《ゴング》だよ？」

「ああ、そうだね。そんな眼《まなこ》じゃあ、この先もさぞ難儀するだろう」

「じゃあ、どうして？」

老婆は胡同の闇《やみ》よりも黒い目で、涼孤の青い目をじっと見つめた。

「わしも言愚だからさ」

あの老婆の名前を、涼孤《ジャンゴ》は今も知らない。

貧民街とはつまるところ、氏《うじ》や素性のしがらみから逃れてきた負け犬が最後に吹き溜《だ》まる場所である。そこでは名前など大した意味を持たないし、もし大仰に名乗ってみせたところで聞く方も真面目《まじめ》に受け取りはしない。

その老婆も、涼孤にとっては最後までただの「お婆《ばあ》」だった。

涼孤はその日からお婆の元に入り浸るようになり、夕方から翌朝まで、ただひたすらに棒切れを振り回す日々をおよそ五年にわたって続けた。当初は一本だけだった棒切れは三年目あたりから両手に一本ずつになり、四年目の暮れに蛇楊《ダヤン》が死んで以降の最後の一年は、お婆に面倒を見てもらいながらつきっきりで教えを受けた。

「——ねえ、それはお婆の剣?」

初めてお婆のねぐらに上がり込んだ夜のこと、涼孤はまるでごみ溜めのような寝床の枕元《まくらもと》に隠すように置かれているふた振りの剣に気づいた。お婆は涼孤が指差す先を見もせずに、

「ああ、わしが若い頃に使っていた剣だよ」

「あれで人を斬《き》ったことある?」

「ああ、たくさん斬ったよ」

「そんなの嘘《うそ》だ」

「嘘なもんかね」

「だって史児《シージ》が言ってた、一本の刀じゃ三人も斬れないって」

史児というのは近所の八百屋《やお》の親父である。露店をひとつ持っているというだけでも史児はこの界隈《かいわい》では充分に一目置かれる存在であり、その日の昼、涼孤は露店から出るごみを漁《あさ》っているときに史児と包丁研ぎの会話を小耳に挟んだのだ。

「——確かにね。あれの振り回す錆《さび》だらけの菜っ切り包丁じゃあ、南瓜《かぼちゃ》を三つも切れりゃいいとこだろうさ」

そのときに拾ってきた野菜くずを鍋《なべ》で煮込みながら、お婆は喉《のど》の奥をひくつかせて、

「もう教えたはずだよ、拳《こぶし》で攻めるときの急所と剣で攻めるときの急所は違うんだ。継ぎ目をほんの少し斬るだけでいい。後はその裂け目に刀身を滑らせる。柄《つか》を鷲摑《わしづか》みにするなというのはそのためでもあるのさ。勘所さえ外さなければ、人の身体《からだ》なんてちょいと突けば勝手に弾けてばらばらになるくらいのもんだよ。——それこそ、史児の菜っ切り包丁でもね」

「教わってないよそんなの」

お婆は鍋から顔を上げて、

「おや、そうだったかね。じゃあ、次はそれをやろう」

「あれを使って？」

涼孤はふた振りの剣をじっと見つめたままだ。

お婆は涼孤の視線を辿《たど》って、

「あれでやりたいかい？」

涼孤《ジャンゴ》が躊躇《ためら》っていると、

「そんなに物欲しそうにせんでもよ、わしが死んだらあれはお前にやるさ――」

その言葉は、翌年の冬の終わりに現実のものとなった。

枕元《まくらもと》で泣いて別れを惜しむ類《たぐい》の出来事は何もなかった。もはやこの冬は越せまいとお婆《ばあ》自身も予期していたようなふしがあったし、ひどく冷え込んだある朝、お婆は寝床から落ちて冷たくなっていた。痩《や》せ衰えた小さな身体《からだ》は床板のある一点を覆い隠すように縮こまっており、その下に隠された小さな壺《つぼ》にお婆が火葬の薪代《まきだい》を貯《た》め始めたのは去年の春のことで、死んだ後の銭まで数える吝嗇《りんしょく》さに涼孤はいつも眉《まゆ》を顰《ひそ》めたものだ。

死なれて初めてその真意がわかった。

お婆はその金で、来るべき日にこの世にただ一人残される涼孤の心をせめて気遣ってくれたのだろう。

貧民街を流れる運河を、付近の住人たちは「三途《さんず》のどぶ川」と呼んでいる。

人ひとりを灰にするのに八十貫もの薪が必要だとは思いもよらず、代金を壺ごと受け取った薪屋は焼き場の隅に火葬の支度を整えると涼孤一人を残してさっさと帰ってしまった。積み上げられた薪に火を放ち、燃えをよくするためにお婆の骸《むくろ》を竹竿《たけざお》で叩《たた》く。肉の焼ける臭《にお》いに引かれて野良《のら》犬どもが集まってきたが、決して連中を追い払ってはいけないと薪屋から予《あらかじ》め釘《くぎ》を刺されていた。火葬の場に集まる犬は「群狗《ぐんぐ》」といって、あの世から死人を迎えに来た神様の使いなのだという。

焼け残った骨を川に流すと、涼孤は本当の一人ぼっちになってしまった。

気が遠くなるほど疲れ切っていたし、そのまま川縁《かわべり》に倒れ込んで眠ってしまったのかもしれない。滋養も足らぬ痩せっぽちの身体でよくも凍え死ななかったものだと思うが、ふと我に返ればすでに日も落ちて、季節外れの翅禍虫《ハカム》の光が黒い水面《みなも》にちらちらと跳ね回っていた。這《は》うようにしてお婆のねぐらに戻り、年寄りの匂《にお》いのする寝床に座り込む。周囲の後片付けを始める気にもなれず、天井の大きな裂け目から射《さ》し込む月の光を顔に浴びていると、不意にお婆の声が脳裏に蘇《よみがえ》ってきた。

――そんなに物欲しそうにせんでもよ、わしが死んだらあれはお前にやるさ――

涼孤は、ゆっくりと頭を巡らせた。

すぐ傍《かたわ》らの枕元に、そのふた振りの剣はある。

手を伸ばし、片方の剣を摑《つか》み取って冬の月光にかざす。古びた柄《つか》に刻み込まれた左巻きの龍《りゅう》鱗《りん》は左翼を守る雄剣《おけん》の印だ。柄の精妙な細工に似合わぬ粗雑な造りの鞘《さや》は、幾多の死線をくぐり抜ける過程で何度も壊れて何度も作り直したからなのか。

涼孤は、ゆっくりと柄を引いた。

踊る龍の文様と、低温の液体にも似た刀身が一尺ほど滑り出る。

そして、涼孤《ジャンゴ》は孤独の正体を生まれて初めて思い知った。天井の裂け目から射《さ》し込む月光に照らし出され、鏡のような白刃《はくじん》の中からこちらをのぞき込んでいたあの青い目を、涼孤は一生忘れない。

それでいいじゃねえか、と蓮空《デクー》は言う。

それでいい、と涼孤も思う。

あの日以来、自分は何ひとつ変わってはいないし、何ひとつ失ってはいないのだから。

あれから二年が過ぎて、お婆《ばあ》のねぐらはとっくに土へと返ってしまったが、お婆の骨を流したどぶ川は今もこうして目の前の闇《やみ》をゆるゆると流れている。実を言えば、箒《ほうき》で張り飛ばした師範の椅子《いす》は元通りに柳《やなぎ》の木の根元に戻しておいたし、どこかに捨ててしまおうと思っていた厄落としの札も未《いま》だ懐《ふところ》に入ったままだ。

双剣を抜いて、涼孤は水際に立った。

お婆が死んで以降、涼孤はこの焼き場をしばしば訪れて〝龍《りゅう》を呑《の》む〟ようになった。どの套路《とうろ》を打つかはそのときの気分だ。その日一日のうちに何か胸が騒ぐようなことがあっても、ひとしきり剣を振ってふと気がつけば大分ましな気分になっている。頭のいかれた言愚《ゴング》が焼き場で刃物を振り回しているなどと噂《うわさ》になったら厄介ではあるが、死人の出ていない日を見計らうようにはしていたし、少なくとも騒ぎを起こしたことはまだ一度もない。そもそも、夜の焼き場に好き好んでやって来る者など、まさしく頭のいかれた言愚をおいて他にはおるまいと思う。

雲が引いて、呆《あき》れるほど巨大な月が唐突に天にかかった。

套路を開始する。逆手に握り直した左の剣を背後に、右の剣を目の高さに構える。

第二路、起式より五剣五行連環。

崩生把、把生横、横生劈、劈生攢、攢生崩。

崩克横、横克攢、攢克把、把克劈、劈克崩。

お婆はこの剣法の名前も素性も教えてはくれなかったが、貪《むさぼ》るように習い憶《おぼ》えた幾多の套路を何万回となく身体《からだ》に通しているうちにわかってきたことがある。動作の中に、創始者の単なる癖《くせ》と思われる部分がまだ相当数残っているのだ。

つまり、この剣法はまだ〝若い〟ということになる。

そこに仄見《ほのみ》えてくるのは、それほど遠くない過去に存在した天才の姿だった。套路に残る癖から察するに創始者は男で、利き腕は左で、背はそれほど高くない。左足にたぶん古傷か何かがあって、背面の受けに独特の「粘り」があるのは長く伸ばした髪を後ろで束ねていたせいではないかと思う。その天衣無縫の剣訣《けんけつ》を余人がいきなり真似《まね》ることは不可能だったはずで、後に別の誰かが他の剣法の套路に動作を落とし込んで一応の体系立った技術としてまとめ上げたのだろう。全路を俯瞰《ふかん》すると、まるで荒れ狂う一筋の龍を何者かが軛《くびき》をもって押さえ込もうとしていくかのような印象を受ける。

この剣法の核心は守りにある、とお婆《ばあ》は言った。

他者を一歩たりとも立ち入らせぬ絶対無敵の防御こそがこの剣法の主眼である、と。

そして、龍《りゅう》を押さえ込む軛《くびき》を外したとき、本当にその通りのことが起こるようになったのはつい半年ほど前からだった。龍を呑《の》んで套路《とうろ》を開始すると、不意に何もかもが遠のいて双剣の届く間合いだけが世界のすべてになる。その中心で自分はただひたすらに運動し、敵の攻撃に反応するだけの存在へと次第に近づいていくような気がするのだ。

——ほら、こんなふうに。

雄剣《おけん》と雌剣《めけん》の刀身が作り出す、自分以外は誰もいない世界。

まさに、我が身の孤独を絵に描いたようだ。

この剣法とこの青い目は、自分にとっては同じものだと涼孤《ジャンゴ》は思う。

こうして舞っているといつも、記憶にある最も古い光景が蘇《よみがえ》ってくる——何処《いずこ》とも知れぬ夕刻の路地裏で、一人ぼっちで棒切れを振っている自分の姿。

結局のところ、自分は未《いま》だに棒切れを手にしたまま、あの路地裏にひとり立ち竦《すく》んでいるのだろう。

第二路が終わっても、まだ龍を抜くのが惜しかった。内息は充実し、切っ先まで意識が浸透した両の剣は自分の腕とまったく区別がつかない。呆《あき》れるほど巨大な月は大して位置も変えずに天にかかり、月光に舞う死人の魂はさらにその数を増して水面《みなも》を滑っていく。

ちゃんばら遊びに混ぜてもらおうと物陰から歩み出て行ったあの日、自分を袋叩《ふくろだた》きにした連中の顔と名前を涼孤はすべて憶《おぼ》えている。

連中はもうとっくに棒切れなど捨てて、一人残らず大人になってしまったのだろう。その多くは悪事に手を染めた挙句にお縄にかかり、あるいは命を落としたにせよ、それは貧民街という世界においては相応の始末のつき方には違いなかった。

涼孤の口元に自嘲《じちょう》の笑みが浮かぶ。

野垂れ死ぬ寸前に拾われた先が講武所だったとはまさに皮肉と言う他はあるまい。自分は今も、物陰から近所の子供たちのちゃんばらを盗み見ているのだ。お前も遊びの輪の中に入って来いと蓮空《デクー》は言ってくれたが、同じ過《あやま》ちを再び繰り返す気には、どうしても、

背後。

群狗《グング》は、月華《ベルカ》の左から入った。

あと数瞬でその白い首筋へと達する切っ先に月華がまったく反応できていないのは、群狗にとってはむしろ救いだった。月華が下手《へた》に足掻《あが》いていたらその動きが邪魔になって、群狗の踏み込みは間に合わなかったかもしれない。地を這《は》う影の如《ごと》く体《たい》を沈め、二人の間に割って入ると同時に腰の長剣を右の逆手に抜き合わせ、切っ先を左肘《ひだりひじ》で支えて男の振り向きざまの一撃を

受けた。月華《ベルカ》を背後に庇《かば》う姿勢を強《し》いられたおかげで軸心が定まらず、完全には化かし切れなかった男の勁力《けいりょく》が長剣の刀身から柄《つか》に抜けて、右手の指先に肉を引き剝《は》がされるような激痛が弾ける。月華を後ろ手に抱き込んで腰を沈め、それ以上は身を守るためのどういう動きもしなかった。次が来たらどの道打つ手は無いのだ。

次は、来なかった。

背後に転げ込み、両足を滑らせて起き上がったときにはもう月華の腰を脇《わき》に抱え、片腕を縦に構えて飛び道具の追撃に備えている。すぐさま後方に跳躍して一気に間合いを外し、そこで初めて月華が悲鳴を上げて、空中で転身、着地と同時に群狗《グング》は一散に逃げる。

月華にしてみれば、何が何やらまったくわからない。

男の背中に手を伸ばそうとしたら天地が何度も回転し、地べたに突き転がされたと思うが早いか、気がつけば群狗に抱えられて闇《やみ》を疾走していた。懸命に背後を振り返ろうとするが、ぐらぐら揺れる自分の肩と真っ黒な闇の他には何も見えない。一体どのような走法を用いているのか、群狗の足はまさしく宙を飛ぶような速さだった。瞬《また》く間に焼き場を横断して胡同《こどう》の闇に飛び込み、幾つもの辻《つじ》を右へ左へと折れた先で群狗はようやく足を止める。

「お怪我《けが》はありませんか」

お主こそ、もう息が上がったか——そんな憎まれ口を叩《たた》こうとした月華であるが、いざ地に足をつけてみるとそのままへなへなと座り込んでしまう。すっかり目が回ってしまって、少し休んでからでなければとても立ち上がれそうにない。

しかし、
そんなことよりも——

月華は四つん這《ば》いのまま顔を上げて、

「——群狗よ、あれは、」

胡同の闇を右へ左へと遡《さかのぼ》った先の先、まるでこの世の果てのようだったあの川縁《かわべり》に、ふた振りの刃《やいば》を両手に生やしてきっと今も佇《たたず》んでいる、あれは——

「あれは、何だ」

あれは、本当に生身の人間だったのか。

あれは、本当に生身の人間の為《な》せる業《わざ》だったのか。

そう尋ねたつもりだった。

まるで質問の態《てい》を成していない月華の質問の意味を、群狗は正確に察してくれた。

「あれは、剣でございます」

群狗の答えは天を天であると、地を地であると言うが如《ごと》くに明快だった。

「あれこそ、剣でございます」

得心がいかない、と言いたげに月華は眉根《まゆね》を寄せて、

「剣、とはつまり、剣術か？　屋敷の庭で警護の者が棒切れを振り回しておる、あれか？」

——あれは、違います。

そこで群狗《グング》は迷った。いかに形式上の事とはいえ、その警護の者たちを統率する立場にある自分が第十八皇女を前にそう断じてしまったら連中としても立つ瀬があるまいと思う。

「——つまり、例えば、赤子から老人まですべてを一緒くたに『人』と呼ぶこともできるように、剣にも色々な剣があるのです」

むう。月華《ベルカ》は鼻の穴を膨らませ、しかしそれ以上の追及をしようとはせずに、未《いま》だ興奮の冷めやらぬ眼差《まなざ》しを胡同《こどう》の闇《やみ》へと向けた。

それにしても——と群狗は思う。

振り向きざまの一撃を逆手に受けた右手の指先には未だに感覚が戻らない。月華に気取《けど》られぬよう掌《てのひら》をそっと裏返してみると、五本の指の爪《つめ》が内側から出血して真っ黒に染まっていた。

震刃勁《けい》——俗に「鎧斬《よろいぎ》り」と呼ばれる技術だ。

兵器勁は二種に大別できる。すなわち、人体をより徹底して破壊するための「柔勁」と、人体以外の対物破壊にその効果を発揮する「硬勁」だ。震刃勁は後者に属し、刀身に震動する勁力を通して敵の鎧や盾《たて》を切断するための技法である。靱性《じんせい》の高い剣を用いれば通勁は容易だが効果も薄く、硬度の高い剣を用いれば威力は大となるが相応の力量が求められる。

痺《しび》れの引かぬ右手を握り込んで、群狗は胡同の闇を振り返る。

恐ろしい功夫《こんふー》だった。あの男なら、剣の切っ先で頭に軽く触れただけの相手をひとたまりもなく昏倒《こんとう》させてのけるだろう。かくも強大な、凡夫が一生の練武をもってなお成し得るかという勁力を刀身に通じておくことが、あの男にとっては息をするのと同じくらいに当然の有様なのだ。相手が鎧を着込んでいようが盾を振りかざそうが、間合いに踏み込んだ者は一刀のもとに排除することこそがあの剣法の唯一無二の眼目なのだから。

そうとも、

自分は、あの剣法を知っている。

遠い昔、自分はあれと同じものを見たことがある。

群狗の頬《ほお》に苦い笑みが兆《きざ》した。白刃《はくじん》に踊る龍《りゅう》の文様は夢にも忘れたことはないが、実際にあの男の間合いに踏み込むまで確信が持てなかったとは無粋な話だ。六十と七年を費やして探し続け、夜中に三度も厠《かわや》に起きるこの歳《とし》になってようやく諦《あきら》めもついたというのに――

よもや、これほどの目と鼻の先に、〝龍〟の末裔《まつえい》が生き延びていようとは。

「決めたっ！」

物思いに耽《ふけ》る群狗の傍《かたわ》らで突然、月華が飛び跳ねるように立ち上がって大声を上げた。

「群狗よ、妾《わらわ》は決めたぞ！」

固い決意に握り締められた両の拳《こぶし》、興奮のあまり逆立つ後ろ髪、身の内から湧《わ》き上がる感情を抑え切れずにくるくると二回転する。両の瞳《ひとみ》を爛々《らんらん》と輝かせて見つめる胡同の果ては、今もあの男がいる河畔の闇へと続いているはずだ。

そして、月華《ベルカ》は驚天動地のひと言を口走った。

「妾《わらわ》も剣をやるっ！」

そして、群狗《グング》はまったくの上の空でそれに応《こた》えた。

「それはようございますな」

月華は満面の笑みを浮かべ、うろうろと周囲を歩き回ってびしりと決めつける。

「それでは群狗よ、本日ただ今をもってお主を妾の専属の師範に任ずる！」

「恐れ入ります」

「助教《じょきょう》の人選はお主に任せよう。軍の腕利きを引き抜くもよし、地方より名のある高手を招くもよし。お主ならそちらの方面には顔が広いであろうしな」

周囲を憚《はばか》ることのない月華の大声に、群狗はようやく我に返った。

「月華様、いま少しお声を低く」

感慨にひたっている場合ではなかった。——自分は今、卯室の皇女と共に、どのような無頼の徒が潜んでいるかもしれぬ夜の貧民街の只中《ただなか》にいるのではなかったか。

左袖《ひだりそで》に仕込んだ飛鏢《ひひょう》を掌中《しょうちゅう》に滑らせる。右手は未《いま》だ満足に動く状態ではなく、数打ちの長剣は鞘《さや》の中で刀身が真っ二つに折れていた。屋敷を出たときにはまさか月華がこれほど遠くまで来ているとは思っていなかったので、正直なところ備えは手薄だ。両袖の飛鏢六本を投げ切ってしまったら後がない。道端に落ちていた古い竹竿《たけざお》を拾い上げ、上下に軽く振って感触を確かめる。火葬の際に使われる火掻《ひか》き竿の成れの果てなのだろうが、自由の利かぬ右手で扱うには剣よりも間合いを稼げる分だけ都合がよかったし、こんな物一本でも群狗の手にかかれば恐ろしい武器になる。

「――さあ、お転婆《てんば》はもう沢山《たくさん》でしょう。早く屋敷に戻らねば。侍従長めの白髪をこれ以上増やしては気の毒ですからな」

冗談めかした物言いとは裏腹に、月華の先に立って胡同《こどう》を行く群狗の眼は冷徹無比な老虎《ろうこ》のそれだ。闇《やみ》から闇へと油断のない視線を走らせ、辻《つじ》の角に身を潜めて、極限まで研ぎ澄まされた感覚は背後で月華が口を開きかける気配にさえ反応した。

「お静かに」

「――。まだ何も言うてはおらん」

月華が不満げに呟《つぶや》く。群狗の横から顔をのぞかせようとして押し戻され、

「なんじゃ、誰ぞ怪しい奴でもおるのか？」

「かもしれません。ですから、」

「苦しゅうないわ。狼藉者《ろうぜきもの》の一人や二人、事始めにはおあつらえ向きではないか」

何の話だそれは。

そう問い返す間もあらばこそ、月華がはしゃいだ声を上げて背中にべったりとのしかかってくる。昔から群狗にはよく懐いている月華ではあるが、これほど甘えた態度を取るのは近頃で

は珍しい。目を白黒させる群狗《グング》の耳元で、

「のう群狗よ、妾《わらわ》は何日くらい精進すれば、あの男より強くなれるのだ?」

意味がわからなかった。

群狗はゆっくりと背後を振り返り、
ただひと言、

「――は?」

*

誰かいた。


その誰かを抜き打ちにした姿勢から、涼孤《ジャンゴ》はひとり呆然《ぼうぜん》と雌剣《めけん》を下ろした。身の内の龍《りゅう》はすでに抜け落ちており、確かに何者かと打ち合ったらしい残勁《ざんけい》が未《いま》だ雌剣の柄《つか》に木霊《こだま》している。その切っ先には一点の血脂も見当たらず、草生《む》す焼き場には翅禍虫《ハカム》の舞い飛ぶ闇《やみ》がただ茫漠《ぼうばく》と広がっているばかりだ。

夢でも見たのだろうかと疑う。

夜の焼き場を訪《おとな》う物好きなど、頭のいかれた言愚《ゴング》をおいて他にいないはずではなかったか。

——いや、
確かに、誰かがいたのだ。

いたと思う。

いたような気がする。

「——いたよな」

思わず声に出る。

混乱した頭で事の脈絡を反芻《はんすう》する。——第二路を終えた直後だったと思う。背後に立つ何者かの気配を感じ、龍が即応して、その何者かの首筋をめがけて右回りの斬撃《ざんげき》が飛んだのだ。とにかく驚きが先に立って、涼孤は猛《たけ》り立つ龍を懸命に抜こうとした。間に合ったとは思えない。刃筋は最後まで止められなかったし、今も右手に消え残っている衝撃が何と打ち合った結果なのかも判然としない。何かのはずみで事無きを得てくれたのだとすれば安堵《あんど》に胸を撫《な》で下ろすばかりだが、刹那《せつな》の記憶は強引に抜き落とした龍の巨体もろとも に浚《さら》われてしまった。頭の中にぽっかりと口を開けた洞《ほら》の縁《へり》に立っているような気分だ。知れきった双剣の重さも、頬《ほお》を弄《なぶ》る風も淀《よど》んだ水の臭《にお》いも、こうして地に足をつけて立っているという実感さえも、すべては白昼夢のように曖昧《あいまい》だった。

——それにしても、
青い目が焼き場の闇を彷徨《さまよ》う。

あれは、一体、何者だったのだろう。

顔も姿も見たわけではないが、ひどく無邪気で馴《な》れ馴れしい奴だった。龍《りゅう》が反応した首筋の高さを正しいとするなら、そこそこの身の丈は間違いなくあったはずである。そのくせ、気配の印象だけで言えば年端《としは》も行かぬ幼子か、あるいは子犬か何かだったようにさえ思える。その矛盾を解決する方途もその先の洞察も、なけなしの記憶の断片からはもはや導き出すことはできなかった。

――やはり、
諦観《ていかん》のため息をつく。

夢でも見たのだろうか。

龍に酔い痴《し》れた挙句の、ありもしない幻だったのか。

死人を焼いて河に捨てるこの場所では、少々の怪異も驚くには値しないことなのか。

双剣を鞘《さや》に収めてもなおその場を去り難《がた》く、涼孤《ジャンコ》は背後に覆い被《かぶ》さってくるような大輪の月を振り返る。晩春の川風がぼろ着の懐《ふところ》に踊り込み、汗ばむ身体《からだ》を冷まして吹き抜けていく。三途《さんず》のどぶ川は何事もなかったかのように闇《やみ》から闇へと流れ、拝む者も絶え果てた祠《ほこら》の神々がお前もそうしてずっとひとりでいろと囁《ささや》きかけてくる。月光は青々と降り注ぎ、死人の魂は暗く深く渦を巻き、この剣は己《おの》が孤独の具現であって、この両刃《りょうじん》の及ぶ間合いは生者の存在を決して許さぬ無人の域であるはずだった。

この世の果てにただひとり立ち竦《すく》んで、涼孤は己が孤独の境界を、誰かがいたはずの闇間をいつまでも見つめている。


何者であってもよかった。

夢でも幻でも構わなかった。

もう一度姿を見せてくれるなら、ちゃんばら遊びくらいはいくらでもつき合ってやるのに。

絵筆と木剣

DRAGON BUSTER

龍盤七朝

呼び鐘の音を聞いただけでわかった。

いかにも気の強そうな、早く出てこいと言わんばかりの鳴らし方。

月華《ベルカ》だ。

珠会《シュア》は、寝床に埋《うず》めていた顔をのっそりと上げた。

夏も盛りになると、廓《くるわ》の女ばかりが住む長屋は運河の支流から運ばれてくる生臭い熱気に塗り潰《つぶ》される。休みにはいつも昼過ぎまで寝ている珠会であるが、こう蒸し暑くてはとても眠れたものではなかった。先刻からさかんに寝返りを打って、途切れ途切れの夢と汗で湿った寝床との間を幾度となく往復していたところだ。

呼び鐘が再び鳴らされる。

むああ、と生返事。

腹の空《す》き具合からして時刻は昼前といったところか。ちょうどいい、もう起きちゃおう、頭ではそう思っても身体《からだ》がついてこない。どうにか寝床から這《は》いずり出て床にぺったりと座り込み、まだ半分以上は寝惚《ねぼ》けているような顔で周囲を見回すと、普段は気にせずに過ごしているこの部屋本来のみすぼらしさが突如《とつじょ》として顕《あらわ》になった。天井には生々しい雨漏りの黴跡《かびあと》、鏡板の歪《ゆが》んだ化粧台はいつの時代のがらくたとも知れず、最後まで舐《な》めるように使い尽くされた香水の小袋が方々に散らかり、壁に掛けられた色とりどりの招福画などはいかにも無駄な抵抗という感じだ。

呼び鐘が三度《みたび》、それまでにも増して乱暴に鳴らされる。

「もー、そんなに引っぱったら壊れちゃうでしょ」

珠会《シュア》は個室を与えられるほどの身分ではまさかない。部屋の向かい側にはもうひとつ別の寝床が据え付けられているのだが、その主はあろうことか二日前に客と駆け落ちしてしまった。紙を切り抜いた人形が針で枕元《まくらもと》に縫い止められているのは廓《くるわ》専属の拝み婆《ばば》が施した女郎戻しの呪《まじな》いだ。あんなものに一体どれほどの効力があるのか知らないが、どの道、里久《リク》姉さんはもう二度とこの部屋に戻ってくることはないのだろうと珠会は思う。後釜《あとがま》が送り込まれてくるのもそう先の話ではあるまい。

呼び鐘が鳴らされっ放しになった。

「わかったから、いま行くってば」

それにしても、月華《ベルカ》が訪ねてくるのは随分と久しぶりだった。

かれこれひと月以上は顔を見ていなかった気がする。

さぞかし積もる話があるのだろう、近所迷惑な鐘の音に珠会は思わず苦笑を漏らした。今日は生憎《あいにく》と用事が控えているが、その前に茶館にでも立ち寄って話を聞いてやるくらいなら構うまい。口が裂けるほどの欠伸《あくび》をひとつ、鏡板をのぞき込んで髪を整えようとして諦《あきら》める。馴染《なじ》みの客には到底見せられない御面相だ。

衝立《ついたて》を押しのけて部屋を横切り、入り口の引き戸を開けて、

「——ちょっと、その呼び鐘こないだやっと直してもらったんだからね」

「隙《すき》ありっ！」

勢いよく振り下ろされた木の棒が、がつん、と珠会の脳天を捉《とら》えた。

星が飛んだ。頭を抱えてその場に蹲《うずくま》り、そのうちにむらむらと怒りが湧《わ》いて、

「何すんのよ馬鹿！　悪ふざけもいい加減に——」

大声で怒鳴りながら立ち上がったところで、珠会は続く言葉を思わず呑《の》み込んでしまった。

そこにいるのは、確かに月華である。

驚いたのはその奇妙な風体だ。仕事柄、男の装束は見慣れている珠会も、月華の着ているそれが武術の稽古着《けいこぎ》であるとすぐには気づかなかった。あまりに贅沢《ぜいたく》な布地がふんだんに使われているし、裾《すそ》に施されている蟒《うわばみ》の刺繍《ししゆう》には確かに見覚えがある。まさか、いつも着ていたあの高価そうな略装衣を惜しげもなく仕立て直してしまったのか。

おまけに、今も珠会の頭に乗っている木の棒は箒《ほうき》の柄でもなければ引き戸の心張り棒でもなかった。さすがの珠会も武具の良し悪《あ》しまではわからないが、月華が手にしている木剣は本物

も本物、蚊母の古木が風化して残った芯材《しんざい》から削《けず》り出された一級品である。

「久しいな珠会《シュア》。妾《わらわ》がおらんで寂しかったか？」

月華《ベルカ》は不敵な表情を浮かべて小生意気な口をきく。珠会は殴られた痛みも怒りも忘れ、月華の風体をもう一度頭からつま先まで睨《ね》め回して、

「――なにそれ？」

よくぞ聞いてくれた、と月華は胸を張り、予《あらかじ》め用意していたに違いない台詞《せりふ》を口にする。

「これこそ剣だっ！」

まるで、お気に入りの玩具《おもちゃ》を褒められた子供の笑顔だ。

＊

元都の夏空は青すぎてむしろ黒く見える。西風がもたらす砂漠の熱気が去るのはあと三月も先のことで、通りには思わず足を止めて見とれてしまいそうな逃げ水が立ち、運河の流れは岸壁に明らかな苔跡《こけあと》を残して身投げもままならぬほど浅くなる。この時期の水運には「夏姿《かし》」という小型の平底舟が使われるが、それでも座礁は方々で発生し、船着場の人足たちはそのたびに橋の上や河沿いの道から綱をかけて舳先《へさき》を船道に曳《ひ》き戻さなければならない。彼らが大声で歌う卑猥《ひわい》な内容の労働歌は、元都の夏の風物詩のようなものだった。

目当ての三福館には普段の半分も客がおらず、主《あるじ》が暑気あたりで倒れたらしいと聞いた珠会はすぐさま踵《きびす》を返して店を出た。生意気に思われたら嫌なので姉貴分たちには隠しているが、珠会は茶には相当うるさい。論戸《ロド》が淹《い》れた果鈴茶《かりんちゃ》が出てこない三福館など下駄番の男衆しかいない廓《くるわ》と同じことである。とはいえ近くには他に心当たりの店もなく、仕方がない、端真道の蓮家まで足を延ばすかと歩き出したところで月華が西瓜《すいか》の屋台売りを指差した。大玉ばかりを山積みにした荷車と並木の木陰と適当に並べた長椅子《ながいす》、という単純明快な真夏の商売だ。銅滴を二粒も渡せば屋台の親父は西瓜を砕くような手つきで包丁を振るい、両手でなければ持てぬほど大きな切れ端を無造作に渡して寄越す。見たところ他の客は男ばかりだが、珠会はそういうことはあまり気にしない質《たち》であるし、月華はそもそも気にするということをあまりしない質である。

「——あんたねえ、食べるか喋《しゃべ》るかどっちかにしなさいよ」

西瓜と格闘する月華の不器用さといったらなかった。果肉の瑞々《みずみず》しさに目を輝かせ、かぶりつくたびに滴《しずく》がびたびたと稽古着《けいこぎ》の膝《ひざ》にこぼれ、口一杯に頬張《ほおば》ったままで喋るものだから言っていることの半分もわからない。それでも月華は夢中になって喋り続ける——あの日、珠会と別れた後に財布が無くなっているのに気づいたこと。芝居の一座がいた辻《つじ》を探しているうちに道に迷ってしまったこと。散々歩き回った挙句にとうとう貧民街の奥地を流れる運河の畔《ほとり》へ至ったこと。呆《あき》れるほど巨大だった月と、死人の魂のようだった虫の光と、双剣を手にした青い目の男。

「——つまり、」

珠会《シュア》は話をもう一度頭の中で整理して、

「その誰かさんが剣術の型をやってるのを見て、それが格好よかったんで、あんたも剣術を習い始めた。——そういうこと？」

もしゃもしゃと西瓜《すいか》を咀嚼《そしゃく》している口元を嬉《うれ》しそうに歪《ゆが》めて、月華《ベルカ》は力いっぱい頷《うなず》く。

目を丸くしてその様子を見つめていた珠会は、ぷはっ、と噴き出した。長椅子《ながいす》から転げ落ちそうになるまで身を捩《よじ》り、周囲の客が訝《いぶか》しむほどの大声で笑いこける。月華は憮然《ぶぜん》として立ち上がり、

「なっ、何がおかしいかっ！」

「——いや、ごめん、別にいいんだけどさ」

ようやく笑い止《や》んだ珠会は長椅子に座り直し、上目遣いに月華を見上げて、

「そっか。まあ、あんたらしいと言えばあんたらしいのか」

そう言って追い打つようにむふふと笑う。月華は苛立《いらだ》たしげにぐるんと一回転し、

「珠会は、珠会はあの男の技をその目で見ておらんからそんなふうに笑っておれるのだ！」

「ああそう、じゃあたしは見なくてよかったわ」

その投げやりな台詞《せりふ》がまた癇《かん》に障《さわ》ったのか、月華はやおら手を伸ばして長椅子に立てかけら

れている木剣を摑《つか》む。珠会はまた殴られてはかなわんと思わず身構えるが、月華は忙《せわ》しなく周囲を見回して、屋台の親父から一本の箒《ほうき》を借り受けて戻ってきた。客が食べ散らかした西瓜の皮を片付けるための、子供の足ほどの長さの小さな箒である。

珠会のみならず、屋台の親父や周囲の客までが何事かと見守る中で、月華は右手に木剣、左手に箒を握り締めておもむろに背筋を伸ばした。

「よいか、妾《わらわ》がやってみせてやる！　まず最初はこうだ！」

月華は逆手に握り直した左の箒を背後に、右の木剣を目の高さに構える。起式である。

「次はこう！」

回身刀勢から崩剣。

「こう！」

順歩双突。

「こう！」

把剣から揚門掃脚。

そして月華は珍妙な踊りを始めた。へっぴり腰の太刀筋《たちすじ》は素人目《しろうとめ》にも頼りなく、ただ大げさに足を踏み鳴らすだけの歩法は辺境蛮族の雨乞《あまご》いといった趣《おもむき》だ。箒はともかく、本来双手《もろて》で扱うべき長さの木剣は月華が片手で振るには重すぎて、右への一刀を繰り出すたびに姿勢がふらふらと泳いでしまう。それでも月華の表情は真剣そのもので、呆《あき》れて見ていた周囲の客からも次第に声援が上がり始めた。

「はあっ！」

「いいぞねーちゃん！」

「とおっ！」

「ほれ、がんばれ！」

最後の跳躍——抱月飛足燕形に至ってはまことに微笑《ほほえ》ましいのひと言で、客は惜しみない拍手と歓声でそれに応《こた》えた。月華《ベルカ》は肩で息をしつつも得意げに振り返って、「どうだ、見る者が見ればちゃんとわかるのだ」と言わんばかりの顔をする。

だめだこれは、と珠会《シュア》は思った。

これは、かなりの重症だ。

「——で、それからひと月丸々家に籠《こ》もって、剣術の稽古《けいこ》をしてたわけ？」

月華は再び珠会の隣に腰を下ろし、食べかけの西瓜《すいか》にがっぷりと嚙《か》みついて、

「ひはんほらんりんほまへいたのらが」

「だから、」

じゅるるごっくん、

「師範を何人も招いたのだが、どうにもそりが合わんでな。今のところは参渦《シャンガ》という年寄りに落ち着いておる。六身《りくしん》仙合剣の達人だぞ。知っておるか？」

知ってるわけないでしょ、と珠会は肩をすくめた。ちらりと横目を戻すと、月華はあさっての方を向いて口元をもにょもにょさせている。口の中で種をより分けてぺっと吐き出すということがどうしてもできないらしい。さらによく見れば、月華の腕は稽古着の短い袖《そで》から先が色分けでもしたように日に焼けており、形のいい鼻の頭はうっすらと皮が剝《む》けていた。

なるほど、ずっと稽古をしていたというのは本当なのだろう。

貴族や大商人の家ならば、女子にも武術を習わせるというのはそれほど常識に外れた話ではない。月華が言いたい放題のわがままを言って、金に飽かせて連れてきた師範たちをとっかえひっかえしている様が目に見えるようだった。目下居ついているというそのじじいも法外な謝金だけが目当ての、月華のやることなすことに「お見事でございます！」と手を叩《たた》くことしかしない太鼓持ちのような奴なのだろう。何とか剣の達人というのも果たしてどこまで本当なのやら。

「じゃあ、今日は久しぶりの骨休めってわけ？」

まさか、と月華は首を振った。再び木剣を手に取り、びゅんとひと振りして鼻息も荒く、

「妾《わらわ》の剣術も様になってきたし、あの青い目とひとつ手合わせをして進ぜようと思うてな」

「はあ!?」

「何をそんなに驚く？」

珠会は目を丸くしたまま、

「え、あれ？　だって、そいつ強いんでしょ？」

「妾《わらわ》も強いぞ」

珠会《シュア》は呆《あき》れて物も言えなかった。剣術に限らず、芸事がひと月やそこらでものになるなら誰も苦労はすまい。先刻の箒《ほうき》踊りを見てもそれは明らかだと思うのだが、月華《ベルカ》のこの闇雲《やみくも》な自信は一体どこからくるのだろう。

それと、決して看過できない問題がもうひとつ――

「――ねえ、聞いてもいい？」

「何じゃ改まって」

「あのさ、そいつの目が青いってのが、どういうことかわかってる？」

月華は頷《うなず》いて、

「犬でもときどきあいうのがいるな」

「――。そういうことじゃなくて、」

「ごんぐ、というのであろう？」

そのくらい知ってる、と不満げな月華であるが、「本当はつい最近誰かに聞いて初めて知りました」と顔に書いてある。珠会はさらに、

「いや、だからね、言悪《ゴング》っていうのがどういうことなのか、本当にわかってるの？」

「白陽の山の民だ」

そう答えつつも少々不安になってきたらしい、月華は「そう聞いたぞ、違うのか？」という上目遣いで珠会の様子を窺《うかが》ってくる。

案の定だ、と珠会は思わず天を仰いだ。

月華は、意中の相手がどういう素性の者であるかをまったく理解していない。

しかし、卑賤《ひせん》の身分と言うなら珠会も廓《くるわ》の女である。名だたる大籬《おおまがき》の金看板ともなれば話は別かもしれないが、まだまだ序列の下から数えた方が早い珠会は通りすがりの相手に唾《つば》を吐かれたり、釣り銭を足元に放り投げられたりしたことが何度もある。珠会と月華がこうして並んで西瓜《すいか》を齧《かじ》っているという状況もまた、世間の常識からすれば到底あり得ない組み合わせには違いなかった。

月華の世間知らずは、育ちの良さの一側面なのだろう。

そんな月華に言愚の何たるかを問われ、「白陽の山の民です」と字義的な意味を説明するだけに止《とど》めて、そこから先は月華自身に判断させようとした誰かさんはなかなかの人物だ。圧倒的な経験不足のせいでしばしば突拍子もないことをするけれど、月華は根は頭のいい子だと珠会は思う。

「ところで、困りごとがひとつある」

「なによ」

「手合わせをするのはいいとして、あの青い目が一体どこの誰なのかがわからんのだ。珠会なら知っていると思って聞きに来た」

　前言撤回、こいつはやっぱりただの馬鹿かもしれない。

「——ごめんね、なんであたしがそいつの居所を知ってると思うわけ？」

　月華《ベルカ》の口が呆《ほう》けたように半開きになり、

「——知らんのか？」

「だから、なんであたしが知ってると思うのよ⁉」

「で、では、あの青い目は一体どこの誰だったのだ⁉　妾《わらわ》は一体どこに行けばまたあの者に会えるのだ⁉」

　だから知らないというのに——胸倉を力任せに揺すぶられて珠会《シュア》は途方に暮れる。どうやら月華は、街のことなら珠会に聞けば何でもわかると思い込んでいたらしい。

「珠会は、妾が街に出たときにはいつも方々を案内してくれたではないか！　妾はどうしてもあの青い目に会わねばならんのだ！」

「——あ、」

　そのとき、ひとつの考えが珠会の脳裏をかすめ、

「いいこと思いついた。ねえ、名前は何ていうんだっけ、ほら、あんたが天下一だってよく自慢してたおつきの爺《じい》や誰かでさ、ものすごく強いっていう——」

　そこまで聞いて、月華はなぜかむっつりと不機嫌そうな顔になった。

「──群狗《グング》か？」

「そうそうその人。あたしなんかじゃなくて、その人に聞いてみればいいと思うよ。そんなに強いんだったら当然そっちの世界のこともよく知ってるだろうしさ、調べるってだってあるんじゃない？」

月華はぷいと横を向く。

「ふん。あんな嘘《うそ》つきのことはもう知らん」

「──なにそれ。どうしたの、喧嘩《けんか》でもしたの？」

「どうもこうもあるか！　妾は、最初は群狗に頼んだのだ！」

「何を？」

「剣を教えてくれと」

なるほど。すでに身近に天下一がいるのならそれが一番話は早かろう。

「ところが群狗は、一度は承知しておきながら急に掌《てのひら》を返して、妾がいくら言うても首を縦に振らんのだ。珠会もひどいと思うであろう？」

「それは、まあ──、」

どうだろう。月華の側だけの言い分だ。

「だから、妾は群狗とはもう口をきいてやらんのだ」

月華は再び横を向いて、ぶうっ、とむくれてしまった。珠会はため息をつく──こうなってしまうと月華《ベルカ》は強情だ。しかし、他にこれという方法は思いつかない。やはり、妙な意地を張るのはやめてその天下一に尋ねてみるしかないと思う。それが嫌だと言うのならもはや処置なしである。

顔を上げ、斑《まだら》の影を落とす並木の緑を透かして日差しの角度を確かめた。

少々長居をしすぎたかもしれない。

「――じゃあ、どうしようもないわね。さてと、あたしそろそろ行くわ」

長椅子《ながいす》から立ち上がって、うん、と背伸びをすると、月華は背筋に氷を当てられたように振り返った。

「ま、待て。どこへ行くのだ？」

「どこって――」

あれ、まだ言ってなかったっけ、

「あたしこれから用事があるのよ。悪いけど今日はこれで――」

いきなり着物の裾《すそ》をがっしと摑《つか》まれた。

「またか!?　珠会《シュア》は肝心なときにはいつもどこかに行ってしまうではないか！」

「そ、そんなこと言ったって。しょうがないでしょ、番所の役人に呼ばれてるんだから。あんたも早く家に帰って爺《じい》やに相談してみれば？」

「嫌じゃ！」

月華はぶんぶんと首を振り、

「頼む、あの青い目を探すのを手伝ってくれ！」

またこれだ——と珠会は思う。

こうして月華の無茶な頼みに何度つき合わされたか知れない。しかし、珠会としてもお役人からの呼びつけをまさかすっぽかすわけにはいかなかった。来砂の番所に午後一、金灯楼の主《あるじ》からもそう厳命されている。

——とはいえ、
強情さと不安の入り混じった月華の顔を見つめて思う。このまま放って行ったら月華はまず間違いなく一人で青い目を探しに行くだろう。誰彼構わずに言愚《ゴング》の居所などを尋ね回って煙たがられるくらいならまだいいが、最悪、思い余った月華は出会いの場所である川縁《かわべり》の焼き場にもう一度行ってみようとさえ考えるかもしれない。月華は強がり半分で何でもないことのように話していたが、金持ち丸出しの格好をした若い娘が貧民街の奥地にまで踏み込んでよくも無事でいられたものだ。

はあっ、と大きなため息をつく。

「——わかった、ならこうしよ。六路門の参道。あんたと最初に会って、饅頭《まんじゆう》の取り合いで喧嘩《けんか》した所。憶《おぼ》えてる？」

月華は目を見開いて、うんうん、と何度も頷《うなず》いた。

「そこで待ってて。こっちの用事もそんなに長くはかからないと思うから。ただし約束、あたしが行くまで参道から一歩も外に出ないこと。そこらの屋台をのぞいていれば退屈しないだろうし、遅くても根連堂の八つ鐘が鳴る頃には行けると思う。それでいい？」

見る見るうちに月華《ベルカ》の表情が明るむ。苦しゅうないぞ、と言いかけて慌てて口をつぐみ、

「——ま、饅頭《まんじゆう》を奢《おご》るぞ！　何がいい⁉」

えー、珠会《シュア》は苦笑しつつも考えて、

「じゃあ、寒州豚の肉饅」

「心得た！　早く来んと妾《わらわ》がみんな食うてしまうからな！」

珠会は手を振って月華に背を向ける。並木の木陰から真っ白な陽光の下へと歩み出て、たちまち噴き出してくる汗と路傍の砂埃《すなぼこり》に思わず顔を顰《しか》めた。

——寒州豚の肉饅か。

あたしも人がいいなあ、と珠会はつくづく思う。

腕輪をじゃらじゃらさせた女郎丸出しの女が立ち去ると、派手な稽古着《けいこぎ》を着た小娘は西瓜《すいか》の残りをがつがつと平らげて木剣を手に席を立った。そのまま立ち去るのかと思いきや、屋台の親父を摑《つか》まえて何やら物を尋ねている。羅寸《ラズン》の座っている長椅子《ながいす》の端からでは会話の内容までは聞き取れなかったが、親父の指差す方角を見てわかった——六路門の参道を憶《おぼ》えているかと

女郎に聞かれてあれほどはっきりと頷《うなず》いていたくせに、肝心の道を知らないのだ。

酔狂で剣を取った金持ちの馬鹿娘。

結局は、そういうことなのか。

「――禄長《ろくちょう》も気になりますか。あの子」

胡久梨《コクリ》の問いかけに、羅寸は辛《かろ》うじて否定と受け取れる鼻息を漏らす。

禄長、とはかつての羅寸の階級名である。三十の半ば、砂漠で長い月日を過ごした双眸《そうぼう》は瞳《ひとみ》が濁り、ほとんど白髪ばかりの頭髪は短く刈り込まれ、逞《たくま》しい手足を窮屈そうに組んで座っているその姿は厳《いかめ》しい神像か何かのように見える。一方の胡久梨はまるで気のいい書生といった風だ。いつもへらへらと笑っている童顔は羅寸と並べてみると顔の似ぬ父と子のようだが、実際の年齢は十も離れていない。

「――五来剣の第二路でしたね、あの箒《ほうき》踊り」

「違うな」

「またまた」

「五来は二刀を持たん」

「いや、それはそうですけど、あれは崩把横劈攢の五行連環でしょ」

羅寸はわずかに目を細め、先刻の小娘の動きを再び瞼《まぶた》の裏に転がしてみる。

――いや、

やはり違う、と羅寸《ラズン》は思う。五来剣は羅寸の手足であり、あの箒《ほうき》踊りもそれであるという胡《コ》久梨《クリ》の指摘には、見知らぬ他人が似せて書いた文字をお前のものだと言われているような違和感を覚える。

小娘の箒踊りの「形」が五姿五行であることは否定しない。

しかし、その内部で連環しているのはまったく異質な術理だ。五来剣の第二路は、その術理に練功法としての一応の格好を与えているに過ぎない。

あれは五来剣ではない。

あの箒踊りの背後に隠れているのは、五来剣とは似ても似つかない「何か」だ。

「ねえ、ちょっと声かけてみましょうか？」

羅寸は言下に、

「やめろ」

胡久梨は目を丸くした。口の端でにたりと笑って、

「やだなあ、おれがあの子に何かするとか思ってます？」

羅寸は視線を転じる。小娘と女郎が座っていたのは羅寸から見て前列の右手、長椅子《ながいす》にして二つ分ほど離れた辺りである。男ばかりの客の中で二人の声は終始耳についたし、西瓜《すいか》を口一杯に頬張《ほおば》ったまま喋《しゃべ》る小娘の話の中身を聞き取ることもさして難しくはなかった。

焼き場で套路《とうろ》を打っていたという「青い目の男」とは、一体何者なのか。

ふと、闇に燻る熾火のような感覚が羅寸の胸の奥深くに点った。

自分でも意外だった——己が身の内にそんな感覚がまだ残っていたとは。

これまでに二つの戦乱を、数え切れぬほどの強い男を羅寸は見てきた。

それらの中には、羅寸を上回る腕の持ち主さえ何人もいた。

そして、そういう強い男たちが戦の勝敗を左右することはまずなかった。が敵につこうが味方につこうがほとんど何の違いも生じなかった。表舞台の合戦であれ裏舞台の秘密作戦であれ、その趨勢を決定づけるのは常に兵站の優劣と事前の戦争計画であり、一個人の技量などというものは「背が高い」とか「鼻が丸い」といった類と同様の、戦の現実に踏み潰されるべきちっぽけな個性のひとつに過ぎなかった。強い男たちは数に押し込まれ、流れ矢に首を貫かれ、傷が元の病に倒れ、飢えに痩せ衰えて虫のように死んでいった。焼き場の男が何者であろうが関係ない。

強い相手とは戦いを避ければいい。

どうしても戦わなければならないのなら寝込みを襲うなり毒を盛るなりすればいい。男二人が刃物を片手にじゃれ合ってどっちが強いだの弱いだの、そういう幼稚な戯言は遠い戦場に捨ててきたはずだった。

「——ほら。やっぱり気になるくせに」

羅寸の横顔をじっと窺っていた胡久梨が忍び笑いを漏らす。

「まあ、そりゃそうか。千尋衆が解散してもう六年ですもんね」

「七年だ」

「あれ、そうでしたっけ？　——まあいいや。あのね、禄長《ろくちょう》はご存知ないかもしれないけど、地回り連中と一緒にちょっと柄の悪い飲み屋なんか行くと結構いるんですよ。酔っ払った挙句に調子こいて、『知り合いに千尋衆の生き残りがいる』とか『千尋五来を習ったことがある』とか、そういうこと言い出す連中が」

胡久梨《コクリ》は膝《ひざ》の上で頬杖《ほおづえ》を突いて、過去を懐かしむような視線を目の前の往来に向けた。

「——でも、さっきの箒《ほうき》踊りはちょっと驚いたな。禄長はいつも隠れて稽古《けいこ》をするからね、五姿五行連環を他人がやってる姿なんて千尋衆の解散以来初めて見ましたよ。——ねえ、あの子が言ってた青い目の男って何者だと思います？　焼き場乞食《こじき》の言愚《ゴング》が五来第二路なんて一体どこで拾ったんですかね？」

やはりそこか、と羅寸《ラズン》は思う。

羅寸自身は、小娘の箒踊りの背後に潜む術理を千尋五来そのものではなく、第二路に形を借りた別の流派のそれであると見ている。

だとすれば、過去のいずれかの時点で五来剣の技術が門外に流出し、少なくともその一部が焼き場の男の流派に合流したという話になる。しかし、本当にそんな事実があったのか。千尋衆のお家芸となって以降の五来剣が、そこらに気安く転がっている町人剣法の一流派であったことなど一日たりともないはずなのだ。

その昔、五来剣は馬厨地方の土着剣法だった。

創始者については諸説が入り乱れているが、卯《ウー》の前身である素仏《ソブ》国の來王の時代に姿蘭《シェラ》という達人を輩出して勇名を馳《は》せるようになった。卯家が政治の実権を握って以降、姿蘭は武臣倫院の情報武官として各地を転戦し、配下の高手を組織して破壊工作や情報収集を行う特務機関を創設する。これが後の千尋衆の母体となり、姿蘭の五来剣も千尋衆の主力剣法としての地位を不動のものとする。

馬厨地方を中心として民間で伝承された五来剣を「馬厨五来」、千尋衆の内部で秘密裏に伝承された五来剣を「千尋五来」と呼ぶ。戦乱の時代、林立する様々な新興武術に埋もれて次第に廃《すた》れていった馬厨五来に対し、千尋五来は豊富な実戦の機会と一方的な技術の流入に磨かれて独自の風格を発展させていく。胡久梨の指摘した崩把横劈攢の五行連環も千尋五来に固有の把式のひとつだ。

卯室は千尋衆なる特務機関が存在していたことを現在も公式には認めていないが、彼らの剣力は卯の全時代を通じての公然の秘密だった。最盛期の人員は二千を数え、入営と同時に延覇《エルハ》山の奥殿《おうでん》で本名をひと足先に彼岸へと送り、「どこの誰でもない者」として剣を取った千尋衆は、この国の血塗られた歴史を闇《やみ》から支え続けてきたのだった。

だが、それも遠い昔のこと。

白陽天動乱の平定以降、周辺に大きな火種が無くなった卯は建国以来初の軍縮へと方向を転換する。とりわけ、闇《やみ》の歴史の生き証人である千尋衆はその存在自体が危険視されるようになり、長期的な解体計画が立案されて次第に爪《つめ》と牙《きば》と頭脳を失っていった。この時期に卯国内で多発した要人暗殺と千尋衆との関係は、現在でも城内では大きな声で語ることのできない話題のひとつである。真相は闇の中であるが、遠からず歴史の舞台から抹消される死神の集団に最後のひと働きをしてもらおうと考えた人間は一人や二人ではなかったということだろう。

卯の民衆は、千尋衆という何やら恐ろしげな秘密集団が今も存在すると思っている。

その名は人攫《ひとさら》いの別名となって、言うことを聞かない子供を脅す母親の常套句《じょうとうく》として今日《こんにち》でも命脈を保っている。

だが、本当はそんなものはもう存在しないのだということを羅寸《ラズン》は知っている。七年前、武臣倫院の片隅に残っていた卓ひとつ椅子《いす》ひとつの部屋が開かずの間として封印され、最後の三十七人が再会を約すことなく野《や》に散っていったあの日、羅寸には行動を共にする四人の部下がいた。

その四人も一人は死に、二人は去った。

「あーあ、まだやってらあ。ねえ禄長《ろくちょう》、ほんとに声かけなくていいんですか?」

憶《おぼ》えの悪い小娘が屋台の親父を散々に手こずらせている。見かねた胡久梨《コクリ》が腰を上げようとするが、羅寸はただひと言、

「構うな」

あの小娘が、焼き場の男の素性や居所を知っているのなら話は別だ。

しかし、会話を聞いた限りでは名前さえも知らないようだったし、女二人が力を合わせて探し歩いたところで、貧民街の住人であろう男を見つけ出せるとは思えなかった。ならば探りを入れておく意味も――

――よいか、妾《わらわ》がやってみせてやる！　まず最初はこうだ！

不意に、羅寸の表情が静止した。

「胡久梨、」

「はい？」

「あの小娘が、焼き場の男を見たのはいつだ？」

「え？　さあ――」

それこそあの子に直接尋ねたらいいのに、胡久梨はそんな目つきで羅寸を一瞥《いちべつ》して、

「――傍《はた》で聞いてた限りじゃあ、結構前の話だと思うなあ。翅禍虫《ハカム》が飛ぶ時期なんて普通は春の終わり頃でしょう？　お互い久しぶりに顔を合わせたような口ぶりだったし、あれからひと月家に籠《こ》もって稽古《けいこ》してた、みたいなことも言ってませんでしたっけ？」

箒《ほうき》と木剣を手にした強気な表情が羅寸の脳裏にありありと蘇《よみがえ》ってくる。

そう、羅寸は確かに聞いた。

やってみせてやる、と小娘は言ったのだ。

ひと月も前に、たった一度目にしただけの套路《とうろ》を。

胡久梨《コクリ》はその動きをひと目見て「五来剣の第二路だ」と言った。羅寸《ラズン》自身はその背後に五来剣とはまったく別の術理の存在を見て取った。それは取りも直さず、あの小娘が焼き場の男の動きを拙いながらも本質を押さえて再現していたということになりはしないか。

「――ねえ、どうしたんです？」

只《ただ》ならぬ様子に気づいた胡久梨が恐る恐る声をかけてくる。羅寸は咄嗟《とっさ》に屋台の方向を振り返ったが、つい先ほどまでそこにいたはずの小娘の姿は逃げ水のようにかき消えていた。ようやく道順を説明し果《おお》せた屋台の親父が丸椅子《まるいす》にへたり込んでいるばかりだ。

「――あれ、あの子もう行っちゃったのか」

胡久梨は忙《せわ》しなく周囲を見回して、

「探してきましょうか？　たぶんまだその辺にいると思いますけど」

――いや、
買いかぶりすぎか、
憶《おぼ》えがいいだけの奴はいくらでもいる。猿真似《さるまね》がうまいだけの奴もいくらでもいる。やはりあの箒《ほうき》踊りの本質は焼き場の男の術理にこそあって、小娘はその不完全な「影」であり、霞《かすみ》のかかった「鏡」に過ぎないのか。

そのとき、

「間の悪い野郎だ、やっと来やがった」

胡久梨の鋭い舌打ちに、羅寸の思考は否応《いやおう》なく現実へと引き戻された。楽山門の安宿の方角から貧相な男が歩いてくる。無精髭《ぶしょうひげ》に覆われた細面《ほそおもて》は見るも無残にやつれ果て、頭に乗せている真《ま》っ赤《か》な雅帽《がぼう》はいかにも不釣り合いで、察しのいい者ならそれが何かの目印であることをひと目で見抜くに違いない。

「寧馬《うち》の連中も人が悪いなあ。あれはどう考えても嫌がらせでしょ」

胡久梨は声を潜めて笑い、

「それにしてもあのおっさん、猛足《もうそ》の幹部って貫禄《かんろく》には見えないんですけど。まさか赤帽違いなんてことないでしょうね」

「間違いない。あれだ」

「ほんとに？　おれ嫌ですよいつかみたいなこと」

「大丈夫だ。上で話もついてる」

赤帽の男は屋台の前を一旦素通りし、すぐに戻ってきて親父から西瓜《すいか》を買った。指示通りに最後列の長椅子に座り、せっかくの西瓜にも口をつけずに目だけをしきりに動かして周囲の様子を窺《うかが》っている。

胡久梨が身を屈《かが》め、長椅子の下に置かれていた人の頭ほどの酒甕《さけがめ》を抱えて立ち上がった。

「じゃあおれ、先に戻ってます」

まず胡久梨《コクリ》が踵《きびす》を返し、ひと呼吸置いて羅寸《ラズン》も腰を上げた。乱雑に並べられた長椅子《ながいす》の列を大きく回り込み、地を滑る影のように赤帽の男の背後に立つ。

「振り返るな。寧馬《ねま》の使いだ」

赤帽はびくりと身を震わせて、

「――た、助かった、頼む、昨日からずっとだ、男が、男がずっと後をつけてくるんだ、あれは、あれはきっと、」

「黙れ」

そのとき、通りを渡ろうとしていた胡久梨が人足風の男とぶつかって酒甕《さけがめ》を落とした。

陶器が派手に砕ける音。

胡久梨の悲鳴と人足の驚きの声。

片や文弱の書生、片や見るからに強面《こわもて》の大男である。屋台の親父も長椅子の客も道行く人々も、全員が息を殺して事の成り行きを見守った。――おおっと、すまねえな兄ちゃん、怪我《けが》はなかったかい。大丈夫です、ぼくの方こそちゃんと周りを見てなくて。とにかく立ちな、ああくそ、せっかくのきちがい水を申し訳ねえことしちまった。いや、いいんです、うちの親父はどうしようもない飲んだくれでね、大概にしろって言うんだけど聞かなくて、こうして落としちまったのもご先祖様の思《おぼ》し召しかもしれない。

足を止めていた人々は再び歩き始め、屋台の親父はまな板に突き立てておいた包丁に向き直る。長椅子の客たちも食いかけだった西瓜《すいか》に視線を戻し、胡久梨と人足は互いに手を振って別れた。

ただ一人、赤帽の男の時間だけが、もう二度と動き出すことはない。

酒甕が砕ける前と寸分違《たが》わぬ姿勢で長椅子に座り、その背後にはすでに誰の姿もなく、延髄《えんずい》を貫いた凶器は子供の箸《はし》ほどの長さの針だった。真《ま》っ赤《か》な雅帽《がぼう》が滑り落ちる寸前まで頭を俯《うつむ》かせ、弛《ゆる》んだ口の端から涎《よだれ》が長々と糸を引き、膝《ひざ》の上の西瓜に最初の蠅《はえ》が止まる。

＊

月華《ベルカ》は剣に惚《ほ》れたのではない。

男に惚れたのだ。

要するにひと目惚れだ。

珠会《シュア》は、月華の話をそのように理解している。事の次第を聞いて大笑いした理由も、試合をすると言い張る月華を真剣に引き止めようとはしなかった理由も、懇願に折れて青い目を探す手伝いをすると承知してしまった理由も結局はそこだ。

要するに、好きな人が好きなものが好き、なのだ。

子供っぽいところの多分にある月華《ベルカ》には、そのあたりの感情の区別がつかないのだろう。

珠会《シュア》は、そのように考えている。

——しかし、
番所への道すがら、見るだに暑苦しい往来の人込みに珠会はうんざりと顔を顰《しか》めた。

いくら自分が手を貸したところで、この広い元都からたった一人の男を探し出せるものではないと思う。目が青いというのは確かに大きな手がかりであるが、それは同時に男を探す上での大きな枷《かせ》でもある。男の年齢や背格好についての月華の話は漠然としていたし、二刀の腕利きといっても見た目だけではわからない。

——手を触ればわかるんだけどな。

男の素性は手に現れるものだということを、珠会は全身の肌で知っている。廓《くるわ》の客の話に嘘《うそ》や見栄《みえ》はつき物だが、肉体労働に明け暮れる人足が学者や役人を騙《かた》ろうと、日頃筆と箸《はし》しか持たぬうらなりが偽《いつわ》りの武勇を誇ろうと、珠会はその手を触ればすべて見破ることができる。

これは自分だけではなくて、廓の女であれば誰でもできることだと珠会は思う。皆、客の嘘を見抜いたからといってそれをいちいち指摘したりはしないというだけだ。ましてや武人筋の客も多い金灯楼、自分が剣士の手を間違えることなどあり得ないという絶対の自信が珠会にはあった。元都に青い目の男が一体どれだけいるのか知らないが、青い目と剣士の手を併せ持つ男となるとそう何人もおるまい。

やはり、まずは青い目探しだ。

空《むな》しい努力だとは知りつつも、すれ違う相手の目の色を確かめながら歩いている自分が珠会はおかしくてならなかった。ふん、どうせあたしはお人好《よ》しですよ——一度開き直ってしまうと今度は街中に一人残してきた月華のことが急に心配になってくる。自分が行くまで六路門の参道でおとなしく待っているだろうか。

来砂の番所は馬厩の武家屋敷を若干広くしたような造りで、周囲には背の高い石塀《いしべい》と堀が巡らされている。元都が戦場になった際には五十名の兵がひと月は籠城《ろうじょう》して戦える——という建前ではあるが、常時備蓄しておくべき食糧その他の物資が補充される端から役人たちの横流しでどこかに消えていくことを、周辺の住民たちまでもが皆薄々は知っていた。堀沿いの道端には傷痍《しょうい》軍人たちが欠けた手足をこれ見よがしに晒《さら》して蹲《うずくま》り、虫の居所の悪そうな門番はひと目で遊女と知れる珠会をじろりと睨《にら》みつけてくる。珠会とても、こんな所に来たくて来たわけではない。

珠会の用事とは、人相書きの作成に協力することである。

実を言うと、珠会は長屋で同室の里久《リク》が近々「飛ぶ」つもりだということを、以前から何となく察してはいたのだった。駆け落ちの相手は金灯楼とも取り引きのある店の番頭で、何度かは珠会の客になったこともある。この番頭が多額の金を着服して逃げたのを店の主《あるじ》が届け出たことで、女郎と番頭の逃避行は役人が介入すべき正式な事件となってしまった。追っ手がケツ持ちのやくざ連中だけならあるいは逃げ切る目もあったかもしれないが、それなりにまとまった金もなしでは逃げ切った先での生活が成り立たない。色街にならどこにでも転がっている安い話だ、と珠会《シュア》は思う。

馬鹿な里久《リク》姉さん。

かわいそうな里久姉さん。

番所の役人たちは手配書を回すことに決めて、逃げた女郎の人相を証言できる者を寄越せと金灯楼に言ってきた。長屋番が白羽の矢を立てたのは、里久と同室だった珠会である。

門番に用件を告げ、ちょび髭《ひげ》の役人に案内された先は、母屋《おもや》の隅にある物置のように狭苦しい一室だった。

人相書きの作成に協力するのは初めてのことだが、呼びつけておいてこの扱いはいくらなんでもひどいと思う。女郎だと思って舐《な》めているのか、文句のひとつも言ってやろうと振り返ったが、ちょび髭はさっさと廊下に引っ込んで簾戸《すだれど》を下ろしてしまう。蒸し暑さは耐え難《がた》く、風を入れようにも手の届かない高さに小窓がひとつあるきりだ。絵描きはすでに来ていて、部屋の真ん中に置かれた卓の上には筆やら硯《すずり》やらが広げられていた。

「すいません」

絵描きがいきなり謝ってきた。珠会は内心の不機嫌さを隠す気にもなれず、

「何が」

「——つまり、その、絵描きがぼくじゃなかったら、もう少しましな部屋を用意してもらえたと思うんです」

何言ってんだこいつ。

仕方がない、こうなったらさっさと始めてさっさと終わらせよう。椅子《いす》を引いてわざと伝法な感じにどっかりと腰を下ろし、

「で？　どうしたらいいの？」

そして、珠会は初めて真正面から絵描きの顔を見た。

驚きも過ぎると、咄嗟《とっさ》に声を上げたり飛び上がったりは案外できないものである。

例えば今の珠会がそうだ。

絵描きは、青い目をしていた。

初対面の相手からじっと凝視されることには慣れている。凝視の理由はもちろん涼孤《ジャンゴ》の青い目が珍しいからで、その行為自体に悪意がないことはわかっているし、変に目を逸《そ》らされたりするよりは気が楽だ。

しかし、

「——あの、」

さすがの涼孤もおかしいと思う。この驚きようはいくら何でも尋常ではない。

突然、女は卓の上に身を乗り出して涼孤《ジャンゴ》の手を摑《つか》んできた。

「わあっ！」

驚きよりも恥ずかしさが先に立った。涼孤は夢中で手を引っ込めようとするが、まるで逆技をかけられるような具合に肘《ひじ》から先を抱え込まれてしまう。女は頬《ほお》ずりせんばかりの勢いで涼孤の手に顔を近づけ、その感触を確かめるかのように撫《な》で回したり揉《も》みしだいたりする。

気味が悪い。

この女は正気なのか。

しかしそうそう手荒な真似《まね》もできない。大声を出すのも出されるのもまずい。こんなところを誰かに見られでもしたら、青い目の野蛮人が人相書きの協力者に狼藉《ろうぜき》を働いていると決めつけられるに違いない。

「やめろよ！　放せってば！」

ようやく腕を振り解《ほど》いた。

互いに勢い余って椅子《いす》から転げ落ちる。立ち上がろうとすると今度は足を摑まれ、女は涼孤を逃がすまいとするかのようにしがみついてきて、鼻と鼻がくっつきそうな間合いから思いもかけぬひと言を口走った。

「あんたさ、ひと月くらい前に焼き場で剣を振り回してなかった!?」

何言ってんだこいつ。

「——おい、さっきから何の騒ぎだ？」

簾戸《すだれど》を捲《めく》り上げてちょび髭《ひげ》の役人が顔をのぞかせた。部屋の隅まで跳ね飛ばされた卓、散らばった絵描きの道具と横倒しの椅子、床の上で折り重なるようにして抱き合っている言愚《ゴング》と女郎。ちょび髭はそれらを剣呑《けんのん》な目つきでゆっくりと見回して、涼孤が言い訳を思いつくよりも早く口を開きかけ、

「——ああごめんね、何でもないの、手元に日が当たる方が描きやすいって言うからさ、場所を替わってあげようとしたら卓の脚に躓《つまず》いちゃって」

女はすぐさま立ち上がり、壁の小窓を指差してにっこりと笑みを浮かべた。

思わずぎょっとするほどの変わり身の早さだった。女は卓と椅子を元に戻し、絵描き道具をてきぱきと片付け、涼孤を助け起こす際に手を強く握ってきたのは「お前も知らんぷりをしろ」という意味に違いなく、お嬢様然とした様子で椅子に腰を下ろして、

「さ、早く始めましょ。これから人と会う約束があるの」

よくもまあぬけぬけと。

納得がいかないらしいちょび髭は三つ目の椅子を部屋に持ち込み、腕組みをして再び不測の事態が起きぬよう監視の構えだ。さすがに女も二度と悶着《もんちゃく》を起こそうとはしなかったが、腹に何やら一物あるらしいのはその目つきを見れば明らかで、涼孤としては腐りかけの紐《ひも》に繋《つな》がれた猛犬を前にしている気分である。早くこの場から逃れたい一心でひたすらに絵筆を振るった

が、墨の乗りはひとしお悪く、女は涼孤《ジャンゴ》の質問にも「とにかく綺麗《きれい》な人だった」と繰り返すばかりで少しも要領を得ない。やけくそで描き上げた女郎の顔は単なる美人画であって、正直なところ手配書の人相書きとしては使い物になるまいと思う。

「――番頭の方はよく描けてたと思うが、こいつはあんまりいい出来には見えねえな」

完成した人相書きは大部屋のしかるべき窓口に提出して給金と引き換える決まりだ。涼孤の仕事を一瞥《いちべつ》、会計役の男はずばりと断じて鼻くそをほじる。そんなこと百も承知だ、投げ出された給金を懐《ふところ》にしまい込み、絵描きの道具一式が収まった箱を担《かつ》いで踵《きびす》を返そうとすると、

「ところでよ、あの股《また》っ開きは何だ。おめえのれこか？」

「――え？」

会計役が顎《あご》で示す先、大部屋の出口のすぐ傍《そば》にあの女がいた。周囲の役人に愛想《あいそ》を振りまいて、時おりこちらを指差しながら熱心に何事かを聞き込んでいる。

会計役は指先で鼻くそを丸めながら、

「さっきおれんとこにも来たぜ。おめえの名前やら住んでる場所やら普段の仕事やら、とにかく根掘り葉掘り聞いてくるもんだからよ、悪いことは言わんから青い目なんぞ止《や》めときなって教えてやった。女郎の畑に言愚《ゴング》の種じゃあ、ひり出される餓鬼《がき》はきっと毛むくじゃらで尻尾《しっぽ》が生えてるぜ、ってな」

女と目が合いそうになった。

慌てて視線を逸《そ》らす。

逃げるが勝ちだと思った。すぐさま回れ右、逆方向の出口から北の庭へと抜け、三の門を出て裏通りの往来へと紛れ込む。網の目のような裏路地を奥へ奥へと分け入ってもなお、今にもあの女が髪を振り乱して追いかけてくるのではないかという突拍子もない想像に尻《しり》の穴がむずむずした。

——あんたさ、ひと月くらい前に焼き場で剣を振り回してなかった⁉

振り回していたかもしれない。

しかし、あの女がどうしてそんなことを知っているのか。夜の夜中に三途《さんず》のどぶ川の畔《ほとり》を通りかかることなど間違ってもあるまいに。急ぎ足にも疲れ、裏路地に淀《よど》む熱気の中に立ち竦《すく》んで涼孤はため息をつく。——自分は真面目に仕事をしていただけなのに、一体何の因果でこんなわけのわからない目に遭わなければならないのだろう。

余程の大家は別として、絵描きというのは天下の軍国たる卯《ウー》においてはあまり威張れた仕事ではない。

さらに、同じ絵を描くにしても貴賤《きせん》や吉凶があって、とりわけ手配書の人相書きは大抵の絵描きが忌避《きひ》する縁起の悪い仕事なのだった。涼孤は詳しくは知らないのだが、人相書きなどに手を貸すと縄にかかった罪人たちの怨念《おんねん》で筆が鈍って絵が描けなくなる——という言い伝えがあるらしい。

だから、やると決めればいい金になる。

常に人手不足なので、涼孤《ジャンゴ》のような者でも使ってもらえる場合が多い。

春や秋、とりわけ祭りなどで人出の多い時期には右の袋で似顔絵描きに徹した方がずっと手堅い。しかし、路上に莫蓙《ござ》一枚の商売が成立しにくくなる真夏や真冬は、陽炎《かげろう》の中を全身汗にまみれながら、あるいは寒風に身をすくめながらひたすら番所を巡り歩くことが涼孤の主な収入源である。

とりわけ、道場の下男としての給金が貰《もら》えなくなってしまった今はなおさらだ。

人相書きが必要な事件が毎日起きているわけでもないし、一日足を棒にして歩き回った挙句に空振りということも決して珍しくはない。しかし今日はツキに恵まれていたのか、二番目に立ち寄った来砂の番所でいきなり仕事が取れた。どこぞの大店《おおだな》の番頭が大金を持って廓《くるわ》の女と逃げたらしい。ということは人相書きは番頭と女郎の二枚、稼ぎも倍である。自らお出ましになった大店の主《あるじ》は狭苦しい部屋よりも涼孤の目の色に大分嫌な顔をしていたが、番頭の人相書きは昼前には無事完成を見た。

お次は廓の女だ。

近しい間柄の誰かが来るのだろうと予想していたし、いかにも遊女でございといった風体の女が部屋に入ってきたときにも涼孤は大して驚かなかった。——ただ、常日頃からあの格好で通しているのだとしたら表を出歩くのにも色々と不都合があるはずで、特に両手首の腕輪はあまりに挑発的だという気もする。まるで「差別をするならしてみろ」と言っているようなものだ。ある種の意思表明なのかもしれないが、涼孤にはそういう気持ちはいまひとつよくわからない。外せるものなら外せばいいのに。

気になったことといったらそれくらいである。

おかしな様子などまったくなかった。

よもや、卓越しに飛びかかってくるとは思ってもいなかった。

――一体何なんだ、あいつ。

ふと甘ったるい匂《にお》いが鼻をつき、涼孤は胸元に顔を近づけて不快そうに眉根《まゆね》を寄せる。

香水の匂いだ。

腕輪の女の着物に染みついていた残り香が抱きつかれた拍子に移ったのだろう。

涼孤は香水の匂いを嗅《か》ぐといつも、右の袋で似顔絵描きをしているときのことを思い出す。

似顔絵の客というのは大抵が女だ。自分の似姿を欲しがる者が男よりも女に多いのは道理であるし、日によっては貴族や大商人の妻女と思《おぼ》しき者が混じることもある。ご婦人方は芬々《ふんぷん》たる香水の匂いを漂わせ、供の者たちが止めるのも聞かずに鷹揚《おうよう》な笑みを浮かべて涼孤の目の前に座り、描き上がった似顔絵と引き換えに過分の手間賃を莫蓙に投げるのだった。

今でこそ、涼孤はその手の客にも愛想《あいそ》よく接することができるし、ほとんど創作に近いほど色をつけた似顔絵を平然と差し出して、その対価として莫蓙に散った銅滴を拾い集めることができる。

しかし、香水の匂《にお》いだけには今も慣れることができない。

要はからかわれているのだ。女に飢えているであろう歳若《とし》い下賤《げせん》の者の目と鼻の先に、身分の高い美しい自分が身を晒《さら》しているという状況を面白がっているのだろう。

腕輪の女がそうした金持ち年増《どしま》どもの同類であるとは思わない。しかし、香水の匂いが胸の奥に嫌な色の雲を湧《わ》き立たせて余計な理屈を圧倒してしまった。

考えるだけ無駄だ。

気にするだけ損だ。

あんな女のことなど忘れてしまおう。さっさと道場に戻って、弟子連中に二、三発小突いてもらえば胸の雲もきっと晴れるだろう。人相書き二枚で銅四十滴は最近では稀《まれ》な稼ぎだ。今日はちょっとくらい贅沢《ぜいたく》をしてもいいかもしれない。この近所に、自分にも何か食い物を売ってくれる店はあっただろうか。


元都の夏空は夕暮れが早い。

他の季節ならまだ昼の日中という頃に西の空が色づき始め、全天が茜《あかね》に染まった夕刻が長い長い間続く。来砂の近辺には「焱病《えんびょう》持ちと言愚《ゴング》は歩いてはいけない道」が数多く、途中でのんびり腹ごしらえなどしていたせいもあって、涼孤《ジャンゴ》がようやく道場に帰り着いたのは気の早い夕空が大分色を深めて後のことである。

「よお涼孤！」

右。

「——だから、やめてくださいってば」

蓮空《デクー》は相変わらずだ。ものの見事に躱《かわ》された木剣を肩に載せて満足げに何度も頷《うなず》くと、いきなり鬼の顔で背後を振り返って、

「おらぁそこ！　ちんたらやってんじゃねぇぞ！」

〃一刀の朱風《スーファン》〃亡き後の混乱も収束し、三十六番手講武所は蓮空を実質上の師範代としてようやく動き始めたところだ。練武場ではざっと三十人ほどの弟子たちが気だるげに木剣を振っていた。これでも夏の盛りとしては集まりがいい方なのだが、しかし蓮空に言わせれば、

「——けっ、どいつもこいつも。好き好んで命金払って入門したんだろうに、暑いだの寒いだの腹が痛いだの用事があるだの。道場の番手のこと腐されたら青筋立てて怒るくせによ、何のこたあねえ、世間の評判通りの駄目っぷりじゃねえか」

死んだ師範の揺り椅子《いす》は、今も柳《やなぎ》の木陰にあって蟬《せみ》の声を浴びている。

さしあたって今は涼孤のすべき仕事はない。以前なら、とりわけ師範も蓮空も来ていない日には弟子連中にあれやこれやと使い走りを命じられたものだったが、蓮空が師範代として連日顔を出すようになってからはそういうこともなくなった。稽古《けいこ》が終わったら、練武場の掃除を

して武具の後片付けをして道場の戸締まりをして、貧民街の我が家に帰って明日に備えて早く寝る。それで涼孤《ジャンゴ》の一日は終わる。

道具箱を肩から下ろして練武場の隅の長椅子《ながいす》に座り、壁に寄りかかってぼんやりと稽古《けいこ》の様子を眺めた。

こうしているときが涼孤の一番好きな時間だ。その好ましさの正体が大昔にちゃんばら遊びに混ぜてもらえなかった記憶の残滓《ざんし》であり、何もかも諦《あきら》め果てた結果のぬるま湯の心地よさであることには気づいている。まったくいい歳《とし》をして、幼少の恨みの深さたるやいかばかりかと自分でも思うが、自嘲《じちょう》で腹は膨れぬと悟ってからは完全に開き直るようになってしまった。

きっと、この先もずっと、自分はこうなのだろう。

なに、そう悪いことばかりではない。今日は年に何度もない程の稼ぎがあったし——おかげで妙な女に絡まれたりもしたけれど——決して捨てたものではない一日だったと思う。重々しい疲れが身体《からだ》に染み渡り、ふと見上げた満天の夕暮れに意識を吸い上げられて、ことん、と眠りの中に落ちた。

半分は眠って半分は目覚めているような状態のまま、夢を見た。

あまり夢を見ない質《たち》の涼孤にしては珍しいことである。

夢だと自覚できる夢、記憶に残る最も古い光景の夢、何処《いずこ》とも知れぬ夕刻の路地裏で一人ぼっちで棒切れを振っている自分の夢だった。目覚めているときに思い出すよりも遥《はる》かに鮮明だ。

周囲に立て込むあばら屋は当時の背丈からすれば城壁のように聳《そび》え立って見え、敷石に時おり文字が刻まれているのは素仏《ソブ》の時代の墓石を砕いたものが大分混じっているからで、それらの文字を追っているうちに場所の見当がついた。残飯屋の胡同《こどう》を下った先、現在は運河の水に没してしまった馬屠辻《ばとつじ》の近辺に間違いない。あの日の自分は、一体何を考えてあんな遠くまで遊びに行ったのだろう。

それなりに楽しく遊んではいたのだ。何かに蹴《け》つまずいて転んでも、夢の中の痛みは不思議と曖昧《あいまい》だった。擦《す》りむいた膝《ひざ》から流れ出る血を見つめる。お前の目は青いと皆が言うのはなぜなんだろう——血は赤いのに。ふと空腹を覚え、もたもたと立ち上がって、夕刻の裏路地を振り返った。誰もいない。

あの頃の自分に迷いはなかった。

寂しいと思うのは息をするのと同じことだと思っていた。

「たのも————————————う‼」

道場破りの如《ごと》きその大音声《だいおんじょう》は、練武場の正門の方角から聞こえた。

涼孤は夢から現《うつつ》へと投げ落とされ、汗にまみれていた弟子たちも一斉に顔を上げた。何事かと集中する視線の先に敢然と立ち尽くす一人の少女がいる。奇怪な稽古着に身を包み、分不相応と遠目にも知れる木剣を右手に下げて、血気に逸《はや》る眼差《まなざ》しで練武場を睨《ね》め回している。

「――な、何だありゃ?」

近くにいた弟子の一人がぽつりと呟《つぶや》く。その声にふと我に返った涼孤《ジャンゴ》は、少女に気づかれぬようそそくさと身を隠そうとした。

出入りの商人たちを例外として、涼孤は道場に来客があった際には練武場に顔を出してはいけない決まりになっているのだ。

まさかあの少女が本当に道場破りを目論《もくろ》んでいるはずがないと思ったし、その稽古着《けいこぎ》にしろ木剣にしろ、随分と金のかかった豪勢な代物であることは明らかだった。そのような客が来た際には自分はどこか目につかない所に引っ込んでいるべきであって、裏庭の洗濯桶《おけ》はいい加減黴《かび》が生えてきそうなので一度きちんと洗って陰干ししておいた方がいい。

「当講武所を預かりおります蓮空《デクー》と発します。御用の向きは?」

蓮空もまた、その身なりを見て少女を高位の人物と判断したらしい。たとえ小娘であっても金持ちを邪険にする手はない、という貧乏道場ならではの打算もあったろう。もっとも、蓮空の眼差しには事態を面白がっているような気配も濃厚で、少女の方もそれを敏感に見て取ったらしい。むうっ、と表情を一層尖《とが》らせて、

「じゃんごはおるか?」

涼孤?――と蓮空は眉間《みけん》に皺《しわ》を寄せる。

な、なんでぼくなんだ？——と涼孤は背中で思う。

蓮空としても隠し立てするつもりなど毛頭なかったに違いない。しかし、邪魔な図体《ずうたい》の横から練武場を見回していた少女の瞳《ひとみ》がある一点で釘《くぎ》づけになり、その表情にまるで握り拳《こぶし》のような力が込められた。

「そこの者っ！」

涼孤はその場に凍りつく。

蓮空が止める間もあらばこそ、少女はその脇《わき》をすり抜けて練武場へと足を踏み入れた。衆目の注視も知らぬげにずんずん歩き、涼孤のすぐ背後でぴたりと足を止める。

「——あ、あの、」

「無礼であろう。こっちを向け」

言われた以上は従わざるを得ない。

涼孤はおずおずと振り返り、初めて間近でその少女と対面した。

涼孤の青い目に、その少女は幾つか年下のように映った。右手の木剣は蚊母の芯木《しんぼく》。稽古着には蔦草《つたくさ》に絡む蟒《うわばみ》の刺繍《ししゆう》。

「——日の下で見ると、また色合いが違うな」

少女が背伸びをして涼孤の目をのぞき込んでくる。初対面の相手から注視されることには慣れているはずの涼孤だが、ここまで無邪気に見つめられると何とも落ち着かない。

「あの、君、誰？」

少女は呆気《あつけ》に取られたように涼孤《ジャンゴ》を見つめ、

「——妾《わらわ》を憶《おぼ》えておらんのか？」

「え？　あ、そうか、ひょっとして、似顔絵のお客さん？」

ばん！　少女は両足で飛び跳ねるように地団駄を踏んだ。

「戯言《ざれごと》を申すな！　ひと月ほど前に、川縁《かわべり》の焼き場で会《お》うたではないか！」

誰かも言ってたな——涼孤は頭を捻《ひね》り、番所で絡んできた腕輪の女の言葉に思い当たってうんざりと顔を顰《しか》める。

——あんたさ、ひと月くらい前に焼き場で剣を振り回してなかった⁉

まったくどいつもこいつも、ひと月前の焼き場が一体何だというのだろう。あの場所で夜中に剣を振る習慣があるのは事実だが、妙な噂《うわさ》が立っても困るので人がいないときを見計らうようにしているし、その一回一回をいちいち事細かに憶えているわけでもない。そもそも、この少女が夜中に三途《さんず》のどぶ川の畔《ほとり》にいたという前提からして到底信じ難《がた》い話であって、どうしてもそこから先へは考えが進まなかった。

「——思い出したか？」

いや、それがさっぱり。

口に出さぬまでも顔に出てしまったのだろう、少女の目つきが見る見るうちに険しくなって

いく。涼孤の顔を睨《にら》みつけたまま、

「誰か！　この者に剣を持て！」

その頃にはもう、練武場にいる弟子たちは薄ら笑いを浮かべて成り行きを見守っていた。誰かが涼孤の足元に木剣を放り投げ、別の誰かが大声で、

「頑張れよ、うちの道場の名誉がかかってんだからな」

どっと笑い声が上がる。慌てた涼孤はすがるような目で禿《は》げ頭を探したが、何と蓮空《デクー》までが苦笑しつつ小指で耳の穴をほじっていた。どこで引っかけたのか知らねえが、男子たるもの責任は取らねえとな――笑い皺《じわ》の刻まれた顔にそう書いてある。

「剣を取れ」

「――待ってよ、女の子相手にそんな、」

「愚弄《ぐろう》するか！　早《はよ》うその剣を取れ！」

「駄目だって、ちょっと落ち着こうよ、もし怪我《けが》でもしたら、」

少女が木剣を構える。その姿を見て、へえ、と意外そうな顔をしたのは蓮空を含めたほんの数名だけだった。切っ先は地につく寸前、柄尻《つかじり》に左の掌《てのひら》を当てたその形は六身仙合剣《りくしん》〝陣突〟の構えだ。

「丸腰なら打たれんなどと思うな！　あくまで妾を知らんと言い張るのなら、その頭《つむり》を引っぱたいて思い出させてやるまでじゃ！　ゆくぞ!!」

「わああっ!?」

下段から跳ね上がってきた突きを涼孤《ジャンゴ》は体を背後に反らせてどうにか避けた。体勢が崩れて尻《しり》もちをつき、すぐさま地べたを転がって身を躱《かわ》したそこに力任せの上段が振り下ろされる。

「うわ、危ないってば！　やめろ馬鹿！」

「待てえっ！　尋常に勝負いたせ！」

涼孤は無我夢中で逃げ回った。少女の方も一応それらしかったのは最初の構えだけだ。盲滅《めくらめっ》法《ぽう》に振り回される木剣がびゅんびゅんとうなり、弟子たちはやんやの喝采《かっさい》を上げるが当の二人はどちらも必死である。横殴りの一撃を涼孤は身を屈《かが》めて間一髪でやり過ごし、逃げ足が鈍ったと見た少女は渾身《こんしん》の踏み込みと共にとどめの一撃を打ち込もうとした。

「覚悟ぉっ!!」

そこで、少女が足を滑らせた。

硬い地面に吹き寄せられた砂に足を取られたのだ。少女の身体《からだ》が前傾し、倒れ込みつつ振り下ろされた木剣の切っ先が、ある瞬間から不可思議な伸び方をして涼孤に迫った。

躱せない、と涼孤は思う。

放った当人も予期せぬ太刀筋《たちすじ》には「色」がない。──すなわち、予備動作の有無や視線の動きから事前に察知することができない。つまりはある種の不意打ちである。しかし、同じ不意打ちであれば蓮空《デクー》のそれを数限りなく躱してきたはずの涼孤が、どういうわけか少女のそれに対しては逃れる術《すべ》を見出《みいだ》せない。

だから、涼孤は一転して踏み込んだ。

半ば背を向けた姿勢から体を返し、腰を深く沈めて少女の懐《ふところ》に入った。できればそのまま抱き止める、それが無理でも肩と腕全体で柔らかく当たって押しのける——そんなつもりでいたはずなのに、
身の内に龍《りゅう》が湧《わ》いた。

それは、より正確には龍の「一部」とでも言うべきものだった。龍は青い眼でぎろりと少女を一瞥《いちべつ》し、その両足の間に踏み込んで中心を奪い、下腹めがけて左肘《ひだりひじ》を立てたところで唐突に興味を失って身の内の闇《やみ》へと去っていく。徒手拳法《としゅけんぽう》で言うところの「翻身盤肘《ほんしんばんちゅう》」の形に近い。

少女の身体が弾け飛んだ。

尻もちをついてなお止まらず、後方にごろんごろんと回転してようやく止まる。

「——あ、」

涼孤の口から、気が抜けたような声が漏れた。

とんでもないことをしてしまったと思う。

少女は両足を投げ出してぺったりと座り込んでいる。打たれた腹を両手で押さえ、目を見開いて涼孤を見つめるそれはまさしく、大人からいきなり拳骨《げんこつ》をもらった子供の顔だ。

弟子たちの目には、「涼孤がいきなり踏み止《と》まったところに少女が勝手にぶつかってきて勝

手にはね飛ばされた」としか映っていない。逃げ回るのに飽きた涼孤《ジャンゴ》がちょっ、、、、、、とした意地悪をして、それが予想以上にうまくきまってしまった——という構図である。

ただ一人、蓮空《デクー》だけが微妙な顔をして涼孤を見つめていた。笑うでも怒るでも呆《あき》れるでもない、頬《ほお》の筋ひとつ動かさず、まったくの無表情ともどこか違う、一切の感情が麻痺《まひ》したような顔つきだった。

涼孤は少女の傍らに駆け寄り、

「あ、あの、」

ごめんね、大丈夫？——と言いたかったのに言えなかった。最初に木剣を振り回して追いかけてきたのはそっちだろうという気持ちも多少はあったし、その気持ちを押して優しい言葉をかけられるほど涼孤は口のうまい方でもなかったし、言ったら言ったで所詮《しょせん》は火に油だったに違いない。唐突に少女の呼吸が震え、その目にたちまち涙が膨れ上がっていく。

子供の喧嘩《けんか》は、腕力や頭脳では決まらない。

「あ〜〜〜〜〜〜〜〜〜〜〜〜〜〜〜〜〜〜〜〜〜〜〜〜〜〜〜〜〜〜!!」

とにかく相手より先に泣いて、発狂して理性を無くした方の勝ちだ。

傍《かたわ》らに投げ出されていた木剣を摑《つか》み、不死身の妖怪の如《ごと》くに立ち上がり、少女は胸いっぱいに吸い込んだ空気を残らず絶叫に変えて涼孤に襲いかかっていく。涼孤も今度こそ本物の恐怖に駆られ、大声で謝りながら後ろも振り返らずに逃げ惑う。

「ごめんなさいごめんなさいごめんなさいごめんなさいごめんなさい!!」

「あ～～～～～～～～～～～～～～～～～～～～～～～～～～!!」

「ごめんなさいごめんなさいごめんなさいごめんなさいごめんなさい!!」

「あ～～～～～～～～～～～～～～～～～～～～～～～～～～～～～～～～～!!」

とうとう壁際《かべぎわ》へと追い詰められた涼孤は、師範の揺り椅子《いす》を踏み台にして柳《やなぎ》の木に飛びついた。必死に幹をよじ登り、体重を支えられそうな枝に手をかけて身体《からだ》を引き上げる。と、うなりを上げて飛んできた木剣がすぐ横をかすめて頭上の幹にぶち当たった。幸いなことに少女は木登りが苦手らしい。不屈の闘志で幹にしがみつくのだが、いくらも登らないうちにずるずるとずり落ちてしまう。

「卑怯者《ひきようもの》め！　降りて来い！」

幹の根元をどかどか蹴《け》りつけ、何か投げつけてやろうと忙《せわ》しげに周囲を見回すのだが、涼孤が日に二回も掃除をしている練武場には豆粒程度の小石さえも見当たらなかった。泣き声で少女は叫ぶ、

「長槍《ながやり》じゃ！　誰か、誰か長槍を持て！」

珠会《シュア》は走るのが苦手だ。

青い目は、以前から人相書きの口を求めて来砂の番所にたびたび出入りしていたらしい。役

人の一人が名前を、別の一人がさらに重要なことを教えてくれた。青い目は絵を描く他に三十六番手講武所の下男として働いていて、朝夕には必ず道場に顔を出して痰壺《たんつぼ》の中身を掃《はら》ったり尻《しり》を蹴飛《けと》ばされたりしているはずだという。

そこでまず一度走った。一刻も早く月華《ベルカ》に知らせてやりたかったし、待ちくたびれた月華がまた一人でどこかへ行ってしまうのではないかと気が急《せ》いてもいた。やっとの思いで六路門の参道へとたどり着き、ついに大事を成し遂げたという達成感に気をよくして一度に洗いざらい喋《しゃべ》ってしまったのが運の尽きである。話を聞いた月華は矢のように走り去ってしまい、それを追って珠会《シュア》も再び走る羽目になった。せめて道場の場所だけでも伏せておくべきだったと気づいたが後の祭り、「二人で最初に入った茶館の少し先」としか話してはいなかったが、途中で迷子になっていてくれた方がまだしもだ。ただでさえ月華の物の言い方はあの調子である。講武所も三十六番手ともなれば柄の悪さは推して知るべしで、木剣片手に乗り込んで要らぬ暴言など吐いたら弟子たちに袋叩《ふくろだた》きにされるかもしれない。——が、いくら焦《あせ》ってみたところで足が速くなるわけでもなく、夕刻の暑気と寝不足の祟《たた》りで気分が悪くなって途中で何度も休まねばならず、ようやく三十六番手講武所の門前にへたり込んだ珠会はもはや虫の息である。

そして——

そこで珠会が見たものは、ぽかんと大口を開けて一本の柳《やなぎ》の木を見守っている弟子たちの姿だった。柳の枝には青い目が命からがらといった様子でしがみついており、その根元では月華が地団駄を踏みながらぎゅんぎゅん回っている。

——ああ、
遅かったか。

しかし、と珠会はため息をつく。最悪の事態はどうやら避けられたらしい。青い目も、月華を正面から相手にせずにうまく逃げてくれたと見える。後は、この騒ぎの始末をつけるのが自分の仕事だ。お人好《よ》しもここまでくれば見上げたものだと自分でも思う。

「もしや、珠会様ではありませんか」

背後を振り返ろうとして、かくん、と膝《ひざ》が抜けてしまった。背後に倒れ込みそうになったところを血管のありありと浮いた両手に支えられる。顔を上げると、相手は不思議なほどに背筋の伸びた老人だった。

「群狗《グング》と申します。月華様がいつもお世話になっております」

つい、

「——あ。じゃあ、あなたが天下一、」

初対面であんまりな台詞《せりふ》だと言ってしまってから思ったが、老人は満面の皺《しわ》を深めて照れ臭そうな苦笑を漏らす。

「——白状をすればその昔、そうありたいと願っていた時期もあったように思いますな。まことにお恥ずかしい限りで」

老人は珠会《シュア》をまっすぐに立たせ、柳《やなぎ》の木の騒動を眺め渡して、

「夏の夕暮れは人を騙《だま》します。まだ明るい、まだ明るいと油断をしているうちに帰り時を見失う。後は私にお任せになって、今日のところはもうお帰りになられた方がよろしい。つい先ほども、どこぞで人殺しがあったと番所の役人たちが騒いでおりましたよ。この界隈《かいわい》もすっかり物騒になりました」

そう言い残して、老人は練武場へと足を踏み入れる。何となく気勢を削《そ》がれて珠会はその場から動けない。

——さて、荒療治といくか、
群狗《グング》はゆっくりと足を進め、その姿に気づいた弟子たちに目礼を返しながら柳の木の根元に立った。

「月華《ベルカ》様、もう大概になさいませ」

ぐるぐる回っていた月華がぴたりと動きを止め、群狗に背を向けたまま、

「——何用だ」

「お迎えに上がりました」

ふん、月華は鼻息も荒く振り返り、

「その細っこい眼《まなこ》は千里眼か？　なぜここがわかった？」

「千里どころか、近頃は目の前の文《ふみ》を読むのにも難儀をしておりますよ。しかしこの群狗、月

華様のお考えになりそうなことはすべてお見通しです」

「帰らんと言ったらどうする？」

群狗はすぐには答えず、傍《かたわ》らに落ちていた月華の木剣を拾い上げた。

細い目をさらに細め、月華をまっすぐに見つめて、

「言うだけならば、どうぞご存分に」

うっ、
月華はひとたまりもなく狼狽《ろうばい》する。

う、ううう、唸《うな》り声が次第に大きくなり、ばんばんと地団駄を踏みながら二回転、木の上の涼孤《ジャンゴ》を睨《にら》みつけて月華は叫ぶ。

「験《げん》の悪い奴が来たから今日はこれくらいで勘弁してやる！　しかし、妾《わらわ》はきっとまた来るからな！　憶《おぼ》えておれよ！」

返せ、と群狗の手から木剣を奪い取り、月華は憤懣《ふんまん》やる方なしといった足取りでその場を後にする。

——助かった、
涼孤は、柳の枝にしがみついたまま安堵《あんど》のため息をついた。事を収めてくれた老人に礼のひとつも言わなければと思うのだが、まさか木の上から物を申すわけにもいかず、しかし少女の背中がまだ見えているうちは下へ降りる気にもなれない。おろおろぐずぐず迷っていると、

「――ご無沙汰《ぶさた》をしておりました」

老人の方から声をかけてきた。

先ほどとは一転、懐かしい友人に対するような眼差《まなざ》しを樹上に向けて、

「その節は、とんだ醜態をお目にかけました。こちらから一度ご挨拶《あいさつ》に上がるべきところを思うに任せず、面目次第もございません」

一体、今日はどういう一日なのだろう。

ご無沙汰もへったくれもない。初対面の相手に、さも以前どこかで会ったかのような口をきかれるのはこれで三度目である。――まさか、この爺《じい》さんもひと月前の焼き場がどうしたとか言い出すんじゃあるまいな。

老人は背後をちらりと振り返って、

「今日のところはこれにて。――しかし貴方《あなた》とはいずれ、ゆっくりとお話がしたく思います」

まずは涼孤《ジャンゴ》に、次いで弟子たちに一礼して、老人は急ぎ足で少女の後を追う。

三十六番手講武所の一門は、ただ無言でその場に立ち尽くすばかりだ。老人が少女に追いつき、何事か叱《しか》りつけられて大きく間を置き、曾祖父《そうそふ》と曾孫《ひまご》のような二人は不自然なほどの距離を保ったまま正門を抜けてようやくその後ろ姿が見えなくなった。――と思ったらいきなり少女が駆け戻ってきて、

「また来るからなあっ!!」

全員を飛び上がらせ、くるりと身を翻《ひるがえ》して走り去る。

木の上の涼孤が、ぽつりと、

「――また来るって。どうします？」

近くにいた弟子のひとりが、ぽつりと、

「――知るかよ、お前が大人気ない真似《まね》するからだ」

いや、だってあれは――、

言い訳をしようと口を開きかけ、少女に肘《ひじ》を入れてしまった瞬間が脳裏に蘇《よみがえ》って、ふと涼孤は妙なことを考えた。

あの子は、香水の匂《にお》いがしない。

＊

泣くほど悔しかった。

青い目は、なぜ自分のことを知らないなどと言ったのだろう。

ひと月前の夜、貧民街の焼き場で自分は確かに青い目と出会ったのだ。その姿に心を奪われて剣を取る決意をした。あの夜の出来事は、この世に生まれ落ちて以来最大の衝撃だった。

自分にとってはそうだったのだから、相手にとっても当然そうであるはずだ。

月華《ベルカ》は、単純にそう思い込んでいる。

あの焼き場の一件に自分ばかりが人生を覆《くつがえ》されて、一方の当事者である青い目が超然としているのはずるいと思う。そんなことはあってほしくないと思うし、そんなことがあるはずがないと月華は思うのだ。

――そうとも、
忘れたとは言わせない。人違いでもあり得ない。月光に炯々《けいけい》と輝いていた双眸《そうぼう》の青を、絶対に見間違えるはずはない。

自分のことを知らぬなどと言って、最後まで勝負から逃げ回って。

馬鹿にしているのだ。

そう思えば悔しさも募る。結局一本も取ることができなかった自分にも腹が立つ。

腹が立つと言えばもうひとつ――

群狗《グング》だ。

群狗はやはり、青い目の居所を知っていたに違いない。

あの焼き場の夜以来、群狗もあの青い目のことは内心気にしている風だった。人を動かして何やらごそごそやっていたことにも気づいていた。群狗の過去についてはよく知らないが、庭の揺り椅子《いす》でひなたぼっこをするのが唯一の楽しみとなった今でも、かつての部下と思《おぼ》しき怪しげな人物がしばしば訪ねてくる。武臣倫院の情報武官が平身低頭している様も、書斎で離寄《リイ》虫《ム》をいじっているところも見たことがある——蜻蛉《とんぼ》とよく似た姿の、乱波者が連絡手段として使う虫だ。

群狗はそれらの手管を駆使して、青い目が三十六番手講武所にいることをとっくに突き止めていたのだろう。そこに自分が現れた場合に備えて、あの道場の周りには見張りの者が配置されていたはずだ。でなければ、あれほど都合よく群狗が現れるわけがない。

知っていたのに黙っていたのだ。

尋ねもしなかったくせに、月華はぷんすか腹を立てている。

剣を教えるという約束を反故《ほご》にしたことがまずもって腹立たしい。その上隠し事をするとは何事か。近頃では群狗とは口をきいてやらないことにしているので、きっとその仕返しのつもりなのだろう。

実に腹立たしい。

かくなる上は、より一層の修行を重ねるしかないと月華は思った。自分の剣技が群狗のそれを上回るのもそう遠い日のことではあるまい。練功成って青い目を片付けた暁《あかつき》には、あの死に損ないの老いぼれにもこの手で引導を渡してくれる。

「参渦《シャンガ》！　参渦はおるか！」

離れの扉を力任せに開け放って遠慮会釈《えしやく》もなく室内に入り込むと、参渦は文机《ふづくえ》から顔を上げて振り返った。禿頭《とくとう》の丸顔、そろそろ六十という齢《よわい》に似合わぬ餅肌《もちはだ》が卓上の明かりに白々と照らされて、まるで衝立《ついたて》の向こうに満月がかかっているように見える。

「おお、これは珀礼門。いつになくご機嫌斜めとお見受けしますが」

「月華《ベルカ》でよい。何度も言わせるな」

「ああ、これは重ね重ね失敬を」

科那国の生まれである参渦《シャンガ》は言葉こそ達者だが、一般的な卯人の目からすれば話すときの身振り手振りがひどく大げさに見える。月華に向かって、蠅《はえ》でも追うように両手を忙《せわ》しなく動かしながら、

「——それでは月華様。御尊顔にいくつも生傷などこしらえて、一体今日は何処《いずこ》の罰当たりを成敗したので？」

「成敗はしておらん。相手が逃げ回ってばかりで勝負にならんかった。——そんなことより参渦よ、早《はよ》う支度をいたせ」

「は？　支度と申されますと？」

地団駄、

「稽古《けいこ》の支度に決まっておる！　そのぞろぞろしたなりで木剣を振るつもりか!?」

「——これからですか？　いや、そう申されましても、じきに暗くなりましょうし、万が一お怪我《けが》などあっては、」

「今日はまだ稽古をしておらん！　ほれほれ、早う支度せい！」

観念した参渦は衝立を動かして稽古着に着替え、片手に木剣、もう片手を月華に引きずられるようにして屋敷の裏庭へ出た。長々と続いた夏の夕刻もようやく西の空へと動き始め、小山のような庭木の木陰には夕蟬《ゆうぜみ》の最後のひと鳴きが流れている。

参渦の稽古着は、月華のそれに劣らず華美なものだった。同じ場所にじっと立ち続けているのが辛《つら》いのか、木剣を杖《つえ》代わりに地に突いて寄りかかっている。

「それでは、今までのおさらいから参りましょう。まずは最初の技」

蟬の音が降りしきる中、月華は陣突の構えを取った。

「たあっ！　とおっ！」

道場に殴り込んだときには緊張もあったのか、今度の突き上げと斬《き》り下ろしは涼孤《ジャンゴ》に対して仕掛けたときよりも若干ましだ。参渦は満足げに手を叩《たた》き、

「素晴らしい。大変お上手です」

「――しかし、今日もこの技を使《つこ》うてみたが、仕損じてしまったぞ？」

「月華様、何事も修行が肝心ですよ。ひたすら修行あるのみです。では次、仙先扇」

「うりゃあ！」

後退しつつ胴払い。力みすぎて上体が大きく泳いでしまう。

「よろしい。では、六王突」

「てやあっ！」

踏み込んでひと突き。足運びにもたついて危うく転びそうになる。

「お見事です。欄観突」

「はあっ！」

「次は難しいですよ、泰猿奪桃」

「とりゃあ！」

何とも愛らしい気合が裏庭のしじまに響き渡る。復習が終わると、参渦《シャンガ》は大げさな身振り手振りで月華《ベルカ》を褒め称《たた》えた。

「まったく素晴らしい。実にお見事です。この参渦、感服仕《つかまつ》りました」

月華も満更ではない顔で鼻息を荒げた。泣いて許しを乞《こ》う涼孤《ジャンゴ》の姿がありありと脳裏に浮かんで大いに気分がいい。しかしその表情がふと曇り、ぶん、と木剣を振り回して、

「参渦よ。妾《わらわ》は基本はもう飽いたぞ。何か次の一手を教えてくれ」

ふむ、参渦は丸顔に皺《しわ》を寄せて考え込み、

「――それでは、うむ、いや。しかし、」

「何じゃ、勿体《もったい》をつけるな」

「いえ、実を申しますと、月華様の目覚ましい成長ぶりを拝見するに、心当たりの技があるにはあるのですが――なにぶん、あの一手は我が六身仙合門《りくしんせんごうもん》が奥義《おうぎ》のひとつにございまして」

奥義と聞いて、月華は猫が鼠《ねずみ》を見つけたように目を輝かせた。

「苦しゅうない、苦しゅうないぞ！　礼金ならはずむぞ！　妾から侍従に言うておく！」

「して、それは如何《いか》ほど？」

「銀十流でどうじゃ!?」

参渦は満月がさらに明るむような笑みを浮かべた。それまで杖《つえ》とすがっていた木剣をおもむろに構え、

「この一招《いっしょう》、名を『通天大嶺千仙皆合』と申します」

おおお、聞くだに頼もしいその名前に月華は瞠目《どうもく》する。

「前段となる技はいくつかございますが、月華様もご存知の陣突から入る一手をご覧に入れましょう。まずは陣突、突き上げて斬《き》り下ろしますが、斬り下ろすと同時に相手の懐《ふところ》に踏み込みます。続いて、こう――」

そして参渦は、低い位置からいかにも年寄りじみた動作で背筋を起こし、おぼつかない足取りで身体《からだ》ごと回転しつつ木剣を振り抜いた。

「――いや、寄る年波にはかないませんな、二度しか胴を抜けませなんだ。古《いにしえ》の高手はひと息に九閃転《せんてん》したと聞きます」

要するに、独楽《こま》のように回転しながら横方向に何度も斬りつける、という技らしい。

すごい。

まさに自分のためにあるような一手だと月華は思う。ぐるぐる回るのは得意だ。

「まず陣突だな？」

構え、突き上げ、

「そこで踏み込みます」

「こうか？」

「そこで腰を沈めて、」

「こうだな？」

「さて、ここからが肝心ですぞ！　大きく伸び上がって、一気に——」

月華《ベルカ》は思い切り回転した。木剣の重みに振り回されて最後は大きくたたらを踏んでしまったが、参渦《シャンガ》はまるで天下に冠たる達人の技を目《ま》の当たりにしたような賛辞を送る。

「素晴らしい、初手からいきなり二回転とは！　いやはや、この参渦、早くも月華様に肩を並べられてしまいました」

月華は大いに気をよくした。調子に乗って再び陣突の構えを作り、

「こうか!?」

「何たること、今度は三回転しましたぞ！」

「こうか!?」

「おお、六回転とは！」

「あははは！」

くるくる回るのが楽しくなってきてしまった。

もはや稽古《けいこ》でもなんでもない。木剣を握ったまま両腕を広げ、月華は大声で笑いながら踊るように回り続けている。東の空から夕闇《ゆうやみ》が迫り、騒ぎを聞きつけて様子を見に来た女中の伊仁《イニ》が、姫様はついに気が違ったのかと目を見開いてその場に立ちすくむ。

群狗《グング》の書斎は屋敷の北翼の、日中でも日が当たらぬ粗末な角部屋である。警護の責任者という建前上の肩書きにも仕事はそれなりにあって、夜も更《ふ》けたこの時刻まで文机《ふづくえ》に向かっているのもさして珍しいことではない。

「遅くまで精が出ますこと」

すでに気配を察していたのか、断りひとつなく部屋に踏み入ってきた参渦の声にも群狗は驚いた風を見せなかった。背後を振り返りもせず、

「――近頃では寝つきも悪くてな。眠ったら眠ったで昔の夢ばかり見る」

参渦は深々と頷《うなず》いて、

「お互いあの世が近いのですよ。ことに、鴉眼《あがん》様ほど修羅場をくぐったお方にはさぞや引く手も多いことでしょう」

ふん、遠慮会釈《えしやく》のない参渦の言葉を群狗は背中で笑う。

「――そう言う貴様こそ、『通天大嶺千仙皆合』とはまた随分と危ない橋を渡ったな。月華様

が『愚師忠弟』の笑い話を知っていたらどう言い逃れるつもりだった？」

「おや、聞こえておりましたか」

はっは、参渦《シャンガ》はおかしそうに笑って、

「心配御無用、斬《き》った張ったはともかくとして、口八丁ならたとえ鴉眼《あがん》様が相手でも後れを取る気はしませんよ」

「生憎《あいにく》だが、今はつき合えん」

愛想《あいそ》の欠片《かけら》もない台詞《せりふ》を呟《つぶや》いて、群狗《グング》は会話を終わらせようとする。

「口八丁がしたいなら他所《よそ》へ行け。要らぬ火の粉をかぶる羽目になってもつまらんぞ」

「はて、要らぬ火の粉、とは？」

「――私は目下、月華《ベルカ》様に嫌われている身だ。こんなところを見られでもして、せっかくの儲《もう》け話がふいになっても責任は持てんと言っている」

ああ、参渦は納得の表情を浮かべ、

「実はその件で、折り入ってご相談がございまして」

「給金は上がらんぞ」

「いえ、そうではなく。今日を限りにお暇を頂きたいと思います」

群狗の背筋が微《かす》かに強張《こわば》った。

「――わかった、銀二十流を上乗せする」

「お断りします」

「業突《ごうつ》くを申すな。たとえ肺病病みでも、子供の遊びにつき合う分には不足あるまい」

「肺病病みだからこそ申しております。この参渦、鴉眼様の仰《おつしや》りとあってはよもや無下にもできず、今日まで辛抱《しんぼう》に辛抱を重ねて参りました。しかし、もはや満足に剣も振れぬわたしのような者にとって、あの姫君は目の毒です」

群狗は、振り向かなかった。

やがて、参渦の耳に細いため息が聞こえた。心なしか、群狗の後ろ姿はそのため息の分だけ縮んだように見える。

「——参渦よ、」

「はい」

「今までに、貴様と同じことを言ってきた者が二人いる」

「前任の師範方のお名前は存じ上げておりますよ。まさしく錚々《そうそう》たる顔ぶれでしたから。そのお二方というのを当ててみせましょうか？　まずお一人目は蘭家剣の劉徒《リユウド》。陽都では知らぬ者のない剣豪ですな。お二人目は通念意心門の我州幡《ガスハン》。こちらは世間では剣法よりも槍術《そうじゆつ》で有名な方ですが」

それが図星であることを、群狗の無言の背中が物語っていた。

「鴉眼様は、このお屋敷の警備を統率なさるお立場だ。つまるところ、珀礼門の師範の人選もそのお仕事の範疇《はんちゅう》ということになる。鴉眼《あがん》様ほどのお方ともなれば、心当たりの武人の中には名の通った高手も掃いて捨てるほどいるでしょう。まして、お屋敷に招き入れて珀礼門と二人きりにさせても間違いのない者、という条件を加えたらまさしく『本物』しか残りますまい。よもやその方々にも皆、わたしと同じことを頼んだのですか？　真っ当な指南は無用、遊びにつき合え――と？」

「――珀礼門、ではない。月華《ベルカ》様とお呼びしろ」

「いや、それはさすがに、面と向かってこその気安さというもので、」

「構わん。ご自身たってのご希望だ」

そこでふと、群狗《グング》の背筋が微《かす》かな笑みに緩んだ。

「――あのときの、我州幡《ガスハン》の顔を貴様にも見せてやりたかった。初日だ。一刻もせぬうちに血相を変えて飛んできおってな、後はもう何を言っても聞かん。あれは嘘《うそ》も紛れもなく、本物の第十八皇女だと何度も説明したのだが、とうとう信用せぬままに帰ってしまった。あれも頑固な御仁《ごじん》だな」

参渦《シャンガ》も笑った。我州幡が野《や》に下ったのは軍内部での政治的暗闘に巻き込まれた結果と聞いている。あの姫君は、我州幡の目に新たな陰謀の端緒か何かと映ったのかもしれない。

「――それで、貴様も辞める決意は固いか」

群狗のその声は、参渦の耳にどこか寂しげな響きをもって聞こえた。

「頼む。もう他に心当たりはないのだ」

「では、これまでの三倍の給金を頂きとうございます」

唐突に投げ出されたそのひと言に、初めて群狗は振り返った。

参渦はにんまりとした笑みを浮かべて、

「こう見えても孫が七人おりましてな。一人が近々嫁に行くのです。きれいな衣装のひとつも仕立ててやりたいと思いまして」

呆気《あっけ》に取られていた群狗もやがて苦笑を漏らし、

「この業突《ごうつ》くめ」

そう呟《つぶや》いて再び文机《ふづくえ》に向かう。

「貴様のせいでこの屋敷の家計も傾いてしまうな。もう下がれ、仕事の邪魔だ」

「いまひとつ」

「何だ」

「鴉眼様は、なぜご自身であの姫君に剣を教えようとはなさいませんのか？」

背を向けたまま、群狗は黙して答えない。

参渦も長くは待たなかった。

「──では、今まで通り月華様の遊びにおつき合いする、ということでよろしいのですね？」

「そうだ」

「本当によろしいのですね？」

「くどいな、何が言いたい」

本当はわかっているくせに、と参渦《シャンガ》は思う。微《かす》かに声を荒げて、

「わたしが遊びにつき合うだけでも、実のあることを何ひとつ教えなくとも、あの姫君はひとりで棒を振っているだけでそれなりのところまで行ってしまいますよ？　月華《ベルカ》様をいつまでも籠《かご》の中に留《とど》めておきたいのなら無理矢理にでも木剣を取り上げるしかない。わたしの如《ごと》きに三倍もの給金を払ってまで半端をさせておくくらいなら、いっそのこと、そのようになさったら如何《いかが》です？」

答えが返ってくるとは思っていなかった。

言いたいことを言い終えた参渦はすぐに踵《きびす》を返す。部屋を出る間際《まぎわ》に背後から、ぽつりと、

「孫の嫁ぎ先を置いていけ。何か送る」

参渦は笑って、

「ご冗談を。『群狗《グング》』の名前でですか？　縁起の悪いこと甚《はなは》だしい」

机上《きじよう》の明かりが消えかかっていた。振り返った参渦の目に部屋の闇《やみ》は刻一刻と深くなり、群狗の後ろ姿はほとんど輪郭の判別も難しい。参渦はふと、あの闇の中に群狗が一体何を見ているのかを知りたいと思う。

「――一指力剛の話を思い出しますね」

「去《い》ね」

参渦は部屋を後にする。

武人の上下《かみしも》

龍盤七朝 DRAGON BUSTER

　そもそも阿鈴《アレイ》は酒が飲めない。酒家の客は回暑《かいしよ》の日の給金を得て浮かれ騒いでいる荒くれ人足たちばかりで、稽古《けいこ》着姿《ぎ》の阿鈴がぼんやりと箸《はし》を動かしている様は提灯《ちようちん》の薄明かりの下でも否応《いやおう》なく目立っている。講武所も一番手ともなれば余程ましな賄《まかな》いを出す宿舎も備わっているというのに、稽古の後の晩飯は果蘭門の目抜き通りを果てまで歩いたこの店で摂《と》るのが阿鈴の習いだった。ここの主《あるじ》は大昔に遠く南邑《なんおう》の辺土から大仙江を遡《さかのぼ》ってきた偏屈親父で、どういう材料で何を作るときにも火辛油をどぼどぼ入れなければ真っ当な料理とは言えないという考えの持ち主である。辛《から》さのあまり湯気に当たった蠅《はえ》が皿の中に落ち、南邑人はそれを気にもしないできれいさっぱり平らげてしまう——かの地の田舎者《いなかもの》を馬鹿にするそれは常套句《じようとうく》であるが、身の汗水を絞り尽くした男どもが安酒の肴《さかな》にするにはむしろ都合がよいのかもしれず、十五の春に南邑を捨てた阿鈴にとっては未《いま》だ懐かしい故郷の味なのだった。あれから四年が過ぎた。

　もう四年、という気もする。

　まだ四年、という気もする。

　元都の外西門をくぐり、右も左もわからぬ雑踏の濛々《もうもう》たる土埃《つちぼこり》に立ち竦《すく》んだあの日、阿鈴は武者修行どころか一日を生き抜くのに精一杯だった。嵐のような四年が過ぎて、一番手講武所の一番弟子となった今もなお、脳裏にふと立ち現れるかつての自分の気配を阿鈴《アレイ》はどうしようもなく持て余すことがある。宿舎の賄《まかな》いに馴染《なじ》めぬ貧乏舌も、この先もきっと改まることはないのだろう。

「——お前さあ、おもて歩くときはもっとましな格好に着替えろよ」

顔を上げると、どこぞの商家の馬鹿な二代目といった身なりの男が提灯《ちようちん》の明かりの中にのっそりと入ってくる。阿鈴は目の前の欠け皿に視線を戻してぼそりと呟《つぶや》いた。

「面倒です」

「あのな、お前はうちの道場の顔なんだぞ。少しは体面ってものを考えたって罰は当たらねえだろう」

「道場に戻ったら、もうひと汗かくつもりですから」

しょうがねえ野郎だ、と藍芭《ランバ》は思う。

通りがかりの女給に濁酒《どぶろく》を注文し、阿鈴と差し向かいの席に着き、大の男の晩餐《ばんさん》としてはあまりに寂しい卓の上を一瞥《いちべつ》して藍芭はうんざりとため息をつく。料理は屑豆《くずまめ》と羊の臓物、その傍《かたわ》らに置かれている古びた銚子《さしなべ》の中身は茶ですらない、ただの水に違いなかった。同期の入所で歳《とし》も同じ、しかし酒も博打《ばくち》も女もやらぬ堅物ぶりは最初からずっとこの調子で、せめて口のきき方くらいは改めさせようという試みも、知り合ってひと月が過ぎる頃にはすっかり諦《あきら》めてしまった。

こいつは、本当に変わらない。

それが阿鈴の長所であり、短所でもあると藍芭は思う。

ただひとつ、その髪だけは随分伸びた。南邑人《なんおう》が髪を伸ばして後ろで束ねるのは、これと定めた目標を達するまでは髪を切らぬというかの地方独特の願かけであるらしい。阿鈴が一体何を目標としているのか、藍芭は知り合った当初からよく知っていた。

「聞いたぞ。大比武《だいひぶ》の話」

阿鈴はしばし無言だった。やがて、

「――今すぐ道場に戻って、やはり阿鈴の決意は固いようだと総師範に伝えてください」

「あらら、水臭《みずくせ》えなあ。――そりゃまあ確かにさ、お前を説得してくれって総師範に頼まれはしたけどな、ここに来たのはあくまでも俺《おれ》個人の意思だっつうの」

「時間の無駄です」

「お前さあ、どうしてそういうこと言うの？　言っとくけど俺が最後の砦《とりで》だよ？　俺に嫌われたらお前、友達一人もいなくなっちゃうよ？」

「――つまり、自分が言いたいのは、人を使って説得しようという総師範の姑息《こそく》なやり口のことです。言いたいことがあるのなら、堂々と自分の口で言うべきでしょう」

まあな、と藍芭は内心で同意する。

阿鈴《アレイ》を止めてくれと懇願する師範の必死の形相ときたら見られたものではなかった。あの様子では、最初に阿鈴の決意を聞いたときには危うく卒倒しかかったに違いない。

「なあ、師範は何て言った？」

「とにかくもう一日、よく考えろと」

なるほど弱腰だ。その上、同期を介して搦《から》め手から攻められたのでは、滅多に人を悪く言わぬ阿鈴の「姑息《こそく》」という言葉もわかる気がする。所詮《しょせん》は武臣倫院内部の政治闘争から落ちこぼれた小人物と言うべきか。古巣に返り咲くための手蔓《てづる》を失いたくないのであれば、やおら腰の物を抜き放って「我が屍《しかばね》を踏み越えて行け！」と叫ぶくらいのことがなぜできないのだろう。

「——で、やっぱり気は変わらんか」

口を開きかけた阿鈴を制して、

「生半可な覚悟じゃないってのはわかってるつもりだ。ただほら、俺《おれ》としても死にたがりの同期を黙って見過ごすわけにもいかねえからさ、鬱陶《うっとう》しい奴だと思うかしらんが、言いたいことだけは一応言わせてくれ」

そこで濁酒《どぶろく》が来た。安物の椀《わん》にどろりとした液体を注《つ》いで軽く喉《のど》を湿らせ、一体どこから話を切り出したものかと藍芭《ランバ》は考えを巡らせる。

大比武《だいひぶ》と言えば、一般的には大規模な軍事演習を指す言葉である。

しかし、藍芭が阿鈴に出場を思い留《とど》まらせようとしているそれは〝洞幡《ドーハン》の大比武〟——即《すなわ》ち、素仏來王の昔に占雅殿の前庭で始まり、後に琉河の刑場跡へと場所を移され、今日では洞幡の演武場で毎年の秋に挙行される真剣試合であった。在野の武人であれば一切の出願資格を問われず、観戦する将官たちに武技優秀と認められれば、たとえ初戦で敗退した者であっても相応の軍籍が与えられる。

講武所という制度が人材の「育成」を旨《むね》とし、出所後に約束されている階級に兵長までという制限があるのに対して、能力次第では一足飛びの出世も可能な洞幡の大比武は、最初から腕に憶《おぼ》えのある者たちをふるいにかけて強者《つわもの》のみを残す「選別」を旨とする制度である。出願期間は夏――正確には回暑《かいしょ》から先涼《せんりょう》の三十と三日間、すべての対戦者を下して頂点まで勝ち上がった者は「独峰《どっぽう》」と呼ばれ、その出身地の地名にまで「嶺」という尊称が冠される。この卯《ウー》という国に生を受けた武人であれば、大比武の踏破は誰もが一度は想いを馳《は》せる遥《はる》かな武の頂には違いなかった。

「――まずはそこだ」

藍芭はぽつりと独り言《ご》ちて、

「そもそも、大比武の独峰がこの国一番の武達者だと、お前、本当にそう思うのか？」

阿鈴は怪訝《けげん》そうな顔をする――違うという理由がひとつでもあるのかと言いたげだ。

「考えてもみろ、真剣での勝ち抜き戦だぞ？　今どき、軍隊なんかより割のいい稼ぎ口が他にいくらでもあるのに、剣一本で食っていける腕の持ち主が何を好き好んでそんな危ない橋を渡る必要がある？　闇雲《やみくも》に戦いたがる奴が必ずしも強い奴だとは限らんだろう？」

――「本物」が、そう簡単に真剣試合になど応じるわけがない。

それは、大比武《だいひぶ》の独峰《どっぽう》という公的な権威の陰で、多くの皮肉屋たちによって常に囁《ささや》かれ続けてきた批判だった。長年にわたる修行を経た一角《ひとかど》の武人ともなれば、まさか功名心にのぼせ上がるような年齢でもあるまい。ある者は軍禄《ぐんろく》など問題にもならぬ大金を日々稼ぎ出し、ある者はすでにその腕で身を立てて何らかの責任ある地位へと至っているはずであり、連中が今さらそれらをすべて投げうって真剣試合に身を晒《さら》すことなど考えられないというわけだ。

ところが、

「――自分は、そうは思いません」

「なぜ」

「まず第一に、大比武においては試合中の降伏が認められています。負けた側が必ず命を落とすというものでもありません」

「だからそれほど危ない橋でもないってか？　つまらんこと言ってんじゃないよ、降参した相手にうっかりとどめをくれちまったって何のお咎《とが》めもないんだぞ。勝った側からすれば、遺恨を残したままにするよりは殺しちまった方が身のためだ」

「敗者からの恨みつらみを受けるのは何も大比武に限った話ではないし、むしろ武人の日常と心得るべきです。そんなことを怖がっているようでは同門での木剣試合もできない」

藍芭《ランバ》は両の目をまじまじと見開いて阿鈴《アレイ》を見つめた。余人が同じことを言ったら思うさま笑いのめしてやるところだが、他ならぬ一番手講武所一番弟子の口から出た「恨みつらみは武人の常」という言葉には得体の知れぬ説得力があった。

「第二に、剣の腕とは、単なる小手先の技術論だけではありません。木剣試合では真の実力はわかりませんし、木剣試合で勝利することが剣術の最終的な目的でもありません。真剣を手にした相手を真剣で倒してこその剣術でしょう。ましてや大比武では降伏さえ認められているというのに、それでもまだ『危ない橋だ』と躊躇《ちゅうちょ》しているようでは、問答無用で命を取りに来る切っ先を前にしたら必ず怖気《おぞけ》をふるいます。そうなったら、普段の実力の半分も発揮できない。道場稽古《げいこ》の『達人』が、しばしば夜盗の振り回す包丁の類《たぐい》に討ち果たされる所以《ゆえん》です」

「――おいおい、ちょっと待て、」

「大比武に名のある高手たちが参加しないという批判はある意味で正鵠《せいこく》を射ている。――実際のところ、彼らは高手でも何でもないのです。自分に言わせれば、守るべきものを抱え込んでしまったというそのこと自体が弱さに他なりません。銭金であれ地位であれ、それらと引き換えに命のやり取りをする気概を失ったというのであれば、どう言い逃れようとも彼らはすでに商売人であり官吏であって、武人ではないのです」

「――わからん奴だな」

藍芭はがりがりと頭を掻《か》き毟《むし》る。

「あのな、もう一度言うぞ。剣の腕の良し悪しと真剣試合に臨むの覚悟のあるなしとは何の関係もないんだ。命のやり取りをする気概、なんて言えば聞こえはいいけどな、そいつは単なる考えなしで自暴自棄な半端者かもしれん。だろ？　世間から認められるような結果も出せないくせに、いきなりのるかそるかの大博打《おおばくち》に出てくるような連中はそっちの可能性の方が遥《はる》かに高いさ。命の危険を冒して大比武《だいひぶ》になぞ出てみたところで、そこにお前が求めているような相手が現れるとは到底思えんと、最初から俺《おれ》はそう言ってるんだよ」

「ですから、自分は、そうは思わないと最初から言っています」

しかし阿鈴《アレイ》も退《ひ》かない。

「無論、俗世に何の関心も持たぬ最強の剣人がどこぞの山奥で仙人暮らしをしているかもしれない、という可能性を否定はしません。しかし、そんなことを言い出していたらきりがない。実際問題としては、目の前で向かい合って刃《やいば》を交えることのできる相手のみを考慮の対象とすべきです。大比武に参加しようとしない名ばかりの高手たちも、自分にとっては山奥の仙人と同じ、考慮するに値しない『例外』にしか過ぎません。何もやってみないうちからそのような存在を持ち出して『今は戦うべき時でない』と言い逃れるのは、理屈として間違ってはいなくても、結局は己《おのれ》の怯懦《きょうだ》を正当化する考え方だと思います」

藍芭《ランバ》は深い深いため息をつき、しばし黙考して攻め手を変えた。

「――なあ、聞いてくれ」

「聞いています」

「例えばな。これがお前じゃなくて、荒蛇《ゴーダ》や磨胡《マルコ》あたりだったら俺だって止めやしねえさ」

藍芭は卓に肘《ひじ》を突いて身を乗り出す。

「二人とも学もなけりゃあ金もねえ、おまけに天涯孤独の身の上だからおっ死《ち》んだところで泣く奴もいねえ。肝心の腕前はまああってところだが、このまま講武所を出たところで使い捨ての鏢師《ひょうし》になるか、悪くすりゃあ山賊の側に身を落とすか。軍隊に入ったってどうせ講武所上がりの兵長ドノで一生を終えるのが関の山だ。それならいっそ大比武に命を張って、軍の偉いさんたちにせいぜい格好いいとこ見せて、頃合いを見計らって降参するっていうのもひとつの手さ。少なくとも今よりましな道だって拓《ひら》けるかもしれん」

そこで藍芭は椀《わん》を高々と傾けて中身を一気に空けた。自分の口が、次第に歯止めを失いつつあると心の底では自覚していた。

「荒蛇は自分からは口が裂けても言わねえだろうから、代わりに俺が言ってやる。いいか、あいつは今年の大比武に出願するつもりだった。歳《とし》を考えたって今年が最後の機会だろうしな、擂台《らいたい》の上でくたばることになってもそれはそれ、偉いさんからお声がかからなかったら潔《いさぎよ》く諦《あきら》めて、講武所上がりの一兵長で軍隊に入営する覚悟だったんだ。それは総師範も承知のことだった。一番手から五番手あたりまでの講武所は毎年一人ずつ名代《みょうだい》を出す慣例になってるが、お前が妙な気を起こさなかったら荒蛇は一番手の看板を背負《しょ》って最後の大舞台に立てたはずなんだ。世の中、お前みたいに出来のいい奴ばっかりじゃねえ。大比武《だいひぶ》に命を張るより他に手がねえって連中もいるんだよ」

「——何が問題なのかわかりません。大比武に、ひとつの講武所から二名以上が出願することを禁じる規則などないはずですが」

「馬鹿。規則なんかなくたってな、こういうことは前例や外聞が何よりも優先するんだ。一番手講武所はどうやら弟子の束ねが利かないらしい、なんて偉いさんたちに思われたら総師範の進退問題になっちまうだろうが。大体、お前と荒蛇《ゴーダ》の両方が勝ち残っていけばどこかで必ず当たるんだぞ。そのときはどうすんだ、斬《き》り殺すのか？」

「言うまでもありません」

阿鈴《アレイ》の言葉には、一片の躊躇《ためら》いもなかった。

「全力を尽くして戦うまでです。荒蛇は侮《あなど》れない相手だ。何度でも繰り返しますが、明日戦うといつまでも言い続ける名家名門の師弟よりも、今日戦うと言い切る荒蛇の方が自分にとっては余程の脅威です」

ため息も涸《か》れてしまった。

耐え難《がた》い徒労感に藍芭《ランバ》は俯《うつむ》く。空の椀《わん》を手の中で弄《もてあそ》びながら、

「——もう勝ったような口ぶりだな」

「まさか」

「お前が死んだら、甘葉《カナハ》が泣くぞ」

そのひと言を耳にして、阿鈴が初めて押し黙った。

言わずに済めばそれに越したことはないと思っていたひと言だった。人材登用の手段が聞いて呆《あき》れる、大比武など残虐非道な見世物に他ならないと藍芭は思う。その渦中《かちゆう》に自ら飛び込もうとしている阿鈴を止めなくてはならない。しかし、だからといって、甘葉の名前を口にするのはまるで人質を取るのにも似た卑怯《ひきよう》な行いであるという気がする。

「——わかってるよ。総師範が勝手に決めた許婚《いいなずけ》だし、お前としても色々と言いたいことはあるだろう。まったく薄汚ねえよな、この先どう転んでも出世街道を行くこと間違いなしの勝ち馬に手前の娘をあてがって、古巣に戻る算段をつけてもらおうって腹だ。そんなことは道場の連中だってみんな気づいてる。辻《つじ》の芝居でも石を投げられそうな古臭い筋書きだよ」

しかし、ここまで言ったからには最後まで言い切らねばならない。あるいは武人の非道は凡人の正道なのかもしれず、口を突いて出る言葉のひとつひとつに今までにない力がこもるあたり、自分はつくづく凡人なのだと藍芭は思い知る。

「でもな、いい子じゃねえか。ちっとばかし身体《からだ》が弱いのは玉に瑕《きず》だが、頭もいいし、気立ては優しいし、入所したての新米なんぞはお言葉を頂戴《ちようだい》しただけで手と足が一緒に出ちまうくらいの別嬪《べつぴん》だ。おまけに甘葉はずっと前からお前に惚《ほ》れてる。——なあ、どうせお前のことだから、大比武の話は甘葉にはまだ打ち明けていないんだろう。一体どう説明するつもりだ？」

阿鈴《アレイ》は黙して答えない。藍芭《ランバ》はさらに、

「——お前、南邑《なんおう》じゃ名の通った酒蔵の三男坊なんだってな」

突如《とつじょ》、店の奥で歓声が上がった。

見れば、妻が子を宿したと告白した男が脂下《やにさ》がった照れ笑いを浮かべ、仲間に取り囲まれて散々に小突き回されている。藍芭が視線を戻すと、阿鈴がまるで男色趣味を言い当てられでもしたような顔で目を見開いていた。

「——自分は、寝言でも言いましたか」

椀《わん》に再び濁酒《どぶろく》を満たして藍芭は苦笑する。父親に勘当されて以降の南邑には一度も帰っていない——確かに、阿鈴自身の口から聞いたのはそれだけだ。

「あのな、俺《おれ》の目は節穴と違うぞ。二年ほど前からか、お前んところの爺《じい》やが時々こっそり様子を見に来てるだろう。何度か話をする機会があってな、この間なんか飲み代《しろ》を借りた」

「あれは——」

いつになく慌てている阿鈴が、藍芭にはおかしくてならない。

「——あの人は、自分の叔父《おじ》です。身なりや物腰はあんな風ですが、南邑府に軍属扱いで雇われている薬学者で——」

「へぇえ。学者先生とは思わなかったな」

ちびちびと椀を傾けながら藍芭は目をぐるりと回した。なるほど、軍属の薬学者ということは、兵要地誌の作成に協力して方々の辺境を常に飛び回っているはずであり、昔から神出鬼没が身上の男なのだろう。

「叔父さん言ってたぜ、大運河の船着場でばったり出くわしたとき、あんまり立派になったんですぐにはわからなかったって。——そりゃあそうさ、なにしろ大卯国元都一番手講武所の一番弟子だもんな。意地っ張りのカミナリ親父も今じゃ酒が入ると死んだはずの三男坊の自慢話が止まらねえらしいじゃねえか。お前が南邑に帰ってくるなら勘当もなかったことにする、閃閣武林に口をきいて指南役の席も用意するって、そこまで言われているんだろう?」

最後の鍔際《つばぎわ》だった。藍芭はおもむろに椀を置き、

「なあ、これ以上何を望む? 甘葉《カナハ》を連れて故郷《くに》に帰れよ。娘婿《むすめむこ》が閃閣兵法の本山に収まると聞けば総師範もまさか嫌な顔はしねえさ。据え膳《ぜん》の指南役が気に食わねえなら自分で他の口を探したっていいし、親父と顔を合わせるのがどうしても業腹だって言うなら無理を押してまで南邑に戻れとは言わん。お前なら、軍隊に入営して兵長から始めたって歴代独峰《どっぽう》の誰にも負けないくらい出世できるに決まってるからな。いいか、命の重さってのは自分じゃなくて周りが決めるんだ。お前自身がどう思っていようと、お前の命はもう、真剣試合なんぞに気安く投げ出せるほど軽くはないんだよ。悪いことは言わんから、大比武《だいひぶ》への出願など止《や》めておけ」

言うべきことはすべて言い尽くした。

そして、阿鈴の瞳《ひとみ》をのぞき込んだ藍芭は、すべての努力が空《むな》しかったことを知った。

「自分は――」

逡巡《しゅんじゅん》もなければ気負ってもおらず、ただ、胸の内に確として存在する明々白々な

「理由」を言葉にして説明することがどうしてもできない。――阿鈴《アレイ》の表情は、そんな風に見えた。

ふと、その顔に気弱げな笑みが浮かんで、

「――なんだか、最初から、話が噛《か》み合っていなかった気がしますね」

藍芭《ランバ》も笑う、

「そうだな」

自分は、大比武《だいひぶ》に出るべき道理の不在を語った。

阿鈴は、大比武に出てはならない道理の不在を語った。

阿鈴が胸中に隠し持っている「理由」が自分にはまるで見えてこないように、自分が言葉を尽くして語った「理由」もまた、阿鈴には最初から最後まで少しも見えてはいなかったのだろう。ごく当然の損得勘定からすれば、剣の腕が優れていればいるほど大比武への参加など引き合わない。なぜそこで損得勘定をするのかと言えば、剣の腕とはあくまでもそれ自体が目的なのではなくて、別の何かを達成するための代替可能な手段のひとつに過ぎないからだ。

普通はそうだ。

結局はそこだ。

「――この国において、大比武よりも高い武の頂は存在しません」

阿鈴が席を立ち、懐《ふところ》の財布から銅滴を乱雑に掴《つか》み出して卓上に置く。
「自分には、それだけで充分です」
涸《か》れていたはずのため息が戻ってきたのは、阿鈴の稽古着姿《けいこぎ》が真夏の闇夜《やみよ》に紛れ去ってから
しばらく後のことだった。目の前の臓物煮込みは皿の底が隠れる程度には残っていて、赤黒い
煮汁にまみれた得体の知れぬ切片をひとつ、藍芭は指先で摘《つま》み上げて口の中に入れてみる。
呻《うめ》いた。
旨《うま》いも不味《まず》いもあったものではない。満面に脂汗が浮き、灼熱《しゃくねつ》とも激痛ともつかぬ何かに舌
を圧倒されて気が遠くなりかける。濁酒《どぶろく》を何杯も呷《あお》り、椅子《いす》に身を沈み込ませて大きく息をつ
いた。こんな物を食って涼しい顔をしていられるのはどういう神経の持ち主なのか。
まったく――、
「――馬鹿につける薬はねえよな」
臓物の欠け皿を見つめて、藍芭はひとり呟《つぶや》く。

＊

二回目は、腹が痛いの日が悪いのと言い訳をしてどうにかお引き取りを願った。

しかし三回目で言い訳の種も尽き果て、四回目ともなると最初から殴られる覚悟を決めてい

た。気を確かに持って予《あらかじ》め身構えてさえいれば、来るとわかっている木剣の一撃というのは存外に辛抱《しんぼう》がきくものだ。始めの合図と同時にうなりを上げて飛んできた上段を度胸一発額で受けて、半分以上は演技でなくその場にどうと倒れ伏して震え声で参ったを告げたのだが、一体何がお気に召さなかったのか、「ちがう！　ちがうー!!」と叫びながらぐるぐる回って帰っていった。

「たのも――――――――――――――――う!!」

つまり、これで五回目である。

弟子連中が面白がっていたのも初めのうちだけだった。近頃では、迷惑千万とでも言いたげな視線が声の主よりもまず涼孤《ジャンゴ》に集中する。給金を貰《もら》っているわけでなし、涼孤としても少女に目をつけられているうちは道場通いをやめにしようかと思わぬでもなかった。しかし、この暑い最中《さなか》に汗だくのまま捨て置かれた稽古着《けいこぎ》や糞壺《くそつぼ》の磨かれない厠《かわや》はたちまち猖獗《しょうけつ》を極めるに違いなく、これを機にあの役立たずは金輪際《ゴング》馘《くび》にしろなどと言い出す輩《やから》が弟子たちの中に出てこないとも限らない。いざとなったら言愚の抗弁など屁《へ》の突っ張りにもなるまいとわかってはいても、涼孤はこの道場から追い出されたくはなかったし、そのためには下男仕事もそう簡単に休むわけにはいかないのだった。

しかし、門前の少女はそんな事情などまったくお構いなしである。

豪勢な稽古着に分不相応な木剣という出で立《い》ちもいつもと同じだ。

名前は――

何だっけ、
どうやらそれが武人の挨拶《あいさつ》であると誤解しているらしい少女は、弱り果てて天を仰いでいる涼孤を前にもう一度そう言った。

「たのもう」

「――悪いんだけどさ、何度来られても、」

「問答無用。今日こそ立ち合ってもらうぞ」

木剣の切っ先をびしりと鼻先に突きつけられて涼孤は途方に暮れる。背中に刺さる弟子たちの視線が痛い。これ以上稽古の邪魔をさせるわけにはいかないし、今度という今度は何としても事態にケリをつけなくてはいけないと思う。

――よし、
腹を括《くく》るしかない。はっきり言わなければいけないのだ。女の子を相手に木剣試合などできないし、これ以上道場に押しかけられたら下男としての自分の立場も危うくなるのだということを、どんなに時間をかけてでもきっちりと説明するしかない。

「――じゃあさ、」

再び天を仰ぎ見る。夕空の色の按配《あんばい》は、夜の到来まで未《いま》だ道半ばといったところだ。

「稽古が終わるまでまだしばらくかかるし、その後もまだ仕事が残ってるから、それが済むまで待ってて」

むぅ。少女はしばし黙考し、疑わしそうな上目遣いを涼孤《ジャンゴ》に向けて、

「――よもやお主、またぞろ逃げ出す算段でもしておるのではあるまいな？」

「そ、そんなことないよ」

立ち合うつもりもないけど――とは無論言わずにおく。

「――まあよかろう。その命、しばし預けておいてやる。妾《わらわ》は待つ間の暇潰《ひまつぶ》しに稽古《けいこ》の見物でもさせてもらうわ。何ぞ不都合はあるまいな？」

え。

どこか他所《よそ》で茶でも何でも飲みながら待っていろ、と言ったつもりだったのに。

不都合も何も、部外者に無断で練習を覗《のぞ》き見られて喜ぶ門派はどこにもないし、事と次第によっては半殺しの目に遭わされてもおかしくはない。人材育成の場である講武所はそうした閉鎖性がまだしも薄い方ではあるが、これまでは笑って見逃してくれていた弟子たちの中にもそろそろ堪忍袋《かんにんぶくろ》の緒を切らす奴が出てくるかもしれない。

「あ、あの――」

しかし、今さらごねても話がどうこじれるか知れたものではなかった。おろおろと弟子たちの顔色を窺《うかが》う涼孤を尻目《しりめ》に、少女は意気揚々と練武場へ足を踏み入れる。

くるりと振り返って、

「逃げるなよ」

「――う。うん」

足りぬ背丈で伸び上がるようにして顔を寄せ、少女はどこか嬉《うれ》しそうに凄《すご》むのだった。

「妾の目の届くところにおれ。他の者との密談もまかりならん。厠《かわや》にもついていくからな！」

この時間、正門のすぐ脇《わき》にある長椅子《ながいす》はちょうど木陰の中にあって、練武場の稽古風景を見物するには格好の場所だった。

さすがに貴人と同じ椅子には座れないと思ったし、いつ起こるとも知れぬ悶着《もんちゃく》に割って入るには一歩退《ひ》いて立っている方が都合が良かったのに、いいから座れと強引に腕を引かれて肩も触れ合わんばかりの近間に腰を下ろしてしまう。殴り込みもすでに五回目であるが、こういう状況はさすがに初めてのことだ。薄く汗ばんだ首筋や二の腕に浮かぶ産毛《うぶげ》を盗み見ていると、容姿がどうこうよりもまず、我が身と引き比べてこうも違うかという圧倒的な清潔さを否応《いやおう》なく意識させられた。着たきりのぼろ着が隣にいたら相当臭《にお》うのではないかと気が気ではなかったが、だからと言って急に腰を浮かせて距離を取るのもどうかと思う。やはり、毎日風呂に入っているのだろうか――ふとそんなことを考える。毎日風呂に入れるというのは、一体どれほどの金持ちなのだろう。

最初は何やら物言いたげな風だった弟子たちも、すでに少女の存在など頭から無視して稽古を再開していた。これは謂《い》わば逆説的な侮辱であり、道場破りとして遇するにも値しない相手だと公言されているようなものであり、要するに少女は完全に舐《な》められているのであって、いやしくも蚊母の木剣など振り回して武人を気取るのであれば逆に怒り出さなくてはいけない状況である。

少女が「にははは」と笑った。

そのあまりの唐突さに涼孤《ジャンゴ》はぎょっとして、

「なに?」

少女は、むふ、くふふふと肩を震わせ、

「――あのな、あのな、伊仁《イニ》は寝歩きの癖《くせ》があるのだ」

「誰?」

「あれはすごいぞ。行儀指南が性懲りもなく住み込みに来るというのでな、そのことは黙っておれと皆にきつく申し渡しておいたらな、彼奴《きゃつ》め、夜中に厠《かわや》の前で腰を抜かして逃げ帰ってしまいよった」あーははは。

何だかよくわからない。

わからないが笑い声はまずい。稽古《けいこ》を見て笑っているのだと誤解されかねない。付近の弟子たちが幾人か手を止めて剣呑《けんのん》な目つきでこちらを見ている。少女の稽古着の裾《すそ》を引き、

「馬鹿、静かにしろってば」

ようやく笑い止《や》んだ少女は、ふう、と退屈そうなため息をついて、

「――それにしても、どいつもこいつも大したことのない奴ばかりじゃな」

お前が言うな、

「ねえ、頼むからもう少し声を落としてよ。稽古の邪魔になるからさ」

「いちいち細かいのう。話し声の如《ごと》きが邪魔になるような稽古など、いくらやったところで腹が減るだけ無駄なことじゃ。ところで、先ほどから考えておったのだが――」

少女は練武場を右から左へと見渡して、うん、とひとつ頷《うなず》いた。

「――なるほどな、これが地の利というやつか」

「は？」

「ほれ、お主も憶《おぼ》えておろう。最初の日の立ち合いだ。妾《わらわ》はちょうど――」

少女は練武場の一角を指差して、

「あの辺りで足を滑らせて思わぬ不覚を取った。お次は向こうの、根元に椅子《いす》が置かれている柳《やなぎ》の木だ。あの上に逃げ延びてしまったお主を、妾はとうとう最後まで仕留め切ることができなんだ」

確かに事実を違《たが》えてはいないのだが、そういう言い方をするとまるであの追いかけっこがまともな勝負であったかのように聞こえるから不思議だ。

「――それで？」

「お主はこの道場の者であろう。ならば、地面の方々に足を滑らせやすい場所があることも先刻承知で、その辺りをうまく避けつつ走ることもできよう。しかし妾《わらわ》はそうはいかん。お主は自分がこの稽古場《けいこば》に生えているどの木なら素早く登れるかもわかっておろう。しかし妾はそんなことは知らん」

少女は得意満面の笑みを浮かべる。

「だから、お主を予《あらかじ》め木から遠ざけるような位置を取ることも叶《かな》わず、木の上に逃れようという意図を察してからでは防ごうとしても間に合わん。あの木の根元にある椅子《いす》が格好の踏み台になることも、投げつけるのに手ごろな石が辺りに落ちておらんことも、お主には最初からわかっていたはずだ」

そうかなあ、と涼孤《ジャンゴ》は内心で首を傾《かし》げる。少なくとも涼孤自身としては、そこまで深く考えて逃げ回っていたという実感はない。

「つまり、お主の縄張りに出向いた時点で妾の不利は決まっておったのだ。仕留め切れなんだのは腕の差ではないということだな。しかし覚悟せよ、次は同じ手は食わんぞ」

なんだ、結局それが言いたかったのか。

そんな得意げな顔で話すようなことでもないだろう、というのが正直な感想だった。「地の利」などと言うとご大層に聞こえるが、要はそこらでちゃんばら遊びをしている子供でも口にしそうな理屈ではないか。誰かの入れ知恵をそのまま口にしているという風でもあるし、憶《おぼ》えたての斬新《ざんしん》な知識を人に開陳したくて仕方がないのかもしれない。

「最初の日と言えばもうひとつ、あの禿《は》げは今日もおらんのか？」

「え？」

誰が禿げ？

「ほれ、妾が初めてここへ来た日、門前で挨拶《あいさつ》をしてきたつるつる頭がおったろう」

ああ、蓮空《デクー》のことか、

「——すごいな、よく憶えてるね」

「あれ以来、いつ来ても姿を見かけんようだが、あの男がこの道場の師範と違うのか？」

意外だった。

やることなすこと滅茶苦茶《めちゃくちゃ》なようでいて、どうやらこの少女は結構人を見ているらしい。初日に一度顔を合わせたきりの男の顔を記憶しているのみならず、以降の不在にも気づいているというのは大したものだと思う。少女の家がどういう悪事で財を成したか知らないが、家業を継いで何か人の上に立つ仕事をすれば、いずれ八方に目配りの利く女主人として大成するのではないかという気もする。

明察の通り、ここ最近、蓮空は道場に一度も顔を見せてはいない。

少女が初めて道場に殴り込んできた日といえば、かれこれ半月近くも前のことになる。一日二日ならともかく、あの稽古熱心な蓮空がこれほど長い間道場を空けるなどかつて一度もなかったことだ。他の弟子たちは口うるさい奴がいないのを幸いと羽を伸ばしている感すらあって、事情を尋ねても詳しいことは知らないと言う。家まで様子を見に行こうかとは何度も思ったのだが、やはり自分のような者が訪ねていくのは外聞が悪いのではないかと気が引けて、今日は来るだろう明日は来るだろうの繰り返しでずるずると現在に至っていた。

「──さあ、どうしたんだろ。仕事が忙しいのかな」

「仕事？　講武所の師範であればそれが仕事であろう？」

「いや、あの人は──」

普段は船着場の蔵屋に詰めてる夜回りのおっさんだよ──そう言いかけたとき、木剣を手にゆっくりと近づいてくる男の気配に涼孤《ジャンゴ》は気づく。卯人にしては色の薄い髪、起伏の乏しいつるりとした顔に薄ら笑いを浮かべ、男は癇《かん》の強そうなつり上がった眼で涼孤を見下ろして、

「女と並んで座って仲良くお話かよ。まったくいい身分じゃねぇの」

咄嗟《とっさ》の言い訳を口にするよりも早く、黙れとばかりに木剣の先で肩を小突かれる。

「よお、おれ今うんこしたからさ、ちょっと糞壺《くそつぼ》からはみ出ちまったが舐《な》めて磨いといてくれや。糞虫には糞虫らしい働きをしてもらわねぇとな」

この手合いをいちいち嫌っていたら、涼孤はとても今日まで生きてはこられなかった。

だから、いま目の前にいる背守《セス》という男のことも涼孤は決して嫌いではない。蓮空《デクー》、面弟《マンデ》と並んで〝一刀の朱風《スーファン》〟亡き後の三十六番手講武所を取り仕切る「兄貴分」の一人であり、以前

はもっと番手の若い講武所にいたらしいという噂《うわさ》も、あまりの素行の悪さに居場所を失《な》くして
ここまで落ちてきたのだという話も多分本当なのだろう。

「——あ、はい。すぐやります」

木剣で再び肩を小突かれ、涼孤は背筋を伸ばして答えた。

まさか本当に厠《かわや》の床を舐めるつもりはない。

しかし、少女を無断で道場に招き入れたことがそもそも武門一般の常識にかからぬ行為ではあったし、皆が稽古《けいこ》をしている横で延々と無駄話などされてはいい加減目障《めざわ》りなのだという怒りにもそれなりの正当さはあると思う。女の前で恥をかかされて黙っておれるか、といった類《たぐい》の矜持《きょうじ》も涼孤は一切持ち合わせてはいない。それでも、長椅子《ながいす》から立ち上がりかけてふと躊躇《ためら》ったのは、厠の掃除に行くのはいいとしても、傍若無人極まるこの少女をここに残していったらどんな面倒が巻き起こるかわからないと気づいたからだ。

杞憂《きゆう》だった。

手遅れだった。

「無礼者め。手前でたれた糞など手前で掃除するがよい」

男ばかりの道場にあってまことに耳慣れぬ女の声である。

果たして、練武場のほぼ全員が手を止めてこちらを振り返った。それまでの投げやりな無視が敵意のこもった注視へと次第に裏返っていく。背守はしばし少女の言葉を吟味して、まるで

幼子に語って聞かせるかのような口調で、

「お嬢ちゃんよ。あんたの家だって厠《かわや》の掃除は下《しも》の者にさせるだろ？　それと同じこった。この道場じゃあな、そこの青い目が糞壺《くそつぼ》を磨くって決まってるわけよ」

大丈夫だ。

まだどうにかなる。

どうにかしてみせる。だからお前はもう喋《しゃべ》るな——というつもりで摑《つか》んだ腕を、少女は意外なほどの力で振り解《ほど》いた。蚊母の木剣を握り直して立ち上がり、背守《セス》を真正面に見据えて不敵な笑みさえ浮かべ、少女はもはやどうにもならないひと言を昂然《こうぜん》と口走った。

「そう聞けばなおのこと筋が通らんな。お主も武人の端くれであろう、武人の上下《かみしも》は腕の順ではないのか？」

背守は一瞬、少女の言わんとするところが理解できなかったらしい。

呆《ほう》けたような表情を浮かべ、その視線が少女から涼孤《ジャンゴ》へ、涼孤から少女へと移動して、弛《ゆる》んだ口元から「ああ」という理解の呻《うめ》きが漏れる。鼠《ねずみ》のそれにも等しい理性が背守の脳裏から抜け落ちたが最後、そこから先は血を見るまで到底収まりのつかない暴力の出る幕だった。

それでも少女は一歩も退《ひ》かず、
背守の額に小指ほどもある血管が蠢《うごめ》き、
それでも少女は一歩も退かず、

背守の視線と右腕に獰猛《どうもう》な「色」が出た瞬間、
それでも一歩も退かない少女の背筋のど真ん中を、涼孤は力任せに蹴《け》り倒した。

悲鳴も上げず受け身も取れず、少女はまるで踏み破られた戸板のように顔面から倒れ込んで大の字に這《は》いつくばった。くるりと背後を振り返り、顔中を擦《す》りむいた痛みに気づいている風もなく、ただただ目を見開いて涼孤を見つめ、

「——な、」

右の鼻の穴から鼻血がひと筋、

「何をするかあっ!!」

涼孤は傍《かたわ》らに転がった蚊母の木剣を拾い上げ、豪勢な稽古着《けいこぎ》の奥襟《おくえり》を猫の子のようにぐいと掴む。

「な、何の真似《まね》じゃ!? こら、放せっ！　放せと言うておる！」

少女がいくら身をもがいても涼孤の右手はびくともしない。背守さえも呆気《あっけ》に取られて見守る中、涼孤はじたじたばたばたと暴れる少女を引きずって歩き、正門の外へと無造作に放り出した。その足元に木剣を転がして言い放つ。

「真面目《まじめ》に相手をしたぼくが馬鹿だったよ。もう二度と来んな」

涼孤が一体何を怒っているのかわからない——少女はそんな顔をして、鞠《まり》が弾むように跳ね起きて、

「妾《わらわ》は、妾はお主の代わりに言うてやったのだぞ！」

「大きなお世話だ！　どこの御令嬢様か知らないけどな、いつまでも調子に乗っていられると思ったら大間違いだぞ！　身分を笠《かさ》に着て人を舐《な》めるのもいい加減にしろ！」

「――こ、」

少女はあまりの言い草にしばし絶句していたが、やがて湧《わ》き起こる烈火の如《ごと》き怒りに擦《す》り傷だらけの顔を真《ま》っ赤《か》に染めて、

「――この恩知らずめが！　庇《かば》い立てしてもろうた礼がその言い草か!!」

「やかましい！　その足で歩けるうちにとっとと帰れ!!」

そこから先は、まさしく子供の喧嘩《けんか》だった。

練武場の面々はひとり残らず毒気を抜かれたような顔をして、ぎゃあぎゃあと互いを罵《のの》りながら取っ組み合う二人の姿を見守るばかりだ。たまたま通りかかった近所の桶屋《おけや》の親父が間に割って入ろうとして手もなくはね飛ばされ、そのわずかな隙《すき》に少女は身をもぎ離して素早く距離を取った。双方の捨て台詞《ぜりふ》が矢を射《う》ち合うようにすれ違う。

「もう知らん！　それほど厠《かわや》の掃除がしたくば好きにするがよい！　お主など、糞壺《くそつぼ》の中に収まって身を縮めておるがお似合いじゃ!!」

「ばーかばーか！　尻拭《しりふ》きまで人にしてもらってる奴が偉そうな口を叩《たた》くな！　とっとと家に帰って爺《じい》やにおしめでも替えてもらえ!!」

少女はあまりの口惜しさにばたばたぐるぐる回転する。それはあたかも、珍奇な習性を持つ動物の子供がかんかんに怒っているようにも見える。少女はすぐに踵《きびす》を返して走り去り、その後ろ姿を目がけて投げつけた木剣が路面に高く弾んで、涼孤《ジャンゴ》は肩で息をしながら頬《ほお》の引っ掻《か》き傷を拭《ぬぐ》った。傍《かたわ》らにへたり込んでいる桶屋がぽつりと、

「――ものすげえな。よお、ありゃあ一体どこのお嬢だい？」

知るか――そう答えようとして、涼孤は目を閉じて震えるため息をつく。

まただ、これで五回連続だ――

あの子の名前を聞くのを忘れた。

挙句にこの始末である。よもや六回目があるはずはなかった。

＊

自分が今まで蛇だと思っていたのは、実は、巨大な龍《りゅう》の尻尾《しっぽ》ではないのか。

例えば、ここにひとりの禿《はげ》がいるとする。

そんじょそこらの禿とはものが違う。十と七年の昔、来候地方にて熱病が猛威を振るった折に辛《から》くも命と引き換えたが故《ゆえ》の禿である。おかげで十は老《ふ》けて見られるが、その十年も熱病に

くれてやったのだと今では諦《あきら》めもついている。二十と二歳、護神は未《ひつじ》、剣に長じ、今日の三十六番手講武所では実質上の師範代としてそれなりに一目も二目も置かれている禿《はげ》である。功成った暁《あかつき》には軍門へと身を投じ、戦場にて剣技に更なる磨きをかけ、ゆくゆくは卯国にその人ありと称《たた》えられる武人たりたいと、半ば冗談で、しかし半ば本気で禿は願っている。

さらに、ここにひとりの言愚《ゴング》がいるとする。

そんじょそこらの言愚とはものが違う。言うは愚か——とは黙ってさえいれば卯人と見分けのつかない黒い目の連中のこと、その青い両の目をくりぬきでもしない限りは逃げも隠れもできない言愚の中の言愚である。

講武所の下男を務める傍《かたわ》ら、市場の片隅で似顔絵を描いて辛《から》くも日々の糊口《ここう》を凌《しの》ぐこの言愚をしかし、件《くだん》の禿は憎からず思っているとする。戯《たわむ》れに見舞う不意打ちはある種の親愛の表現でもあり、虐《いじ》められることに慣れきってすっかり負け犬根性が染みついている言愚自身の発奮を促すつもりでもあった。戯れではあるにせよ、毎度毎度の不意打ちをものの見事に躱《かわ》してみせる言愚を禿はそれなりに買っていたからだ。きっちり精進さえすりゃあ、こいつは俺《おれ》様の次の次くらいには強くなる——半ば冗談で、しかし半ば本気で禿はそう思っている。

そして、ある事件が起きる。

発端は、剣術にかぶれたと思《おぼ》しきひとりの少女が、なぜか言愚を名指しで道場に乗り込んできたことだった。少女は無理無体に試合を迫り、言愚をとうとう木の上にまで追い詰めたところで家人に引き取られていった。それだけなら単なる笑い話であって、事実、その場で見ていた他の弟子たちは今でもそう思っているだろう。

しかし、禿は違った。

もつれ合いの中で言愚が放った盤肘《ばんちゅう》の一撃を、禿はその目で見てしまったのだ。

騒動も終息し、その日の稽古《けいこ》がお開きになる頃には、見よう見まねの一打であろうと禿も納得していた。船着場の蔵屋では仕事仲間と馬鹿話をして笑い合うことさえできた。言愚の一撃が再び瞼《まぶた》の裏に蘇《よみがえ》ったのは朝番に見回りを引き継いで帰る道すがらのことで、禿はそれを家に持ち帰ってじっくりと反芻《はんすう》してみることにした。

翌日、禿は稽古を休んだ。

仕事にも行かなかった。

その日を境に、禿は明けても暮れても言愚の一撃のことを考え続けた。時おり思い出したように庭へと飛び出し、腕が上がらなくなるまで木剣を振り続けても、胸中にわだかまる疑惑は少しも退《ひ》いてはくれなかった。

自分が今まで蛇だと思っていたのは、実は、巨大な龍《りゅう》の尻尾《しっぽ》ではないのか。

そして――

自分は、本当は、心の底の底では、そのことに気づいてはいなかったか。戯れに見舞う不意打ちは、本当に単なる親愛の表現だったのか。師範の急死に乗じて正式に入門してしまえと勧めたのは、相手が「うん」と言うはずもないと知った上での言葉ではなかったか。厄落としの札を貰《もら》ってきてやったこと、誰かに虐《いじ》められていれば庇《かば》ってやったこと、よく一緒に笑ったこと、まるで弟のように思っていたこと。——それらのすべてに、ほんの小さな、一点の曇りはなかったか。

あいつはいい奴だ。

そうかもしれない。

俺《おれ》もいい奴だ。

本当にそうか。

自分の心の奥のそこから先を、禿《はげ》は直視することができない。

禿は考える。二十と二歳、剣をもって立身を志す者としてはもう決して若くはない。未《いま》だ修行が足りぬと、未だ勝負の時にあらずと毎日思って、ふと気がついたら三十六番手講武所の最古参の一人となっていた。口を開けば途方もない夢を語り、命金を免罪符にいつまでも腕を磨いていられる永遠の半人前——そんな立場が、まるでぬるま湯の中のように居心地がよかったのだ。

いつか何とかなる——ずっとそう思っていた。

いつかどうにかする——ずっとそう思っていた。

しかし、その「いつか」とは一体いつなのだろう。

今までかかってどうにもならなかったのなら、ひょっとすると、この先もどうにかなることなどないのではないか。

そう自分自身に認めさせるのに半月かかった。

そして、一度そうと認めてしまった禿の「いつか」とは、もはや待ったなしの「今日」でなくてはならなかった。遠い遠い道のりを歩き続けていたつもりで、自分はいつしか袋小路に立ち竦《すく》んでいたのだと禿は思う。ここには何もないし、どこにも行けないし、誰も手など差し伸べてはくれない。もう充分だ。

これ以上待っていてはいけないのだ。

その五角銭を、禿はまったくの偶然で見つけた。荒れすさんだ部屋の片隅で、その五角形の銅銭はあたかも禿の進むべき道を暗示するかのように、格子窓から差し込む朝日を浴びて鈍く輝いていた。

五角「銭」と名が付いてはいるし、確かに銅の塊《かたまり》には違いないので、銭秤《ぜにばかり》を用意している商人なら物の対価として受け取ってくれるかもしれない。

しかし、一般的な意味合いにおいては、贈答品として用いられる呪物《じゅぶつ》の一種である。

なぜこんな物が自分の家に落ちているのかと禿は怪しむ。――いや、確か、武術指南に招かれた師範の供を務めた折に酔狂で買い求めたのではなかったか。あるいは、招聘《しょうへい》先で持たされた礼物の中に混じっていたのか。それとも、これが自分の持ち物であるというのがそもそも思い違いで、このボロ家の前の住人の忘れ形見が何かの拍子に出てきたのか。

禿《はげ》は床に膝《ひざ》をついたまま、五角銭を摘《つま》み上げて朝日に翳《かざ》す。表面には禿の護神でもある未《ひつじ》の浮き彫り、裏面を返すと、五つの角ごとに刻まれた五つの文字が見て取れる。頂点から左回りにそれぞれ、「大」「登」「比」「第」「武」。

これらの五文字は、頂点の「大」から五芒星《ごぼうせい》をひと筆書きする順序で読むのが正しい。その要領に沿って入れ替えてみると、文字の並びは次のようになる。

大比武登第。

＊

本当は、こういう日にはじたばたせずにどこかで昼寝でもしているのが一番なのだ。

虫の知らせとでも言うのだろうか、人相書きの口を求めて手近な番所をいくつか巡っているうちに、今日は駄目だ——とわかる日がたまにある。この手の予感が外れたためしはなく、意地になって足を棒にしてみてもろくなことにはならない。

だからと言って、右の袋のいつもの場所に似顔絵描きの茣蓙《ござ》を広げてみても大抵はうまくいかないものだ。今日は仕事にあぶれたので仕方なくこうしています——という空気が滲《にじ》み出ているのだろう。同じ品物を商う二つの屋台が道を挟んでいるとして、一方は押すな押すなの大繁盛、他方では閑古鳥が鳴いていれば、後から来る客の多くはたとえ行列に並んででも前者を選ぶものである。扱う品物の種類や質にまったく差がなかったとしても、貧乏臭い雰囲気というのはそれだけで客を遠ざけるのだ。

――いや、

涼孤《ジャンゴ》は左目の周りをそっと探ってみる。

今日ばかりは、それだけが理由ではないかもしれない。

殴られた後にうっかり眠ると腫《は》れが余計に酷《ひど》くなるので、一昨日《おととい》から昨日にかけては一睡もせずに家に籠《こ》もって絵の道具の手入れをしたり、裏口の敷居に腰かけて目の前のどぶ川に釣り糸を垂れたりしていた。鰻《うなぎ》が二匹釣れたし、腫れもすっかり引いたし、今はもう指先で押しても痛みは感じない。が、多少の青痣《あおあざ》はまだ残っているのだろう。それでなくても青い目におまけの痣などあったら、なまじの客は気味悪がって近づいてこなくなるのも道理であった。

常連というものがまず望めない似顔絵描きの生き死には、一見《いちげん》の客をいかに多く摑《つか》まえられるかの一点にかかっている。

涼孤の所場《しょば》は右の袋の外れの外れ、「炭屋の道」と呼ばれている路地の階段の下である。涼孤はいつも一番下の石段の右端に腰を下ろし、目の前に茣蓙を広げて客用の椅子《いす》を置き、右手側に見本の似顔絵を貼《は》り付けた板を立てかけておく。往来に正対せず、階段に背を向けて座るのがこのやり方の肝《きも》だった。これなら椅子がひとつしかなくても客と顔の高さを合わせられるし、正面から来る客を捨てる代わりに、背後の階段を下ってくる客から青い目を一旦は隠すことができる。見本に足を止め、椅子《いす》に腰を下ろしてしまってから絵描きの目の色に気づいて逃げ出す者は、せいぜい三人に一人くらいのものだ。

そのはずが、今日は客が椅子に座ってさえくれなかった。

殴られたのが右目だったら往来からはまだしも目立たないのだろうが、階段の反対側に場所を移す程度の自由も涼孤《ジャンゴ》にはなかった。まず番所巡りでケチがつき、左目の青痣《あおあざ》に真夏の炎天下とくればもはや三重苦である。ケチや青痣はともかく、真夏の炎天下は頭の使い方次第では味方につけることもできなくはないのだ。茣蓙《ござ》の四隅に柱を立てて日除《ひよ》けの天幕を張り、客が足を冷やせるように盥水《たらいみず》のひとつも用意しておけば、道行く人々は少し涼んでいくついでに絵描きに駄賃を恵んでやろうという気になるかもしれない。実際にそうしようと試みたこともあったのだが、地回りどもにたちまち目をつけられて、屋根つきの売《ばい》をするなら所場《しょば》代の追加をよこせ、堅気衆の水が穢《けが》れるから堰《せき》には金輪際近づくなと言われてしまった。

胸元の汗を拭《ぬぐ》って大あくびをする。

まだ日は高い。

居眠りをするように俯《うつむ》いて、薄く目を閉じる。

同じこの場所で同じやり方を続けているうちに、涼孤は背後の階段を下ってくる足音を聞くだけで、男女の別や年齢や、近頃では凡《おおよ》その素性まで判別がつくようになっていた。武術で言うところの「聴勁《ちょうけい》」に近い行為であるが、涼孤にとってそれは単なる遊びであり、いつまで続くとも知れぬ客待ちの間の暇潰《ひまつぶ》しである。

背後の人の流れに耳を澄ます。

似顔絵描きという商売で男の客がつくことはあまりない――そいつが酒でも飲んでいてくれない限りはまず望みが薄い。あと十人の女の足音に素通りされたら今日のところは潔《いさぎよ》く茣蓙を畳もう、道場に戻って長椅子で昼寝でもしようと決めた。たちまち六人の団体に素通りされ、七人目は指をしゃぶる癖《くせ》もまだ抜けないような子供だったので数に入れないことにして、次に現れた七人目が実に奇妙な足音の主だった。

勢いからして若いことは間違いない。

しかし、男か女か判然としない。

どちらかに賭《か》けろと言われたら女だが、それにしてはひどく尊大な歩き方で、誰かとぶつかりそうになっても相手が先に道を譲るものと信じて疑っていない。そのくせ、幼少の時分に足《あし》枷《かせ》を嵌《は》められて過ごした時期でもあったのかと思うほどの束縛《そくばく》の気配が滲《にじ》んでいる。

――なんだこいつ。

労働と縁のない歩様からしてもある種の貴人には違いなく、しかし貴族や豪商の娘がまさかこうも複雑で極端な足音は持たない。こうなったら青い目でも何でも晒《さら》して顔を見てやろうと思わぬでもなかったが、ここで振り返ったら無礼なほど近くからまじまじと相手を見上げるような形になってしまう。

袖《そで》が触れ合わんばかりのところを、ふわり、と行き過ぎていく気配。

似顔絵の見本に目をくれる様子もなく歩き去るかと思いきや、七人目は不意に踵《きびす》を返して涼《ジャ》孤《ンゴ》の正面の椅子《いす》にどすんと陣取った。女であるという予想は当たっていたし、若いという予想も当たっていた。ある種の貴人であるという予想も当たっていたが、それにしてもこいつは稽《けい》古着《こぎ》以外の服を持っていないのか。

「たのもう」

あの少女だった。

涼孤に蹴《け》り倒されてこしらえた顔中の擦《す》り傷に、薬布をべたべたと貼《は》りつけている。

名前は――

驚きと拍子抜けとが入り混じって、涼孤はそれ以上物を考えることができなくなった。

しかし少女もまた、涼孤の左目の痣《あざ》を見るなり口元を引き攣《つ》らせ、

「――妾《わらわ》は、」

そこで一度言葉に詰まり、少女は足元に視線を逸《そ》らしてぶっきらぼうな口調で呟《つぶや》く。

「妾は、そんなに強く殴ったか？」

言わんとする意味を理解するのに一瞬の間を要した。――涼孤の左目の痣が、道場の門前での取っ組み合いの結果なのかと誤解しているのだろう。

「――ああ、この痣は別口だよ」

とはいえ、まったく関係がないわけでもない。

件《くだん》の一件の後、振り上げた拳《こぶし》の下ろし所が見つからない背守《セス》から二、三発もらうだろうということくらいは最初から計算の内だった。

涼孤にとって、背守の振り回す拳の如《ごと》きは身を躱《かわ》すよりも黙ってもらう方が余程の意識的な努力を必要とする。執念深いその性格は百も承知だったし、後にどこぞで背守と少女がばったり再会する可能性もなくはないことを考えれば、相当に無様な腫《は》れ顔を見せて溜飲《りゅういん》をとことんまで下げてもらう必要があったのだ。背守の踏み込みは予想以上に甘く、拳が届く寸前にこちらから顔を当てに行ったのだが、少女のこの驚きようからすると少々大げさにもらいすぎたのかもしれない。

「――いや、痣もだが、」

少女は再び涼孤の顔に視線を戻して、恐る恐る、

「お主、左目が赤いぞ」

ああそう。

目玉の中で血が滲《にじ》んで白目の部分が赤くなっているのだろう。道場の弟子連中が言うところの「目の鼻血」というやつだ。殴られるということにかけては人後に落ちぬ経験を誇る涼孤からすれば、この程度のことは痛みがない分だけ指先のささくれにも劣る些事《さじ》である。

「大丈夫だよ、しばらく放《ほ》っときゃ治る」

それに、怪我《けが》のことを言うならお互い様だった。実際のところ、少女の方もなかなかの御面相である。

「なあ、一体誰にやられたのだ？　やはり、妾《わらわ》のせいで仕置きをされたのか？」

へえ、事情を察するくらいの頭はあるのか。

それとも、これまた一昨日《おととい》の「地の利」と同様、誰かの入れ知恵か。「やはり」という言い草の背後に何者かの存在を見て取るのは勘ぐりすぎというものだろうか。

「なあ、隠さず申せ。──さてはあいつか？　厠《かわや》の掃除をせいと言うてきた、あのつり目の男にやられたのか？」

「うるさいな、関係ないだろ」

「──か。関係は、ないことは、ないであろう」

俯《うつむ》いて口を尖《とが》らせ、少女はぐずぐずと呟《つぶや》く。

「ないさ。どけよそこ、商売の邪魔だ」

涼孤《ジャンゴ》はわざと冷たく言い放って内心の動揺を押し隠そうとする。──まったく、どうしてこいつは毎回毎回、夜討ち朝駆けの殴り込みのような登場の仕方をするのだろうか。

昨日は物を考える時間があった。

貧乏暇無しとはよく言ったもので、丸一日の休みなど一体何年ぶりのことだったろう。絵の道具の手入れをしながら、裏手のどぶ川に釣り糸を垂れながら何度となく繰り返した自問自答の行き着く先は、ただひとつの結論だった。

結局のところ、自分は、保身が故《ゆえ》に行動したのだ。

無礼千万な口をきく少女を、皆の前で蹴《け》り倒してみせること。

それが、「自分は道場の側に立つ人間である」という証明であり、「自分に関する少女の発言は何の根拠もない世迷言《よまいごと》である」という証明でもあったのだ。説得力を増すためには少女にも鼻血のひとつくらいは出してもらわなければならなかったし、それを意図してわざと受け身が取れないような角度で蹴った。

あのまま放っておいたら、背守《セス》は間違いなく少女を血祭りに上げていただろう。

それまでの少女の暴言は完全に一線を踏み越えていた。血の気の多い手合いは何もあの場に背守ひとりではなかったし、他の連中も止めに入ろうとはしなかったと思う。そして、少女を始末したその矛先《ほこさき》は次にこちらへと向けられたはずである。袋叩《ふくろだた》きで済むことならいくらでも耐えてみせるが、自分の唯一の居場所を失いたくはなかった。

少女の身を第一に思うのなら、背守を蹴り倒せばよかったのだ。

機先を制して問題に自らケリをつけることで、自分は三十六番手講武所における下男としての立場を確保したのである。その目論見《もくろみ》はすべて計算通りに運んだ。背守から頂戴《ちょうだい》した拳骨《げんこつ》はたったの一発。取っ組み合いで少女に引っ掻《か》かれた頬《ほお》の傷など物の数ではない。当然の結果として、少女とはもう二度と顔を合わせることはないのだろうと思っていたし、合わせる顔などないとも思っていた。

ところが、

「妾《わらわ》は、妾は仲直りをしに来てやったのだぞ！」

少女は椅子《いす》をがたがた揺らしながら言い募る。

勝手なものだ――「勝負しろ」の次は「仲直りしろ」か。

鼻で笑った涼孤《ジャンゴ》の腹の内を見て取ったのだろう、少女は膨れ面《つら》で俯《うつむ》いて、

「――し、仕方がなかろう。仲直りせんことには、お主はきっと勝負を受けてくれんもの」

涼孤は無言で手元の商売道具を片付け始めた。まったくの無関心を装《よそお》いつつも、つい少女の方をちらりと盗み見てしまう。顔中に貼《は》られた薬布は切り貼りの仕方がいかにも大げさで、少女が泣いて帰ってきたときの屋敷の者たちの慌てぶりが目に見えるようだった。自分なら唾《つば》もつけないような擦《す》り傷でも、ついた先がお嬢様のお顔となれば大騒ぎになったはずである。

ふと思う。

一体何があったのかと、少女は屋敷の者たちに問い詰められたはずだ。

何も遠慮することはない。さる道場で狼藉者《ろうぜきもの》たちに取り囲まれたと、不届きな言愚《ゴング》に背中を蹴《け》られたと正直に言えばいいのだ。酔狂の剣術に大それた木剣をぽんと買い与えるほどの名家名門が、娘の顔についた傷の恨みをよもや放ってはおかないと思う。場末の講武所などひとた

まりもなく取り潰《つぶ》されるかもしれないし、言愚を一匹殺すのは鼠《ねずみ》を一匹殺すのと同じことかもしれない。

しかし——

実際には、何事も起こらなかった。松明《たいまつ》を手にしたやくざ者の集団が涼孤の家に火を点《つ》けに来るようなこともなかったし、番所巡りの前に立ち寄った道場には普段と少しも変わった様子はなかった。

理由はひとつしかない。

家人の追及に、少女がだんまりを通してくれたからである。

そこまで予想して涼孤は少女の背中を蹴った。しかし、その予想を裏打ちしていたのは、少なくとも「計算」などと呼べるようなものではなかったと思う。それはある種の「信頼」であり、さらに言えば、ある種の「甘え」ではなかったか。

「——。忘れ物を取りに来たんだろ？」

少女は、名前を呼ばれた忠犬が耳を立てるようにぱっと顔を上げた。

涼孤は身を屈《かが》め、茣蓙《ござ》の隅に巻いて隠しておいた蚊母の木剣をぞろりと引き出した。刃が自分に、切っ先が下に向くように柄《つか》をくるりと握り直して無造作に投げ渡す。わ、わ、とお手玉をしつつも少女はどうにか木剣を受け止め、目を丸くしたまま向き直って、

「——お主、ずっとこれを持ち歩いておったのか？」

「うるさいな。つまり、その、番所に届けようと思って持ってきたんだ。もっと大事にしないと罰当たるぞ、そんな金目の物を忘れていかれたらこっちも物騒で仕方ないよ」

少女は手の中の木剣をまじまじと見つめ、

「これは——そんなに大層なものなのか？」

少女の物知らずぶりにもいい加減慣れてきた涼孤《ジャンゴ》であるが、天と地ほども隔たった価値観を埋め合わせる言葉はそう簡単には見つからない。この界隈《かいわい》ならその木剣一本で家が建つ——と説明しても、「こんなぼろ家しか建たないのなら大したことはない」などと言われてしまいそうな気もする。

「——最初に屋敷に来た剣術指南が、妾《わらわ》が何も道具を持っておらんというので馴染《なじ》みの武具商を呼んでくれたのだ。代物は取らんからどれでも好きなものを選べと言うので随分迷ったのだが、これが一番振り抜けがいいような気がしてな。見てくれも何やら黒くてぼろっちい感じがしたので、只《ただ》で貰《もら》うなら安い方がよかろうと思うたのだが——そうか、高いのか。悪いことをした」

そこで少女は不意に顔を輝かせ、

「なあ、お主の木剣はどんなやつだ？」

「え？　あ、いや、ぼくは木剣なんか持ってないよ」

む。少女はあらぬ誤解をして言葉を詰まらせ、

「――妾も、妾も木剣はもうすぐ卒業なのじゃ！」

　面倒くさい奴め、と涼孤は思う。干紙の束を丸めて竹筒に入れ、湿気を防ぐために綿木の栓をしっかりとねじ込む。硯《すずり》を掃《はら》って筆台の蓋《ふた》を閉め、背負い箱の所定の穴に差し込むと、外した引き出しを元に戻すような具合でぴたりと収まった。

「こら！　先ほどから黙って見ておれば、何を帰り支度などしておる!?」

「今日は、もう店じまいだから」

　意図していた以上に無愛想な声が出た。この再会はまったく予期せぬ事態であったし、未《いま》だ罪悪感の尻尾《しっぽ》のようなものが腹の底でごろごろしてどうにも落ち着かないのだ。どうしても話をしろというのであれば、ともかく一度退《ひ》いて態勢を立て直してからにしたい。

　しかし、少女も簡単に納得してはくれなかった。

「つれないことを言うな！　まだ話は終わっておらん！」

　おろおろと周囲を見回して、

「――なあ、それでは、どこか気の利いた店で茶でも飲まんか？」

　涼孤は俯《うつむ》いて苦笑を隠す。その似合わないひと言で、先にもちらりと感じた疑惑は確信へと変わった。少女の背後に、この手打ちの絵図を描いた何者かが確実に存在する。涼孤は同情を禁じ得なかった――この少女に手とり足とりで物を理解させるのは大層骨の折れる仕事だっただろう。

「生憎《あいにく》と貧乏暇無しでね、これから番所を巡って仕事を探さなきゃ」

口から出まかせであったが、本当にそうしてもいいと思った。仕事が取れる気はまったくないが、ここでいつまでも居心地の悪い思いをしているよりはましである。

「早くどいてよ。その椅子《いす》も片付けるから」

うぅ、ううう。

椅子の座面を両手でぎゅっと握り締め、少女は恨めしそうに睨《にら》みつけて、

「――貧乏暇無しと申したな」

「え?」

「逆もまた真なりか?」

それは、まあ――と呟《つぶや》く。金のある奴はもちろん暇もあるだろう。

「ならば、これで文句はあるまい!」

少女はやおら稽古着《けいこぎ》の懐《ふところ》を探り、細長い板状の物体を摑《つか》み出して茣蓙《ござ》に叩《たた》きつける。硬く重い音を立てて弾み上がったそれが一体何なのか、貧民街育ちの眼は咄嗟《とっさ》に見て取ることができなかった。

銀流だった。

しかも二枚。

追い討つように銅滴の詰まった財布が投げ出され、

「今日一日、銀流二枚でお主を買い上げる！　前渡してまず銀一流、妾《わらわ》につき合った後でもう一流！　財布の銅滴は祝儀じゃ！　これでもう鼻血も出んぞ！」

例えば、似顔絵を一枚描いて涼孤《ジャンゴ》は銅三滴を稼ぐ。

その銅滴が一千粒集まって、ようやく銀一流と同じ価値になる。雨の滴は千粒集まって川の流れとなるわけだ。銅滴は平民の貨幣、銀流は貴族の貨幣――などと言ったりもする。

貧民街の最底辺を這《は》いずり回り、飢えの果てに野犬の死骸《しがい》に湧《わ》いた蛆虫《うじむし》さえ口にしたことのある者たちにとって、そもそも銅千滴という価値がすでに雲上のものであり、その具体である銀一流に至ってはほとんど想像上の存在に等しい。貧民街の外に毎日働きに出ている涼孤はそれでもまだ物を知っている方だが、その涼孤ですら、銀流をこれほど間近で目にしたことなど指折り数えるほどしかなかった。

しかもそれが二枚である。

「――ば、馬鹿！　大きな声出すな！」

銀がどうしたという少女の叫び声に、炭屋の道の往来が一体何事かと足を止めていた。涼孤は慌てて腰を上げ、少女の傍《かたわ》らに膝《ひざ》をついて周囲の視線から茣蓙の上の有様を身体《からだ》で隠す。

「早くしまえ！　誰が見てるかわかんないんだぞ！」

声を潜めて言うのが関の山だった。銀流に手を触れることすら躊躇《ためら》われ、それらを少女の胸元に押し込むなど倍も畏《おそ》れ多い。涼孤の口調には懇願の響きすらあったが、少女も退《ひ》くことを知らなかった。

「それが納まるべきはお主の懐《ふところ》であろう。一度出したものを引っ込めるなど沽券《こけん》に関《かか》わる。さあ取れ、一流は前渡しの約束じゃ」

——勘弁してくれよ、

思わず天を仰ぐ。

さらなる説得の言葉も思いつかず、再び向き合った薬布だらけの顔は、目に涙さえ浮かべて唇を嚙《か》み締めている。

DRAGON BUSTER

龍盤七朝

六牙《ロンガ》の鈴

馬鹿、阿呆、死ね、とまで言われた。

しばらく前に客から人死にが出たという西瓜《すいか》屋の親父は、すっかり遠のいてしまった客足と厳格な所場《しょば》割りとの板挟みに観念しきった様子でふて寝を決め込んでいる。膝《ひざ》に乗せた半切れに向かって事の顚末《てんまつ》を語り、自分はどうも涼孤《ジャンゴ》を怒らせてしまったらしいのだが理由がわからない、という意味のことをぐじゅぐじゅと説明すると、珠会《シュア》は無言で西瓜の皮を肩越しに放り投げ、もうつき合いきれないとばかりに首を振ってその場を立ち去ろうとしたのだった。

——あんたさあ、棒振りにかぶれてから世間知らずに磨きがかかったんじゃないの？　あんな柄の悪い道場の荒くれどもにそんな大口叩《たた》いてよく生きて帰れたもんだわ。

そういう言い方は不服だった。月華《ベルカ》は口の中でもごもごと言い訳をする——こっちだってそれなりに腕に憶《おぼ》えはあるのに。

——これまでにも危なっかしくて見ちゃいられないことが何度もあったしね、この際だからはっきり言ってあげる。昨日の夕方、あんたは砂漠の真ん中にいたの。砂漠の真ん中で野盗の集団に取り囲まれたのよ。

例えが突飛すぎて話が見えなかった。珠会《シュア》は苛立《いらだ》たしげに身を乗り出して、

——いい？　普段のあんたがどんなに偉ぶっても周りがちやほやしてくれるのはね、あんた自身に下々《しもじも》の郎党を従える後光が差してるからじゃなくて、あんたの家の名声や政治力や経済力が担保になってるからよ。あんたは偉ぶることで世の中に借金をしていて、無法を働く奴は捕まえて痛い目に遭わせるっていう世の中の仕組みがその担保を裏書きしてるの。そういう力がすぐには及ばない場所に自分からのこのこ出かけていって、馬鹿な連中に馬鹿な挑発をして我を忘れるくらいに怒らせちゃうなんて、砂漠の真ん中で野盗の集団に囲まれるのと一体どこが違うのよ？　そりゃあ、いい悪いで言えば先に手を出す方が悪いんだろうし、連中は後々ひとり残らずお縄にかかって首をちょん切られるかもしれない。でもね、もし相手が「そんなの知るか」って飛びかかってきたら？　相手が悪くて自分が正しいなら、寄ってたかって手籠《てご》めにされた挙句にくびり殺されても満足ってわけ？

珠会はずるい。

そんなにいっぺんにたくさん言われたら言い返せない。

月華《ベルカ》は俯《うつむ》いて口を尖《とが》らせる。道場の門前に叩《たた》き出された後の応酬はもう大方忘れてしまったが、ただひとつだけ、今なお耳に深々と響いて消えぬ涼孤《ジャンゴ》の言葉がある。

——身分を笠《かさ》に着て人を舐《な》めるのもいい加減にしろ。

そして、珠会の例え話も言わんとするところは同じなのかもしれないと月華は思う。馬鹿な

奴の後先を考えない行動に対しては世の中の仕組みも時として無力であって、そんな中に自ら頭を突っ込んでいく自分は、珠会に言わせれば「磨きのかかった世間知らず」、涼孤に言わせれば「身分を笠に着て人を舐めている」。――つまるところはそういう話なのだが、こっちだってそれなりに腕に憶《おぼ》えがある場合はどうなのだろう。何度も言うようだけど。

――あんたが五体満足で帰れた理由はひとつ。野盗の一味の中にただひとり、あんたの味方をしてくれる奴がいたから。そいつにしてみれば、あんたには迷惑をかけられたことはあっても義理なんて何もない。道場の中での立場ってものもあるだろうし、妙な真似《まね》をすれば自分もとばっちりの火の粉をかぶる羽目になるかもしれない。それでも、青い目はあんたを助けてくれた。顔の擦《す》り傷くらいで砂漠の真ん中から生きて戻れるんなら御《おん》の字よ。いくら感謝しても足りないくらいよ。

だとすると、今度は疑問が湧《わ》いた。

青い目だってそれなりに腕に憶えはあるはずなのだ。珠会の説明が一から十まで正しいのなら、涼孤がまるで野盗どもの使い走りの如《ごと》き立場に甘んじているように見えるのは一体どういうわけなのだろう。あの男はなぜ、その力を存分に振るって一味の頭に収まろうとしないのだろうか。

その後も、珠会は矢継ぎ早に色々なことを言った。

段取りは考えてやるからとにかく一度礼を言いに行け、とか。

いつもの横柄《おうへい》な口のきき方だとまた喧嘩《けんか》になるかもしれないから気をつけろ、とか。あんたは子供の小遣いくらいの銭しか持ち歩かないけど今度ばかりはそれだと恥をかくぞ、とか。

それから、

「ねえ、」

涼孤《ジャンゴ》の声が背中に刺さる。

「どこまで行くの？」

それでも月華《ベルカ》は足を止めない。背後を振り返ろうともしない。

「うるさいぞ、お主は黙ってついてくればよいのだ」

それから——

何だっけ。

頭の中に砂漠の砂がみっしりと詰まっているような気がする。珠会《シュア》は他にも色々と知恵を授けてくれたはずなのに、まるで百年も昔の記憶のように何ひとつ思い出せない。断言できるのはただひとつ、話がこじれてにっちもさっちもいかなくなったら有り金を放り出して男買いをしろ、とはさすがの珠会も絶対に言わなかったということくらいだ。

どうしてこんなことになってしまったのか、自分でもよくわからない。

涼孤を茶館に誘ったのも珠会の勧めがふと脳裏を過《よぎ》った末の苦し紛れだが、幾つか教えられたはずの店の名前も場所も残らず消し飛んでしまっていた。

それでも、ついてこいと見得を切って歩き出してしまった以上はまさか自分から足を止めるわけにもいかない。路地は右の袋を外れるほどに暗く狭く入り組んで、自分がどの辺りを歩いているのかもすでに曖昧《あいまい》になりつつあったが、月華はさらに足取りを速めてさも行く当てが定かであるかのように装《よそお》わなければならなかった。少しでも見覚えのある辻《つじ》や家並みを探して視線が泳ぐ。顔中に貼《は》られた薬布が汗を吸ってむず痒《がゆ》い。無言行の轡《くつわ》も白々しい僧形の物乞《ものご》いがひと睨《にら》みで転げるように道を譲った。同じところをぐるぐる回っていたらどうしよう。涼孤に馬鹿だと思われたくない。

歩いて歩いて、この調子では元都を抜け出て砂漠へと至ってしまうのではないかと思われたそのとき、行く手の右側に一軒の古い茶館が現れた。

月華はすがりつくように足を止めた。「千華萬礼」という大看板の招福文字には確かに憶《おぼ》えがあるように思う。珠会に教えられたうちの一軒に偶然たどり着いたのか、あるいはそんな気がするだけか。

当然、という顔を作って振り返り、

「ここに入るぞ」

涼孤は青痣《あおあざ》に縁取られた目で恐ろしそうに茶館を見つめ、さあこれから尻《しり》を百回叩《たた》いてやるぞと言われた子供のような顔をした。絵描きの道具など後生大事に背負っているおかげでその立ち姿は一層気弱げに見える。

「――あのさ、話をするだけだったら、何もこんな店に入らなくても、」

「びくびくするでない。店の者が何ぞ言うてきたら妾《わらわ》が叱《しか》ってやる」

涼孤《ジャンゴ》の腕をぐいと摑《つか》み、軒先に並べられた卓のひとつに陣取った。深く息を吸い込み、辺り一面に漂う茶の香りの中に微《かす》かな刺激臭を嗅《か》ぎ当てて、よし、と内心で頷《うなず》く。――ずっと前に珠会《シュア》から聞いた、それは「貝抱《ばいほう》」という香木の生木が発する臭《にお》いである。日陰で寝かせて水気と臭いを抜いた貝抱は、乾物等を湿気から守るための良質な乾燥剤となるらしい。四季を通じて雨の少ない元都では馴染《なじ》みの薄い代物ではあるが、珠会に言わせればこの街の茶館はその気候に頼るあまり甕《かめ》の管理が杜撰《ずさん》になって、ろくろく密閉もせずに白黴《しろかび》が生えたような茶葉を平気で客に出すというのだ。数少ない真っ当な店は例外なく貝抱を甕に入れており、沌平《とんぺい》より南でしか採れないそれを生木の状態で仕入れて大量に保存しているので敷居を跨《また》いだ瞬間に必ず独特の刺激臭がする。逆に、その臭いがしない店はまず百発百中で駄目な店だと珠会は断じる。

木剣を平椅子《ひらいす》に立てかけて、周囲の様子をぐるりと見回した。店の奥には「枯木剣人図」の四景をあしらった巨大な吊《つ》り灯籠《どうろう》。卓の間を仕切る衝立《ついたて》の数もけちけちしてはいない。出入りする客の大半は文人風の役人や商家の旦那《だんな》衆である。壁板は微かに波打っているし梁《はり》飾りの垂れ旗は煤《すす》けて真っ黒だし、それらを趣《おもむき》深いと評するか単なるぼろ家と斬《き》って捨てるかは微妙なところだが、かつて珠会に連れられて入った茶館はどこも大体こんな雰囲気だった。行き当たりばったりで入ったにしてはまああの店なのかもしれない。

「――ねえ頼むよ、やっぱりさ、ぼくみたいなのがこんな所に来ちゃまずいよ」

「ぐずぐず言うな。すべて妾に任せて、お主は当たり前という顔をしておれ」

おかしなもので、尻込《しりご》みする涼孤を見ていると月華《ベルカ》にはなぜか心の余裕が生まれてきた。品書きを手に慇懃《いんぎん》な身のこなしで近づいてきた老人は、まず月華を、次いで俯《うつむ》いたまま息を殺している涼孤を一瞥《いちべつ》して、

「――申し訳ありませんが、お連れの方は、」

割り込む、

「抱えの絵師だ。何ぞ文句でもあるのか？」

老人は再び月華を見つめ、二人の間にしばしの沈黙があった。やがて、老人の視線がちらりと沈み、月華の身なりを素早く値踏みして、

「――いえ、滅相《めっそう》もございません」

驚いたのは涼孤である。ゆっくりと顔を上げ、信じられないと言いたげな目つきで事の成り行きを注視する。老人は何事もなかったような無表情で品書きを差し出して、

「当館の菜譜にございます」

月華は追い打つような笑みを浮かべ、

「田舎《いなか》臭いものだな、この店はいちいち物を読まんと何も出てこんのか？」

老人は再び黙考して品書きを引っ込め、返す手で腰帯に挿し込まれた観湯扇《かんとうせん》を小気味よい動作で開いた。無地褐色《かっしょく》の扇面が節ごとに薄い色から濃い色へと塗り分けられており、客は好みの茶の濃さを節の色で指定できる仕組みだ。

「それでは、せめて煮出し具合のお指図だけ」

真ん中あたりの色を適当に指し示してやり、傍《かたわ》らの木剣に向けられる物言いたげな表情を横目で威嚇《いかく》する。ようやく老人は一礼して踵《きびす》を返し、その痩《や》せこけた背中を見送りながらも内心の安堵《あんど》はこぼれる端から悪態へと裏返った。

「まったく、なんじゃあれは。死人でもいま少し愛想《あいそ》というものがあるぞ」

「——すごい」

卓の向かいで、涼孤《ジャンゴ》がまるで奇跡でも目《ま》の当たりにしたように呆然《ぼうぜん》と呟《つぶや》く。

「ぼくなんかが一緒にいたら、絶対追い出されると思ってたのに」

「それ見たことか。妾《わらわ》の言う通りにしておれば間違いはないのだ」

うんうん、涼孤は熱心に頷《うなず》いて、

「ほんとにすごいよ。正直言うとさ、こんな立派な店に正面から入るのなんて生まれて初めてなんだ」

ふん、

月華《ベルカ》は頬杖《ほおづえ》を突いて、つまらなそうにそっぽを向いた。

そうでもしないことには、だらしなく緩んだ口元を見られてしまうに違いなかった。足の裏がむずむずする。悲しくもないのに目が潤む。頬杖の中で密《ひそ》かに表情を引き締め、目の隅で恐る恐る様子を窺《うかが》って、涼孤の無邪気な賞賛の眼差《まなざ》しに気づいて慌てて視線を逸《そ》らす。

だめだ、

もうひと押しされたら我慢できなくなる。嬉《うれ》しすぎて死ぬと思う。目の前にいるこの男よりも優位に立っているという状況がどうしようもなく気持ちよくて恥ずかしくて、これ以上沈黙が続いたら大声で叫びながら表に飛び出してぎゅるぎゅる回ってしまうかもしれない。

ばん！　両手で卓を叩《たた》いて、

「何か喋《しゃべ》れ！」

「わあっ！」

涼孤は飛び上がって驚いた。あたふたと椅子《いす》に座り直し、青い目を泳がせながら不器用に言葉を探して、

「――あ、あのさ」

「何じゃ」

「つまりその、誘ったのはそっちなんだしさ。君の方こそ何か話があるんじゃなかったの？」

む。

月華《ベルカ》は言葉を詰まらせる。

そうだった。

いつもの「たのもう」ではない、今日は涼孤《ジャンゴ》に礼を言いに来たのだ。

きちんとした言葉で謝意を表して、涼孤と仲直りをして、改めて勝負を申し込んでこてんぱんにぶちのめすのだ。美辞麗句を連ねても虚《むな》しいばかりだと、そのために必要な言葉はひとつしかないのだと、夜を徹して悩み抜いた末の結論はすでに出ているはずではなかったか。

――助けてくれて、ありがとう。

しかし、いざとなると、どうしても言い出しにくかった。

背中を蹴《け》られたこと自体をまさか今さら怒ってはいない。それが最も穏便に事を収めるための芝居であったと今は理解もしている。しかし、信じていたのに裏切られた――というあのときの気持ちは嘘《うそ》も紛れもない本物だったし、あそこで自分がまんまと騙《だま》されてやることなしにはその芝居も成立しなかったはずで、終わってみれば何もかもが涼孤の手柄であるとする珠会《シュア》の見解はあまりに一方的に過ぎるという気持ちも未《いま》だに燻《くすぶ》っている。

「――た、」

舌がもつれる。涼孤の怪訝《けげん》な表情が照れ臭さを一層煽《あお》り立てる。

胃の腑《ふ》が捩《よじ》れ、背筋に冷たい汗が滲《にじ》み、もう少しで、あとひと息で胸に秘めた感謝の言葉に手が届く。珠会に言われるまでもない、ほんの小さな棘《とげ》一本たりとも残したくはない――これまで通りに、木剣を片手に道場に押しかけて「たのもう」を言える自分に戻りたい。

「――た、」

覚悟を決めろ、

「――た、」

飛び降りてしまえ、なけなしの勇気をかき集めて月華は叫ぶ。

「大儀であった!!」

気がついたときには、卓に両手を突いて立ち上がっていた。

店の奥で誰かが取り落とした皿が砕け、周囲の客が衝立《ついたて》の隙間《すきま》から何事かと振り返った。軒先の卓で発した大声は路地を行き交う人々の足をも止めて、気の毒に、たまたま月華のすぐ横を通りかかった拝み婆《ばば》などは腰を抜かしてその場にへたり込んでいる。涼孤に至っては驚きなど遥《はる》かに通り越して、口を半開きにしたまま月華をまじまじと見つめるばかりだ。

「――何が?」

と尋ねたのは拝み婆なのだが月華はお構いなしに、

「みなまで言わすな！　お主が妾《わらわ》の背中を蹴ったときのことだ！」

「――ちょっとあんた、そんなことしたのかい？」

「しかし妾は理解した！　あれは、妾を窮地から救わんがための、周囲の目を欺《あざむ》くための芝居であろう？」

もう止まれない。

最後まで走り抜けなくてはならない。怖気《おじけ》に追いつかれたが最後、出家でもして地の果ての荒れ寺で余生を過ごすより他に道はなかった。

「ただし、くれぐれも言うておくぞ！　お主があのような真似《まね》をせずとも、あの場にいた全員が束になって飛びかかって来ようとも妾《わらわ》はへいちゃらだったのだ！　あの程度の連中、ひとり残らず木剣の錆《さび》にしてやったわ！　――とはいえ、妾を無事に逃がさんとしたお主の気持ちは苦しゅうない！　大儀であった！」

――やった、

どしんと腰を下ろす。

さあ今度はそっちの番だ、黙っていないで何とか言え――そんな破れかぶれの居直りとは裏腹に、ただじっと俯《うつむ》いて卓の木目を数えることしかできない。周囲の注視も漠然とした喧騒《けんそう》の中へと後退し、拝み婆《ばば》もいつの間にか姿を消して、涼孤《ジャンゴ》の口元に仄《ほの》かな笑みが浮かび上がっていく瞬間を月華《ベルカ》は見逃した。

「――なんだそれ」

ぎくりと背筋が震える、礼の言い方がどこかおかしかったのか、

「な、なんだそれ、とは何事か」

あはは、涼孤が和んだ笑い声を上げる。

「わ、笑うなっ！　人が真剣な話をしておるというのに！」

「――いや、そうじゃなくてさ、」

涼孤は卓に視線を落として、

「あのときのことなら、ぼくの方こそ、あれは――」

「そうだ。お主も悪いのだぞ」

これほど即座に切り返されるとは思っていなかったのだろう、さすがに意外そうな顔をした涼孤を月華はここぞとばかりに見据えた。

「お主ともあろうものが、なぜあのような盆暗《ぼんくら》どもに好き放題をさせておくのだ。あの程度の有象無象をひとり残らず地に這《は》わすなど造作もあるまいに、黙って見ておれば、道場でのお主はいつも従僕の如《ごと》き扱いではないか」

「ああ、うん。――え？」

生返事はすぐに戸惑いの表情へと置き換わり、ぽつりと、

「だって、それが仕事だし」

信じられない。嘘《うそ》だと思う。

少なくとも、厠《かわや》の床を舐《な》めろなどと命じられていいはずがない。

その非道を咎《とが》めようとした自分の口ぶりにも、確かに、挑発的で大人気ない響きがあったのかもしれない。厠の掃除を命じたつり目の男はどうやらそれが徹底的に気に食わなかったよう

だし、彼我の善悪とは関係なしに避けられる面倒事はひとまず避けるべきなのだ、という珠会《シュア》の説諭にも然《しか》りと頷《うなず》けはする。しかし月華《ベルカ》は今でも、あのときに自身の口から出た「武人の上《かみ》下《しも》は腕の順」という言葉それ自体が間違いであるとは思っていない。

今さら責任を転嫁するわけではなかったが、涼孤《ジャンゴ》が最初から道場の頭に収まって手綱《たづな》をしかと握ってさえいれば、今回のような騒動はそもそも起きなかったはずである。

ふと、

「——それとも、わざとそうしているのか？」

月華は卓に身を乗り出して、

「ここぞというときのために、普段から周囲の者たちを油断させておく腹積もりなのか？　それも、お主の兵法のうちなのか？」

涼孤は束《つか》の間、質問の意味が理解できない、とでも言いたげな顔をして、

「ああ、違う、違うよ。そんなんじゃないけど——」

涼孤の訥弁《とつべん》がいつにも増して苛立《いらだ》たしかった。そういう何事につけても煮え切らない態度が盆暗《ぼんくら》どもをあそこまで増長させてしまったのだろう。腕も悪ければ目も悪いであろう凡夫が涼孤の力量を見誤るのは、ある意味では仕方のないことかもしれない。——そんな言い訳が武門において通用するとしたら情けない限りだが。しかし、そもそも誤解とは、する方も愚かではあるが、させてしまう方にも配慮というものが欠けているのだ。

「力の差を見せつけるのは気の毒だ、などと考えているのなら心得違いというものだぞ。身の程を思い知ることも修行のうちであろう。お主にすれば仏心のつもりか知らんが、そのような生ぬるい気遣いはむしろ連中のためにはならん。大体がお主、事もあろうに厠《かわや》の床を舐《な》めろなどと言いたい放題の無体を言われて少しは悔しいと思わんのか？」

いや、その、うん。

口ではそう呟《つぶや》く涼孤であるが、しかしよくよく見れば「別に大して悔しくない」と顔に書いてある。

——ああもう、

苛立たしさのあまり目が眩《くら》んだ。木剣を片手に今すぐ道場へと乗っ込んで、涼孤を馬鹿にしている連中を一人残らず粉微塵《こなみじん》に切り刻んで砂漠にぶん撒《ま》いてやりたい。

なぜこんなに腹が立つのだろう。

胸の中に剣があるのだ。それがどんなに苦しいか。その剣をもたらしたのは他ならぬ、目の前にいるこの男だ。人魂《ひとだま》が舞う運河の畔《ほとり》を、この世の果ての焼き場の闇《やみ》を、月光に遊ぶ一筋の白刃《はくじん》を目の当《ま》たりにしたあの瞬間から自分の人生は永久に変わってしまった。

涼孤の剣に対する侮辱は、月華の剣に対する侮辱だった。

胸の中の剣に対する侮辱だった。

「もっと自信を持て！」

突然の大声に涼孤《ジャンゴ》がびくりと顔を上げる。月華《ベルカ》は椅子《いす》をがたがたと揺らしながら食らいつくような勢いで言い募った。

「お主はすごいのだ！　世の男どもをすべて合わせてもお主には及ばん！　妾《わらわ》は来る日も来る日もお主のことを考えて剣を振っているというのに、お主にそんな平気な顔をされたらこれ以上どうすればいいのだ！」

——あれ。

自分は一体、何の話をしているのだろう。

言うだけ言ってしまったところで、月華の表情がはたと静止した。

どうしてこんなに顔が熱いのか。

心の臓が早鐘のような拍子を打っているのは一体どういうわけか。

——いや、

大丈夫だ。少しもおかしいことはない。

自分がしているのは紛れもない、剣の話なのだから。

月華はおもむろに背筋を伸ばす。大きく息をついて気を鎮《しず》め、それでも未《いま》だ直視できない卓の向かいで涼孤の口元が何事かを言いかける。

「──あの、」

「──とにかく！」

怒鳴る勢いに紛れて顔を上げると、涼孤はまるで都の流行《はや》り言葉をまくしたてられた田舎者《いなかもの》のようにぽかんとしていた。

「お主は妾が倒すのだ。よって、そんな弱腰でおられては妾としても迷惑なのだ。お主が取るに足りぬ奴だと誤解されたままでは、そのお主に勝ったという妾の手柄まで軽んじられてしまうではないか。お主の腕前は妾が保証する。相応の自信を持っても罰は当たるまいし、要らぬ誤解は解いてやった方が周囲のためだ。善処せよ」

涼孤はただ、

「──はあ、」

そこに老人が茶を運んできた。

銚子《さしなべ》と鈴碗《すずわん》は董仙器の鯨紋《げいもん》四つ揃い、功連山は名も無き奴隷《どれい》陶工の作。

茶葉は白三宝《しろさんぽう》と天川銀鱗《てんせんぎんりん》の六分出し。

かつての月華は、茶というのはお城の気取り屋連中が有難《ありがた》がっているだけの、散々に毒見を繰り返された挙句に湯気も立たなくなった色水だと思っていた。王族の風上にもおけぬその不見識は珠会《シュア》と知り合ったことで一応は改まったのだが、味や香りの違いはわかってもそれを良し悪《あ》しと結びつける基準がわからず、そんなの最後はやっぱり好みの問題ではないか、という振り出しと大差のない地点へひと巡りして現在に至っている。

なおも薀蓄《うんちく》を垂れようとする老人を早々に追い払い、どぼどぼと茶を注ぎ込んだ鈴碗《すずわん》を卓の向かいに押しやった。備え付けの小さな金棒は碗の縁を打ち鳴らすための撥《ばち》である。病魔の類《たぐい》が茶に紛れて体内に入り込まないように音で脅して追い払うのが作法だ。

きん、きん。

涼孤《ジャンゴ》はおっかなびっくりで月華《ベルカ》の所作を真似《まね》て、

「――もう飲んでいいの?」

「飲まんでどうするか」

涼孤は毒杯でも勧められたような慎重さで右手に碗を捧げ持った。その緊張感は月華にまでじわりと乗り移ってきて、つい息を止めて涼孤の手元にじっと見入ってしまう。涼孤の手は日に焼けていて墨で汚れていて爪《つめ》が荒れていて、碗をすっぽりと隠してしまうその大きさが少しだけ意外だった。その手がゆるりと持ち上がり、涼孤は覚悟を決めるように一度目を閉じて、碗の縁に、そっと口をつける。

ぐいと中身を呷《あお》った。

喉仏《のどぼとけ》がごくりと上下して、碗が卓に戻された。後味を反芻《はんすう》するように口元が動き、美味《うま》いでも不味《まず》いでもない微妙な顔つきで涼孤はひと言、

「へんなの」

むひゃ。

涼孤の顔つきがおかしくて、月華は吃逆《しゃっくり》のような笑みを漏らしてしまった。涼孤も、自らの貧相な味覚を恥じるように苦笑して、

「――でも、何だか濃くて甘い。道場でたまに飲むやつは、もっとごりごりした粉っぽい感じの味がするんだ」

あ。可愛《かわい》くない奴め、

「当たり前だ、そこいらの屑《くず》っ葉と一緒にするでない」

つんと澄まして横を向いたところに、今度は料理が来た。

瞠目《どうもく》すべきはその量である。

旅籠《はたご》を起源とする茶館の菜譜が風流よりも食い気を充実させているのは特に珍しいことでもないのだが、それらの料理が一堂に会するとなったらこれはまさしく只事《ただごと》ではなかった。運ぶのも女給の二人がかり、「品書き無用」などと見得を切ったからにはまさか否《いな》やはあるまいなと言わんばかりの勢いで、大して広くもない卓上は色とりどりの大皿でたちどころに埋め尽くされていく。

食事は食べきれずに残して当たり前と思う月華はそれでも平然としたものだったが、涼孤の目つきといったら天上の食物を前にした餓鬼《がき》の如《ごと》しだ。目の前の絢爛《けんらん》に圧倒され切っているその表情には、自分のような者がこんな大それた品々に手をつけたら罰が当たるのではないか、

という恐怖すら浮かんでいた。

「ほれ、どんどん食え」

それでも涼孤《ジャンゴ》は手を出そうとせず、月華《ベルカ》が小皿に料理を取り分けてやってもまだ身動きすらせず、月華が食べ始めてようやく金箸《かなばし》を手に取った。ひと口ふた口を慎重に咀嚼《そしゃく》し、どうやら雷が落ちたりも地が裂けたりもしないと納得がいったのか、手と口の動きが徐々に大胆なものになっていく。見ていて思わず呆気《あっけ》に取られるほどの行儀の悪さだ。

「――うまいか？」

未《いま》だ青痣《あおあざ》の残る顔を上げて、涼孤は頬《ほお》を一杯に膨らませたまま大きく頷《うなず》いた。

最後まで胸につかえていたものが、胃の腑《ふ》に溶け落ちて消えていく。

月華は、少年のように破顔した。

頬に貼《は》られた薬布が引き攣《つ》れ、邪魔臭くなった月華はそれらをすべてひと息に剝《は》がして指先で弾き飛ばす。膏薬《こうやく》の残り滓《かす》を手の甲でこそげ落として、今の今までこんな鬱陶《うっとう》しいものを顔中に貼って平気でいられた自分が不可解で、卓に両肘《りょうひじ》を突いて涼孤の食いっぷりを飽かず眺め続けた。山盛りの皿が胸のすく勢いで次々と平らげられていく――羊の腹肉、泥魚の燻製《くんせい》、冬瓜《とうがん》と牛骨の壺粥《つぼがゆ》、血豆腐と蝗《いなご》の油炒め、衝立《ついたて》の向こうを通りすがる克子《カッシ》の横顔、

――!!

思わず声が出た。

食うことに我を忘れていた涼孤の手が止まったくらいである。克子が気づかなかったはずはない。目が合うより先に卓の下へと這《は》い込んだつもりだが、稽古着《けいこぎ》の裾《すそ》が翻《ひるがえ》るところくらいは目の隅で見られてしまったかもしれない。嘆かわしいと、皇女にあるまじき卑賤《ひせん》の身なりだと会うたびごとに繰り言を垂れたあの男が、蔦草《つたくさ》に絡む蟒《うわばみ》の刺繍《ししゆう》をよもや見忘れているとは思えなかった。

どうして、

あいつがなぜここに、

自分を探しに来たわけではあるまいと思う。今日は十日に一度の「お作法の日」ではなかったし、別件でたまたま屋敷を訪れたにせよ、三軒先にも車を引かせるあのうらなりが真夏の炎天下に自分を探し歩くなど万に一つもあり得ない。ということはやはり偶然なのか、だとすれば何という不運か、

「——なに？　どうかした？」

涼孤が卓の下をのぞき込んできた。月華の肩をつつき、顔中に貼られていた薬布が一枚残らずなくなっていることに気づいて、あれっ、という顔をする。しかし月華はそれどころではない。せっかく人が隠れているのに——

「ばか、のぞくな、知らんぷりしておれ」

涼孤は慌てて顔を引っ込めた。代わって天板越しの囁《ささや》き声が、

「――ねえ、誰か、顔を合わせたくない奴でも来てるの？」

その通り――なのだが。月華《ベルカ》は唇を噛《か》み締める以外の言葉を持たない。

誰にも素性を知られぬこと。

屋敷を抜け出すことを「黙認」してもらうための、それは絶対に守り通さねばならない最後の一線だった。これが群狗《グング》であればそうそう無粋な真似《まね》にも及ぶまいが、相手はよりにもよってあの克子《カッシ》である。この場を押さえられて大げさに騒ぎ立てられでもしたら――

そのとき、

「これ、そこの者」

突然の呼びかけに、涼孤《ジャンゴ》の両足がぎくりと震えた。

最悪だった。

これが珠会《シュア》であればまだ目もあるだろう。しかし、事情も知らず口も立たぬ涼孤がこれほどの窮地を上手《うま》く言い逃れてくれるとは思えない。足音が衝立《ついたて》を回り込み、悪趣味な夏衣に包まれたひょろ長い足が月華の目と鼻の先に立つ。

「どうした。無礼であるぞ、面《おもて》を上げんか」

涼孤は答えない。

「お主、臭《にお》うな。いずれの家中か？　主《あるじ》はどこにおる？」

それでも涼孤は答えない。

「その木剣は、お主の持ち物か？」

――あ‼

そして、月華はだめ押しの失敗を犯した。

咄嗟《とっさ》に手を伸ばして、平椅子《ひらいす》に立てかけたまま忘れていた木剣をひったくってしまったのだ。

なぜそんな真似をしたのかは自分でもわからない――克子に木剣を取られると思ったのか、どのみち涼孤がぼろを出すなら丸腰でいる方がよほど損だという計算が働いたのか。不気味な沈黙も束《つか》の間、もうどうにでもなれという開き直りは不敵な笑みとなり、日の光を浴び損ねた糸瓜《へちま》のような間抜け面《づら》が卓の下をのぞき込んでくるまでにはあと数瞬の猶予があるのみだった。

「――もしや、月華様？」

馴《な》れ馴れしい。

貴様にそう呼ぶことを許した憶《おぼ》えはない。

月華は、克子の顔面を足の裏で踏み抜くように蹴《け》り飛ばした。

年端《としは》も行かぬ従者に登城の行李《こうり》を担《かつ》がせて恥じぬ男である。軟弱なその体軀《たいく》は案山子《かかし》のように吹き飛ばされて、背後の衝立を盛大に押し倒しながらそれは無様な尻《しり》もちをついた。月華は卓の下から路傍へと転げ出て、

「逃げるぞ‼　走れ‼」

「ええっ⁉」

食い逃げ!?——と涼孤《ジャンゴ》の顔に書いてある。折り重なって倒れた衝立《ついたて》がばこんと覆《くつがえ》り、克子《カッシ》は仰向けにひっくり返ったまま未《いま》だ天地の区別もつかぬといった有様だ。しみったれた鼻血がむしろ癪《しゃく》に障《さわ》る。下手《へた》な力加減などしなければよかったと思う。周囲の客が騒ぎ始め、店の横手からおたおたと走り出ていく小姓の行く先は最寄りの番所に違いなかった。ぐるんと一回転、このままでは命を取られると言わんばかりの形相で月華《ベルカ》は叫ぶ。

「早《はよ》うせい!! 二度と妾《わらわ》に会えんようになってもいいのか!!」

言愚《ゴング》はそのとき、叫ぶ皇女を訝《いぶか》しむような眼差《まなざ》しで見つめた。

明日をも知れぬ貧乏人ならいざ知らず、一体、この天地《あめつち》の間にそれほど必死になって抗《あらが》わなければならないことが本当にお前にあるのか——そう問いかけているような眼差しだった。

あるいはただ単に、こんなわけのわからない騒動のど真ん中に置き去りにされてはかなわんと思ったのだろう。涼孤は椅子《いす》を蹴《け》る勢いで立ち上がって絵描きの道具を担《かつ》いだ。卓に残された料理を最後にちらりと振り返って、大皿に盛られた丸餅《まるもち》を幾つか鷲摑《わしづか》みにして懐《ふところ》に押し込んで、両手両足を振り回すようにして路地へと飛び出してくる。

ははっ、

月華は獰猛《どうもう》な笑みを浮かべた。

離れ離れにならないように涼孤の手を固く握り締めた。邪魔をする奴は容赦なく斬《き》り捨ててやると思った。行く手の屑拾《くず》いたちが慌てて道を空け、騒ぎに驚いた炭運びの駱駝《らくだ》が罪もない手綱《たづな》持ちに唾《つば》を吐きかける。一歩ごとに涼孤の道具箱が賑《にぎ》やかな音を立てる。調子の外れた楽隊に鼓舞されているような気がする。

逃げろや逃げろ。

涼孤の手を引いて、軛《くびき》を解かれた獣のように月華は走る。

冠《カン》の国に年経た鼠《ねずみ》の大妖がいて、岩をも砕く六本の牙《きば》を自慢にしていたので、付いた渾名《あだな》が六牙《ロンガ》というわけだった。

その巨軀《きよく》は小山のよう、その尻尾《しっぽ》は大蛇のよう、その眼《まなこ》は血を満たした盆のよう。他の妖怪たちからもひどく恐れられて孤独に暮らしていたのだが、そんな六牙が恋をした。相手は里でも指折りの富豪の一人娘である。しかし、六牙が里に少しでも近づくと人々は逃げ惑い、役人たちは兵《つわもの》を繰り出して六牙を退治しようとした。弓矢も槍《やり》も何ほどのものでもなかったが、あの娘とて自分の姿を目にしたら恐れ慄《おのの》くであろうことを思うと六牙の胸は塞《ふさ》いだ。これという妙案も思い浮かばず、相談する相手も一人とておらず、思い余った六牙は遠い霊山に住む覚者のもとを訪ねたのである。俺《おれ》はただあの娘に会いたいだけなのに、人間たちは一体、俺の何をそんなに恐れるのだろう？

「――なあ、懐のやつをひとつよこせ」

「え？」

「茶館でかっぱらった丸餅《まるもち》だ。ずるいぞ、ひとりで食うつもりか？」

実は、そうしようと思っていた。

皿に手を伸ばしたときはその場の勢いだったが、よくよく考えてみれば自分が素手で摑《つか》んで小汚い懐《ふところ》に突っ込んでおいたものを勧められるはずがなく、さりとて相手のいる前で自分だけ食うというのもそれこそ気が引ける。がちがちに焼き締めておけば日持ちもするし、家に持ち帰って苦しいときのための虎《とら》の子にしようと思っていたのだが、よこせと言われた以上は諦《あきら》めるより他に仕方がなかった。懐からひとつ差し出すと、月華《ベルカ》は嬉《うれ》しそうに真っ白な歯をむき出して直接かぶりついてくる。指がなくなるかと思う。

――まず、その大きな牙《きば》が恐ろしい。

覚者は六牙《ロンガ》を憐《あわ》れに思った。答えて曰《いわ》く、

――その牙をもってすれば千の城壁に穴を穿《うが》ち、万の手勢を束にして嚙《か》み砕くも容易だ。俗人が恐れるも道理である。もしお前が望むなら、術を施してその牙を小さくしてやろう。

小さくなった牙に六牙は喜んだ。ところが、再び里に下りてみると人々はやはり六牙を恐れた。打ちひしがれて戻ってきた六牙に覚者は腕組みをして曰く、

――その大きな眼《まなこ》も恐ろしい。その眼のひと睨《にら》みで田畑の作物は枯れ果て、孕《はら》み女の子供は流れてしまう。もしお前が望むなら、術を施してその眼を小さくしてやろう。

しかしそれでも人々は六牙を恐れた。覚者曰く、

――その大きな尻尾《しっぽ》も恐ろしい。それは蛇《くちなわ》の如《ごと》くに牛馬を立ち竦《すく》ませ、山の獣を散らして猟《りょう》師《し》を飢えさせる。もしお前が望むなら、術を施してその尻尾を小さくしてやろう。

覚者曰く、

――その大きな身体《からだ》も恐ろしい。戯《たわむ》れにひとつ飛び跳ねれば河は溢《あふ》れ、山は崩れて里の家々を押し流す。もしお前が望むなら、術を施してその身体を小さくしてやろう。

そして、六牙はとうとう只《ただ》の小鼠《こねずみ》になってしまった。

これなら誰も俺《おれ》を恐れまい。小躍りする六牙に覚者は封印の鈴を与えて曰く、月の光をその身に浴びると我が術は破れる。力をすべて失ったことを悔やむ日が来たら、月の光の下でこの鈴を外すがよい、と。六牙答えて曰く、ならばその鈴は俺の手の届かない所に結んでくれ、間違っても外してしまうことがないように。あの娘に会えるのであれば、牙も眼も、尻尾も大きな身体も少しも惜しいことはない。

覚者はその頼みを聞き入れて、六牙の尻尾のつけ根に鈴を結んだ。

そうとも、六牙は後悔などしていなかった。小さくなった身体で昼も夜も駆け通しに山野を駆け抜け、ようやく里にたどり着いて富豪の家を訪ねると、心清い娘はどこからともなく現れた可愛《かわい》らしい小鼠に大層喜んだ。尻尾に不思議な鈴を結んだ六牙を優しげな掌《てのひら》に載せて、いつまでもうちにいていいからね、と娘は言う。

その一座は、両面に鼠の絵を描いた板に棒をつけて小鼠の六牙を表現していた。舞台下に潜んだ黒子の棒さばきはなかなかに達者で、古めかしい鼠《ねずみ》の絵も話が進むに従って命あるもののように見えてくる。

いいところに案内してやると月華《ベルカ》に腕を引かれ、さっきの茶館にも増して肩身の狭い場所に連れ込まれるのかとびくびくしていたら何の事はなかった。右の袋の方々で行われている辻芝《つじ》居の緒幕《しょまく》である。舞台脇《わき》の看板に書かれた「賛賛壱家」というのが一座の名前で、周囲の垂れ幕に染みついている臭《にお》いからして副業は薬売りだ。芝居の木戸銭だけでは到底食っていけないので、本幕の終了後に弁士が口上を述べ、舞台を降りた役者たちが客間を回って薬を売り歩くのだろう。

黙っていても人を寄せてくれるので、辻芝居の一座というのは付近の大道商人たちにとっても有難《ありがた》い存在である。所場《しょば》割りや守代《みかじめ》などについても何らかの優遇がなされることが多く、青い目の似顔絵描きが茣蓙《ござ》を広げているような場末にまで流れてくることはまずない。こうして腰を据えて真正面から見る芝居はそれなりに新鮮なのだが、それにしても、いい歳《とし》をこいて舞台のかぶりつきに陣取るというのは如何《いかが》なものか。周囲にたまたま子供が少なくてそれほどの騒ぎにはならなかったが、右隣の女の子などは今も芝居より涼孤《ジャンゴ》の目をのぞき込む方に忙しい。舞台に上がっている役者たちも、涼孤の目の色に気づく端から動きが止まったり台詞《せりふ》を詰まらせたりする。

何だか邪魔をしているようで心苦しい限りではあったが、不思議とケツ持ちの地回りが飛んできて追い出されるようなこともなく、目下のところ芝居は淡々と進んでいた。なるほど、周囲の客に目の色を最も気づかれにくいのは最前列である。役者衆は当然気づくとしても、そこにいるひとりをつまみ出すには大勢の客の間を掻《か》き分けていかねばならず、騒ぎが大きくなったら芝居も一旦止めなくてはならなくなる。そう考えてみると、舞台のかぶりつきという選択は確かに正解かもしれなかった。月華の身なりとて奇矯《ききょう》と言えば奇矯であり、こんな得体の知れぬ二人連れがど正面から居直っていたら、一座の連中としても言いたいことがありすぎてどこから文句をつけたらいいのかわからない——というのが正直なところであろう。

月華が小さく笑った。

もう完全に心を飛ばしている。右手の丸餅《まるもち》は半分も残ったままで、六牙《ロンガ》と娘の幸福な日々を見つめて身じろぎもしない。自分も混ぜてくれと舞台に躍り上がっていきそうな勢いである。

六牙は幸せだった。

娘は事あるごとに話しかけてくれて、花の種を食わせてくれて、猫が嫌うという厩《うまや》の隅に綿の寝床を作ってくれた。娘の行く先々に付き従い、何でも言うことを聞く小鼠に里の人々も驚いて、六牙も言われるがままに見事な芸をして皆を楽しませた。娘の笑顔のひとつひとつが六牙の喜びだった。

春が過ぎ、夏が過ぎた。

そして、娘が大病を患《わずら》ったのはその年の秋のことだった。娘は日に日に憔悴《しょうすい》し、ついには寝床から起き上がるのもままならない有様となって、その余命が幾許《いくばく》もないことはもはや誰の目にも明らかだった。娘の母親は日々泣き暮らすばかり、父親は家財を投げうって八方に救いを求めたが、いかな名医の慧眼《けいがん》も所詮《しょせん》は人のそれ、夜な夜な娘の部屋に忍んでくる妖怪の姿を看破することはついになかったのである。

妖怪は、名を干翁《カンオウ》という。

秋の砂風に乗って人里を襲う病魔である。

かつての六牙《ロンガ》であれば、干翁を裂き殺すことなど朝飯前であったろう。しかし、今の六牙は何の力もない只《ただ》の小鼠《こねずみ》に過ぎない。決死の覚悟で立ち向かおうとも片手で捻《ひね》り潰《つぶ》されるがおちである。

そして、とうとう最後の夜が来た。今宵《こよい》を最後に娘の命は尽き果ててしまう。

ある決意を秘めて、六牙は母屋《おもや》の屋根裏へと忍び込んだ。道々、娘の笑顔のひとつひとつが六牙の胸に去来する。事あるごとに話しかけてくれたこと、花の種を食わせてくれたこと、厩《うまや》の隅に綿の寝床を作ってくれたこと。そうとも、

後悔などしていなかったし、この先も後悔などしない。

天井の節穴から、娘の部屋へぽたりと降り立った。

月の夜だった。大きく開け放たれた窓から月の光が床に深々と差し込んでいる。娘は寝床に仰臥《ぎょうが》して虫の息、窓枠に蹲《うずくま》る怪鳥の如《ごと》き影はまさしく干翁で、首を長く伸ばして娘の顔にふう

ふうと吐息を吹きかけていた。

——干翁よ、俺《おれ》がわかるか。

正体を言い当てられて大いに慌てた干翁であるが、

——やや、お前は六牙。どこぞの導師に身を封じられ、人に飼われているとの噂《うわさ》はまことであったのか。これは愉快、お前ともあろうものがまったくなんというざまだ。

六牙は答えて曰《いわ》く、

——そう笑《わろ》うてくれるなよ。何しろご覧の有様だ、下手《へた》に野山を出歩いて猫や鼬《いたち》に攫《さら》われてはかなわん。いっそのこと里に下りて、この家に飼われてやることにしたのだ。これほどの金持ちであればよもや不自由はすまいと思ってな。

だが、今は後悔している。

聞いてくれ、その娘が一体どれほどの性悪と思う。話しかけてもくれん、物も食わせてくれん、寝床も作ってくれん。俺は退屈でたまらなかったし、いつも腹ぺこだったし、夜は寒くて凍えそうだった。その娘ばかりではない、この里の連中は意地の悪い奴ばかりで、愚にもつかない芸をしろと俺を囃《はや》し立てて、少しでも仕損じたら踏み殺してやると脅すのだ。俺はもう、ここの暮らしがほとほと嫌になった。人間というのは、馬鹿で、薄情で、けちんぼで、怠け者で、泣き虫で、畜生の糞《ふん》にも劣る奴らだ。術に封じられたこの身では仕返しもままならんと思うと、俺は、情けなくて悔しくて、涙が出る。

千翁《カンオウ》は六牙《ロンガ》の話に同情した。

——何とまあ、それは災難であったな。何ぞわしにしてやれることがあればいいのだが。

六牙は千翁を見つめ、床に差し込む月光の中へと踏み込んでいく。

——あるとも。俺《おれ》の尻尾《しっぽ》に結びつけられている、この鈴を外してくれ。自分ではどうにも手が届かんのだ。月の下でこの鈴が外れれば、俺を封じている術が破れる。力を取り戻した暁《あかつき》にはまず手始めにその娘を食い殺し、里の連中も家畜も皆殺しにしてやる。どうだ千翁よ、俺と手を組む気はないか。俺の力とお前の呪《しゅ》をもってすれば天下を意のままにできるぞ。俺は大仙の大河を血潮の流れに変えてやる。お前は都の辻《つじ》という辻を髑髏《しゃれこうべ》で埋め尽くしてやればよい。どうした、何を迷うことがある。

さあ、
この鈴を、外せ。

「六牙よ、早まるでないっ!!」

うわあびっくりした、

「案ずるな、娘には城一番の典医を遣わして進ぜる！　その外道めは妾《わらわ》がお主に代わって尻《しり》の穴から裏返しにしてくれるわっ！　千翁とやら、そこへ直れっ!!」

舞台によじ登ろうとする月華《ベルカ》の足首を摑《つか》み損ねた。死の床にあるはずの娘が驚いて飛び上がり、ぶんぶんと空を斬《き》る木剣の唸《うな》りに千翁は早くも逃げ腰、いいぞやれやれとけしかける立ち

見客にさすがの弁士も名調子を途切れさせ、とうとう黒頭巾《くろずきん》の地回りたちが駆けつけて、
そこから先は滅茶苦茶《めちゃくちゃ》だった。

「あのな、」

命からがら逃げ果《おお》せた裏路地で、月華が背後からぽそりと声をかけてくる。涼孤《ジャンゴ》は黙って先を歩きながら右肘《みぎひじ》にこしらえた擦《す》り傷の具合を確かめた。何しろあの茶館の一件の後である。何があってもすぐ逃げられるように道具箱を終始背負っていたのは我ながら先見の明があったとつくづく思う。

「緒幕《しょまく》というのは、つまり、役者衆の肩慣らしのようなものなのだ。だから、あんな風に途中で終わってしまうことだってあるのだ」

月華はそんな、言い訳にもならない無茶な言い訳をもそもそと口にする。

――まったく、
もう腹も立たない。このお姫《ひい》さまにつき合うのは文字通り命懸けだ。怒ってはいないよ、という意味の一瞥《いちべつ》を背後に投げて、

「そうかな。『六牙の鈴』なんて元々そんなに長い話じゃないし、さっきの場面がたぶん一番の山場だろうし。飛び入りがなかったら最後まで通して演《や》ってくれたと思」

どん。月華がいきなりしがみついてきた。

「お主、あの続きを知っておるのか!?　なあ、六牙と娘は一体どうなるのだ!?」

「え、さあ。どうなるのかなあ」

胸倉を揺すぶられつつも涼孤《ジャンゴ》は少し考えて、

「あの話には、ぼくが知ってるだけでも二通りのおちがあるんだ。でも、さっきの芝居はそのどっちでもなかった。途中から話がだいぶ変わってたし、ひょっとすると、あの一座の創作かもしれない」

涼孤が知る二通りのおちとは次のようなものである。まずひとつめは、小鼠《こねずみ》の六牙《ロンガ》と娘が幸せに過ごすというくだりまでは大筋において同じだが、あるとき、娘と役人の御曹司《おんぞうし》との縁談がまとまる。嫉妬《しっと》に狂った六牙の術が破れ、二人を食い殺した挙句に自分自身をも食らい尽くして尻尾《しっぽ》の鈴だけが残された——というもの。

「嫌じゃあっ！　そんなひどい話があってたまるかっ！」

ふたつめは、娘が大病を患《わずら》うくだりまで同じ。しかし病魔は出てこない。六牙は覚者の知恵を借りるために再び霊山へと旅をして、妖怪の生き胆《ぎも》を食わせることが娘の命を救う唯一の方法だと知らされる。里へと戻った六牙は懊悩《おうのう》の果てに身を捧げる決意を固め、厨房《ちゆうぼう》で煮え立つ粥《かゆ》の鍋《なべ》に身を投げる。粥を食べた娘はたちどころに回復したのだが、碗《わん》の底に残った鈴を見て大層嘆き悲しんだ——というものだ。

「もうよいっ！　まったく、お主はろくな話をせん！」

月華《ベルカ》はぶりぶり怒りながら先に立って歩き出す。涼孤は笑ってその後に続いた。

「ああもう腹の立つ。こんなことなら、やはりあのど腐れ病魔めの息の根を止めておくべきであった」

月華は鼻息を荒げ、木剣を縦に横にと勢いよく振り回して、

「さすれば胸も少しは軽かったであろうに、お主が要らぬとめだてをするからだぞ。あんな老いぼれ妖怪の一匹や二匹、妾《わらわ》の技にかかればいちころじゃ！」

危ないからよせと言う間もあらばこそ、月華は土壁の際《きわ》に並んでいる古い大甕《おおがめ》のひとつを狙《ねら》い定め、その分厚い横腹を双手《もろて》に構えた木剣で打ち払おうとした。

ごつん！

ほらみろ、と涼孤は思う。

月華は、大甕の横腹に打ち込んだ姿勢のままぴくりとも動かない。腕からきた痺《しび》れが全身に回って動けないのだ。やがて背中が丸まって、か細い呻《うめ》き声を上げながらその場に座り込んでしまう。涼孤は苦笑を堪《こら》えつつも、

「――ねえ、大丈夫？」

「わ、笑うなっ！」

月華はがばと跳ね起きて、

「その、つまり、妾は、妾は胴払いはちょっとだけ苦手なのじゃ！　しかし見ておれ！　次なる技は――」

今度は木剣を右肩に乗せた勇ましい構え、そこから大きく上歩して横薙《よこな》ぎに斬《き》り込もうという素振りを見せる。ほら、まただ、

「そんなに腰を横に切るからだよ」

月華《ベルカ》は、背後からいきなり襟首《えりくび》を掴《つか》まれたように動きを止めた。

踏み込みの勢いが余って前のめりに転びかけ、それでもどうにか踏み止《とど》まって、きょとんとした表情のままこちらを見つめ返してくる。

あれ、そんなに驚くようなこと言ったかな、

「だからさ、腰を横に回して発勁《はっけい》しようとするからだよ。胴を抜くときでも、腰は横じゃなくて縦に回すんだ」

月華は瞬《まばた》きさえしない。

そんな顔をされると、自分の方こそ何かとんでもない勘違いをしているのではないかと不安になってくる。涼孤《ジャンゴ》は後ろ頭を掻《か》いて、大甕《おおがめ》を爪先《つまさき》でごつりと揺らしてみせ、

「ほら」

何がほら？——という月華の視線、

ええと、つまり、

「確かにでっかい甕だけどさ、それでも、力いっぱい体当たりすれば、横倒しに転がすくらいはできるだろ？」

だから？――という月華の視線。

だからってことあるか、と涼孤は思う。力いっぱい体当たりすればできることが、木剣を手にしたら途端にできなくなってしまうというのは絶対におかしい。つまり、力の使い方のどこかに嘘《うそ》がある。――そういう意味のことが言いたかったのに、それも所詮《しょせん》は回りくどい形容に過ぎないと気づく。木彫りの駱駝《らくだ》の姿形を伝えるのに、周囲に散らばっている削《けず》り屑《くず》をつなぎ合わせるような物言いを繰り返しても仕方がない。

――まあいいや、
涼孤はそれきり、言葉を続けるのが面倒になってしまった。

自分は何をむきになっているのだろう。胴払いでも何でも好きなようにやらせておけばいいのに、なぜ余計な口など挟む気になったのか。道場でもこんな話をしたことは一度もないくせに、あたかも人目を忍ぶかのような裏路地で女の子の道楽を相手にさも偉そうな講釈を垂れるとは、自分もいよいよ救いがない。

「もうすぐ日が暮れるよ」

横倒しの甕はどこへいった？――という月華の視線が、青い目の行く先を辿《たど》って裏路地の空を仰ぎ見た。

「――あ、」

魂が抜けるような声、稽古着《けいこぎ》の背筋が天に抗《あらが》うように背伸びをする。頭上を流れる赤い空は庇に張り渡された物干しの縄を撓ませて、薄雲の連なりを遠く東の彼方へと運んでいた。昼日中から忍び寄って蒼穹《そうきゅう》を茜《あかね》に溶かし、気づいたときにはとっぷりと暮れた胡同《こどう》の闇《やみ》に人を立ち竦《すく》ませる元都の夏の夕暮れだ。

「そろそろ帰らないと、お家《うち》の人が心配するだろ。送っていこうか？」

いや、それも迷惑か。

しかし、ここで今すぐさようならというわけにもいかないと思う。月華《ベルカ》に無理矢理押しつけられた前渡しの銀一流は結局、今も腰帯の隠し場所深くに押し込まれたままだ。受け取る受け取らぬの押し問答をいつまでも続けている方がよほど物騒だったし、ひとまず預かっているだけ、というのが涼孤《ジャンゴ》の了見だった。これを潮に縁が切れるならむしろ肩の荷が下りるくらいのものだが、出すところで出せば命が束で買えるような大金を女の子に持たせてひとりで帰す気にもなれない。

ため息をつく、

やはり送っていこう。

どこのお屋敷町に住んでいるのかは知らないが、言愚《ゴング》など連れていては体裁が悪いというのならせめてその手前まで。最低でも、右の袋を無事に抜ける姿くらいは見届けておかないと寝覚めが悪い。

そのとき、

「――なあ、」

裏路地の夕空を見上げたまま、月華がぽつりと呟《つぶや》く。

まだ遊び足りないとごねるのであれば叱《しか》る言葉もあったろう。機先を制そうと涼孤が口を開きかけ、しかし結局は何も言わずに月華の背中を見つめたのは、そこに不思議なほどの諦観《ていかん》の色を見たからだった。

「――最後に、最後にもうひと所だけ、つき合《お》うてくれるか」

元都の西には、素仏忠王の時代に建造途中で放棄された城壁跡が今も点々と残っている。

黄冠大将辺典《ベルデン》は築城の天才だった。――が、その才能は北方蛮族に対する異常なまでの恐怖心に由来するものであったと複数の史書が遠回しに語る。護神《とり》は西、晩年はとうとう狂気に心を食い尽くされ、錠前と罠《わな》とを張り巡らせた書斎で自刃《じじん》して果てた辺典が唯一未完のまま元都に残した、その壁は最大にして最後の「作品」だった。

雨風に晒《さら》され動乱に炙《あぶ》られ、黒蟻《くろあり》にたかられた粉砂糖の如《ごと》くに石材を盗まれ続けた破線の壁が、後の卯家の台頭によって辛《から》くも末期《まつご》の命を長らえることとなったのは歴史の皮肉と言う他はない。暗殺や謀略に依《よ》る下克上ではない、正当な国権の委譲であったのだと天下に示さんが為《ため》の方便として、卯家は素仏起源の制度や遺物を尊重する「ふり」をしなくてはならなかったからである。

大比武《だいひぶ》も然《しか》り。

城壁もまた然り。

とはいえ、この両者が後に辿《たど》った命運はまさしく対照的だった。周辺地域への軍事侵攻が破竹の成果を収めていた時期とも相俟《あいま》ってか、占雅前庭から琉河刑場へと移された頃の大比武はすでに当初の数倍へと規模を拡大していた。たかだか年に数名の上位者を拾い上げるだけの子供じみた制度が果たしてどれだけの具体的な戦果をもたらし得たのかはさて置くとしても、連中は国ぐるみの殺し合いで武を磨く恐ろしい奴らだ――といった流言が敵軍の将兵に対する威圧として機能したのは確かに一面の事実ではあって、内外に対するさらなる国威発揚を狙《ねら》った卯室はついに洞幡《ドーハン》の演武場の建設へと着手する。こうなるといよいよ引っ込みはつかない。お決まりの財政悪化と民衆蜂起《ほうき》、「ふり」であったはずの制度はいつしかそれ自体が目的と化して、素仏來王以来の嘘《うそ》はとうとう誰も手の施しようのない真実となってしまった。演武場建設に際して科那国より導入した外債を、卯室は現在に至るも完済していない。

一方の城壁は、その当初から帰属先が曖昧《あいまい》だった。そもそも、この出来損ないの壁は実用に供すべき軍事施設なのか、それとも保護すべき先賢の遺産なのか。建設を再開して完成させるのか、現状の姿を可能な限り維持するのか、あるいは時機を見て解体すべきなのか。役人同士が責任を押しつけ合っている間にも石材はひとつずつ盗まれ続け、膨れ上がる都市の辺縁にも呑《の》み込まれるに至って、物も言わず働きもせず年貢も賂《まいない》も払わぬ壁はとうとう「城壁」としての最後の面目すら失うこととなる。幸か不幸か、この頃にはもう元都にまで攻め寄せてくるほどの敵対勢力は周囲のどこを探しても見当たらなくなっていたし、素仏への義理はとうに果たしたと誰もが思っていたし、詩水王《しし》の運河建設に迫る大事業をものしたいという卯室の悲願は洞幡の演武場で嫌と言うほど気が済んでしまった。残る解体論はその後何度も再燃したが、特殊な工法で組み上げられた壁を一挙に崩落させることがどうしても叶《かな》わず、予算の不足と辺典《ベルデン》の天才を追認するのみの結果に終わっている。独自の暗号書式で書かれた図面も半数以上が散逸し、それらを読むことができた奴隷《どれい》技官たちはもはや墓の所在さえ明らかではなかった。

天高く舞う鳥の眼から見下ろせば、現在の城壁は元都西方の街外れに一直線に並んで点在する「諸島」といった態《てい》に見える。

今日《こんにち》の管理部署は武臣倫院西局。一部には自然崩落の危険もあり、石材の盗難を防ぐという建前もあって付近の警戒を続けてはいるが、どうせなら石のひとつふたつとけちなことを言わずに壁ごと盗んでいってくれぬものかというのが役人たちの当然の本音だ。点在する壁は北から順に一から七までの番号で呼ばれるのが通例で、中でも「四番壁」は全長の短い分だけ警備の手もひときわ薄かった。立ち入りを禁ずる標識の脇《わき》には貧相な番小屋が立ち、槍《やり》を抱いた日雇いの老兵が堀の泥水から湧《わ》き立つ蚊に食われながら苦しげな居眠りをしている。

「だらしない奴め、早《はよ》う登って来い」

だから、涼孤《ジャンゴ》の予想に反して忍び込むのは簡単だった。

問題はそんなことではなくて、壁の東側に設けられた石段の中腹で足が竦《すく》んでしまったことである。

高い所が他人より余計に苦手だと思ったことは一度もない。雨漏りの修繕で道場の母屋《おもや》の屋根に上がることもあるし、蛇楊《ダヤン》が生きていた頃には近所の木に登ってよく遊んだ。立ち木など片端から燃料にしてしまう貧民街において、あれは稀有《けう》な贅沢《ぜいたく》だったはずだ。

が、これほどの高さは生まれて初めてだった。

ぎょっとするほど地面が遠い。

城壁は、遠目に見かけるのと実際に登るのとでは大違いだった。こんな巨大な建築物を人の手が造ったとは到底信じられない。そのくせ石段の横幅は人ひとり立つのがせいぜいで、右手には聳《そび》え立つ壁、左手には手すりも何もない虚空《こくう》が広がるばかり。物陰に湧《わ》いた苔《こけ》や風雨に角を丸められた敷石の縁《へり》が、今の涼孤《ジャンゴ》には敵兵の足を滑らせることを企図して仕掛けられた罠《わな》のように思える。

「——なあ、妾《わらわ》は少し安心したぞ。お主にも怖いものがあるのだな」

ほとんど四つん這《ば》いになってようやく天辺《てっぺん》の回廊まで登りきると、楽しくて仕方がないといった月華《ベルカ》の笑顔と面が突き合った。

——なるほど、

冷や汗を拭《ぬぐ》いつつも涼孤は得心する。

見聞が狭いというのは、例えばこういうことか。

あの荒れ果てた石段を駆け上がったりするのはいくらなんでも無謀だとは思うが、それでも月華は背の高い建物にある程度慣れているのだろう。住んでいるお屋敷は二階建てや三階建てなのかもしれないし、この城壁よりも遥《はる》かに巨大な要塞《ようさい》や昔話に出てくるような高い塔を見たことがあるのかもしれないし、ひょっとしたら天朝様のいるお城にだって一度くらいは上ったことがあるのかもしれない。

それに引き換え、自分の知る世界の狭さときたら。

横幅は貧民街と右の袋の一部のみ、高さに至っては雨漏りの修繕と木登りが関の山。生まれてこの方、元都の外側の世界など一度も見たことはない。

「どうだ、すごいであろう。ここは妾だけの秘密の場所なのだ」

月華はその場でくるりと一回転して自慢げに鼻息を荒げる。

回廊の床は思いのほか波打っていた。南端には屋根の抜け落ちた監視塔、北端は崩落が進みすぎてあまり近づく気にはなれない。両脇《りようわき》には矢を射るためのへこみのついた壁が鳩尾《みぞおち》の高さにせり出しており、石の表面をびっしりと埋めている波形の模様はたぶん砂風の爪跡《つめあと》で、一方向から吹き寄せてくる砂粒が石材の軟らかい部分だけを削《そ》ぎ飛ばしていったのだと思う。高所から見渡す夕刻の赤は凄《すさ》まじいのひと言だった。巨大な夕日はまったく形を崩さぬままに彼方《かなた》の砂漠へと接しつつある。

気持ちはわからぬでもない。

ただし、ここが言うほど「秘密の場所」かどうかは疑わしいと涼孤《ジャンゴ》は思う。夜陰に紛れて石を抜く泥棒の噂《うわさ》は貧乏人の間でこそしばしば耳にする話題であるし、よくよく見れば方々にそう古くない焚《た》き火の跡もある。よもや鉢合わせもすまいが、ひと言くらいは忠告しておくべきだろうか。

「あのな、あのな、秘密を聞きたいか？」

「え？」

「理由はもう忘れた」

「は？」

月華《ベルカ》はさらに二回ほどくるくると回転して、彼方《かなた》の夕日が西日とともに送って寄越す風に目を細めた。

「——物を壊したか、畏《おそ》れ多い悪態をついたか、また何ぞ悪戯《いたずら》でもしでかしたのだったか。とにかく、その日はひどい叱《しか》られ方をして、庭の隅でべそかいておる様を憐《あわ》れと思ったのであろうな。群狗《グング》が妾《わらわ》を膝《ひざ》に乗せて、緑色の夕日の話をしてくれたことがあるのだ」

群狗、とはまた随分な名前もあったものだが、驚くべきはやはりそこではあるまい。

「——緑色？　夕日が？」

月華は真剣な表情で何度も頷《うなず》いて、

「本当だぞ。あの爺《じじい》は呆《ぼ》けの毒が回った嘘《うそ》つきなので妾は今でも口をきいてやらんのだが、群狗はその昔、遠い異国の地で緑色の夕日を見たのだ。それは間違いない」

なんだかよくわからない話である。稽古着《けいこぎ》の裾《すそ》がふわりと風を巻き込み、月華はひと抱えもある瓦礫《がれき》にぺたんと座って両足を投げ出した。

「妾は、その話が今でも忘れられん。屋敷を抜け出すことを憶《おぼ》えるのはそれから何年も後のことであったが、それとて元をただせば、緑色の夕日をこの目で見たいと思ったからなのだ」

には、と月華は笑い、

「初めのうちは、市場の辻《つじ》をひとつ横切るのも恐ろしゅうてならんでな。それでも、夕日と言うからには西であろうと思うて、その一念で歩いて歩いてとうとうこの城壁を見つけたのだ。故《ゆえ》に、ここは妾だけの秘密の場所で、こうして座っておればいつかきっと緑色の夕日が見られると妾は思うのだ。有難《ありがた》く思えよ、連れてきてやったのはお主が初めてなのだぞ。珠会《シュア》でさえここに来たことはないのだから」

珠会というのが誰なのかは知らない。

つまるところ、貴族には貴族の苦労がある、という話なのだろう。

迂闊《うかつ》な忠告などしなくてよかったと思う。どぶ川の焼き場が自分にとっての秘密の場所であるのと同じ意味合いにおいて、この城壁の天辺《てっぺん》は月華にとっての秘密の場所なのだろう。自分が焼き場で剣を振るのと同じように、辛《つら》いことや悲しいことがあると月華はこの城壁に登って夕日を眺めるのだろう。

いつの日か、月華《ベルカ》がここで緑色の夕日を見ることができればいいと思う。貧乏人には想像も及ばぬ日々の、せめてもの慰めになるように。

「——どうした？　何をしておるのだ？」

瓦礫《がれき》を押しているのだった。腰を下ろすには手ごろな大きさだが、月華のいる位置からは距離が若干遠すぎる。

「ああ、いいから、そのまま、座ってて」

さらに二歩分もの距離を動かして、涼孤《ジャンゴ》はようやく背筋を伸ばして息を吐いた。道具箱の肩《かた》紐《ひも》を外して瓦礫の頭に腰を下ろし、手早く仕事の準備を整える。

「——あんな豪勢な飯を食わせてもらったからね、ひと働きしなきゃ罰が当たるよ」

「わ、妾《わらわ》の絵を描くのか!?」

心底からの狼狽《ろうばい》に月華の声が裏返った。へえ、珍しい部類だなと涼孤は思う。こういう土壇《どたん》場《ば》で慌てるのは圧倒的に男の客なのだ。女の客は大抵がお義理で恥ずかしがってみせることはあってもその実は堂々としたものである。有無を言わせぬ事務的な口調を作って、

「動いちゃ駄目だよ、ほら、さっきみたいに西向きに座って」

月華は目を白黒させつつも、

「こ、こうか？」

涼孤は笑いを噛《か》み殺す――違うってば、それじゃまるで兵隊が命令を待ってるみたいだ。

とはいえ涼孤もこの道で食う専門家である。この種の状況を打破する手管のひとつも心得ていないようでは大道の似顔絵描きなど務まらない。

「――そうだね、黙って座ってるのもしんどいだろうから、『沙《ジャー》さん功《ゴー》さん』をしよう。顔をこっちに向けなければいくら喋《しゃべ》っても大丈夫だから」

知恵の足りない二人の酔っ払いが延々と堂々巡りの議論をする古い笑い話がある。涼孤の言う「沙さん功さん」とは、その二人の掛け合いを模した退屈しのぎの質問ごっこのことだ。

「はい、まずはそっちの番から」

えっ、と月華は振り返り、ふと涼孤の手元に目を止めて、

「――あれ？　お主、ぎっちょか？」

だから、こっちを向くなと言うのに。涼孤は左手に握った絵筆で西を指し示して、

「それが質問？」

月華は慌てて西の空へと向き直った。何やら文章でも読み上げているような口調で、

「沙さんが尋ねます、妾の利き腕は右なのだが、お主は違うのですか。――いや、やっぱりそんなはずないぞ、お主は茶館でも右手で箸《はし》を持っておったし、市場で木剣を返してくれたときにも右手で投げてきおったし、」

こいつよく憶《おぼ》えてるなあそんなこと――適当にごまかしてしまおうかとも思ったが、相手の

質問には正直に答えるというのがこの遊びの建前である。

「──功《ゴー》さんが答えます。ええと、ぼくは、絵を描くときは両方の手を使うんだ」

その昔、涼孤《ジャンゴ》の利き腕は確かに右だった。

それが曖昧《あいまい》になり始めたのは、剣を教えてくれたお婆《ばあ》が死んでしばらく経《た》った頃である。昔から右手で扱う習慣の物は今でも右手で扱うし、根幹の部分では自分はやはり右利きなのだろうと思う。しかし、焼き場でひとり双剣を振り続けているうちに、少なくとも意識できる範囲での右手と左手の区別は完全になくなってしまった。

「じゃあ、功さんが尋ねます。お気に入りの着物の柄は？」

筆先に気を取られていたので、月華《ベルカ》が怪訝《けげん》そうな顔で振り返ったことに気づかなかった。絵を描くことに集中していると、いつもの癖《くせ》でそのままお愛想《あいそ》に繋《つな》げられるような質問がどうしても出てくる。まずは服を褒めるのが涼孤の定石《じょうせき》で、たとえ相手がふた目と見られぬ醜女《ぶす》でもそれなら嫌味にならない。

「──強《し》いて言えば、まあ、この稽古着《けいこぎ》の刺繍《ししゅう》か。あ、つまり、それが沙《ジャー》さんの答えだ。では沙さんが尋ねます、妾《わらわ》は卯《ウー》暦一月の生まれだが、お主はいつだ？」

「──夏。功さんが尋ねます、好きな食べ物は？」

「うん、正月の屋台の饅頭《まんじゅう》だな。朝も早《はよ》うから厚着をして表に出て、指もほっぺたもびりびりするくらい寒い中で食うとあんなに旨《うま》いものはないぞ。お主は何が好きなのだ？」

本当なら質問返しはしてはいけない決まりだ。涼孤はちらりと視線を上げ、茶館で食わせてもらった料理、と答えるのも見え透いてる気がして、

「功さんが答えます。看板も何もないけど、萬那《バンナ》っていうおっさんがやってる店があって、裏口から行くと賄《まかな》い飯を食わせてくれるんだ。ねえ、功さんが尋ねるんだけど、さっきの食い逃げはやっぱりまずいよ。何ならぼくが――」

月華は笑って、

「案ずるでない。後で使いを出して、ちゃんと色もつけて払いをさせるよって。お主も気が小さいのう、と沙さんが申しておるぞ。では尋ねる、お主の好きな季節は？」

「春と秋。功さんが尋ねるよ、あの茶館で誰から逃げようとしてたの？」

不意に月華の背筋が硬くなった。夕日をじっと見つめたまま、

「――あれは、ただの行儀指南だ」

行儀指南。

かもしれない。しかしあの逃げ方は納得できない。緊張を解《ほぐ》すための「沙さん功さん」で相手を追い込むなど本末転倒も甚《はなは》だしいが、どうしても気になって仕方がなかった。

「もうよい、沙さんはその話はしとうない。そんなことよりも、沙さんはお主の好きな色が聞きたい」

「黒。お父さんは何の仕事をしてる人？」

月華《ベルカ》が沈黙した。

こちらを振り向きこそしなかったが、夕日を見つめることもやめてしまった。

やがて、

「――ま。饅頭《まんじゆう》の、商い」

そんなに饅頭が好きか。

そして、涼孤《ジャンゴ》はすぐに後悔した。つまらない意地を張ってしまったと思う。貴族には貴族の苦労があるのだと先ほど納得したばかりではなかったか。

「ああ、いいんだ別に。余計な詮索《せんさく》をするつもりじゃなかったんだけど。そうか、饅頭屋さんなのか」

無論、それとてもあり得ない話ではないと思う。言うに尽くせぬ事情はどこか別のところにあって、「饅頭屋」という説明それ自体は嘘《うそ》ではないのかもしれない。屋台ひとつの貧乏商いしか想像できないから奇妙に聞こえるが、考えてみれば製菓を振り出しに財を成した豪商など天下にはいくらもいることだろう。

そのとき、

「沙《ジャー》さんが尋ねます」

「あの、それじゃあさ、別の遊びをしようよ」

「ならば、これが最後の質問だ。沙さんが尋ねます」

言葉の強さに負けた。

ほとんど囁《ささや》き声に近い月華の言葉に、しかし、涼孤は沈黙せざるを得なかった。

「もしも、もしも妾《わらわ》が、お主に隠し事をしていたら、お主は何とする？」

別にどうもしない。隠し事のない奴などこの世にいるわけがない。

「もしも、妾が素性を謀《はか》っていたとしたら、お主は妾を嫌いになるか？　もしも、妾が導師に術をかけられた妖怪で、口には六本の牙《きば》があって、目は血を満たした皿のようで、尻尾《しっぽ》は大蛇と見紛《みまが》うばかりで、この城壁よりも巨軀《きょく》であったとしたら、妾の本当の姿はそれだとしたら、それでもお主は、これまでと同じようにつき合《お》うてくれるか？」

涼孤は、月華の横顔を穴が開くほど見つめた。

そして、とうとう堪《こら》えきれなくなった涼孤は大声で笑い出してしまった。こうなったらもう止まらない、笑い声は噛《か》み殺そうと思うたびに大きくなって、画板で顔を隠しながら背中を丸めているのが精一杯である。一方の月華も深く俯《うつむ》いて身を震わせてはいるのだが、これほどの夕暮れの下でも明らかなほどに顔を紅潮させ、両の手は膝《ひざ》に立てかけていた木剣の柄《つか》を握り潰《つぶ》さんばかりの勢いで、歯軋《はぎし》りの底から鬼の呟《つぶや》きが曰《いわ》く、

「……な、何がそんなにおかしい？」

お前こそ、
お前こそ富豪の娘だろうに。

あの芝居に例えるならば自分こそが六牙《ロンガ》だ。百人に尋ねたら百人が、千人に尋ねたら千人がその通りだと答えるだろう。

さすがの導師もきっと、この青い目には施す術がなかったのだろう。

「――いいよ」

涼孤《ジャンゴ》はようやく笑い止《や》み、大きく諦《あきら》めの息をついた。

「つき合うだけならいくらでもつき合うよ。そっちこそ途中で逃げ出すなよな」

あんな問いかけ方をされたら口先だけでもうんと言う他はないのだ。意味のある答えを返したつもりなど少しもなかったのに、月華《ベルカ》は弾かれたように立ち上がった。

「――ば、馬鹿を申すな！　妾《わらわ》が逃げ出したりするものか！」

木剣を逆手に握り締めたままぐるんぐるんと回転し、

「本当だな⁉　確かに聞いたぞ⁉　よもや二言はあるまいな⁉」

「質問はさっきので最後だろ？　ほらほら、西を向いて座って夕日を見つめる」

月華はその言葉にはおとなしく従ったが、涼孤が千紙に留《とど》めたいと思った横顔はもうどこかへいってしまっていた。もぞもぞと落ち着きがなく、口元はにたにたと緩みっぱなしで、時おり小さく背中を丸めて忍び笑いを漏らす。仕方がない、記憶を頼りに完成させるしかない。嘘《うそ》八百の美人画なら目隠しをしてでも描いてみせるが、さて、あの横顔を描き切ることが果たしてできるだろうか。

筆を走らせながら、ふと、涼孤は六牙と娘の行く末に思いを馳《は》せる。

あの芝居を最後まで見ることができなかったのは返す返すも心残りである。一座の本書きは途中で話の筋を大きく書き変えていたから、あのくだりから先がどのように転がるのかは想像するより他はない。

ただ、ひとつだけ確かなことがある。

どれほど奇を衒《てら》った筋書きでも、このことだけは動かない。

六牙が正体を現すときが、娘との別れのときだ。

あとがき

それにしても、「凹凸《おうとつ》」という文字はもはや国辱モノだと思うのです。なんですかこの趣《おもむき》のない字面《じづら》は。ネアンデルタール人か。なんかもー言語以前の時代の原始文字が未《いま》だに残ってるみたいな感じがしませんか。全然かっこよくない。センスとか知性とかいったものがまったく感じられない。やたら複雑で抽象的にすりゃあいいってものでもないけれど、それにしてもこれはあんまりにもひどくはないか。どうして会議の席で誰も突っ込まなかったのか。「これは出せないよ、湯浅《ゆあさ》くん」「そうですね、課長」——そういうやり取りがなぜ行われなかったのか。

そんなこと言ったら「一」とか「二」とかもダメじゃんよ、という声もありましょうが、数字は文字としてのカテゴリーがまたちょっと違うと思うのですよ。純粋に「道具」的な機能性が要求される分野に由来するモノ——というか。むしろ演算子の仲間みたいな。

聞くところによると、今でこそ「看」という字は「看護」「看病」など、病気や怪我《けが》などの世話をする、面倒を「看《み》る」というイメージですが、かつてはまさにその字面の如《ごと》く、「目」の上に「手」をかざして遠くを「看る」、という意味の文字だったそうです。

で、こういう話でさえ、いざ聞いてみると「へー、なるほど」と感心する反面、そのあまりのわかりやすさ、悪く言えば身も蓋《ふた》もなさにちょっとがっかりすることがあるのです。発想の単純さが何だか「アホっぽい」とか「子供っぽい」とか思えてしまう瞬間がある。

で、「凹凸」に至ってはそのへん丸出しというか直結というか何も考えていないというか。他の漢字と比べても異端ですよね。ていうか「凹凸」って本当に漢字なのかしらん。ルール無用の美意識ゼロ、「お習字で練習されることのない文字」ランキングなんてものがあったら絶対ダントツの第一位、宇宙人に見せたって意味が通じそうなあたりは単純に表意「道具」として優れているとも言えますが、そのくせ書き順なんかは決まってたりするあたりが実に馬鹿馬鹿しい。でこぼこしている有様を日本語では「凹凸」って書くんだぜ——と世界中に喧伝《けんでん》されたら、それだけで「日本人ってちょっと馬鹿なんじゃないか」と思われはすまいか。

オチは特にありません。

初挑戦の中華風ファンタジーの著者校正をしながら、ふとそんなことを考えましたよ——というお話。

本書は古橋秀之《ふるはしひでゆき》氏との共同企画「龍盤七朝」シリーズの一発目、『DRAGONBUSTER 01』です。

共同の設定を作ってシリーズ物をやりたいよね——という話は何年も前からありまして、それがなぜ中華風ファンタジーになったのかは正直はっきりと記憶していないのですが、私も古橋氏もそのときたまたま中華風のネタがあって、「じゃあこれを同じ世界ってことにして共同企画を立ち上げればいいじゃん」とか、確かそんな経緯だった気が。きっちりした作品世界を事前に作ってそれがのちのち窮屈なルールブックみたいになっちゃうよりも、お互い好きに大暴れしてひとまず設定を増殖させていこう、その結果矛盾が発生しても、それが龍盤世界に対する「秋山史観《あきやま》」「古橋史観《ふるはし》」みたいな違いになっていくとおもしろいよね——というゆるーいコンセプトであります。

今後書いていく予定の弾はすでにいくつかあって、長編では超残虐科挙地獄＋謀略サスペンス『NOLIFEKING』（仮）、超古代エロエロ呪術戦記『毒娘《どうーにゃん》』、短編中編では八門関事件の前日譚《たん》『DRAGONFLY』、従軍占術師の師弟が活躍する『タイトル未定』などなど。いやー、こうして並べるだけなら楽でいいなあ。なんかもう書き終わったような気分になるなあ。

以上が、「電撃ｈｐ」誌上でも何度か書いた企画意図＆今後の予定についてのお話。

この話もどっかでしたっけか。実はワタクシ、パソコンで原稿を書くにあたって、キャラの名前とかよく使うフレーズとかを辞書登録したことがこれまで一度もありませんでした。

皆さん普通はやるらしいですな。でも私の場合、パソコンを使い始めてまだ間もない頃の日本語変換のあまりのアホさ加減に何もかもいやになって、「この種のフロントエンドには金輪際なにも期待しない」という基本方針を定めてしまったのです。辞書の編集など眼中になく、一発で変換できないキャラの名前なんかは一文字ずつ範囲指定してひたすらスペースキーを連打、という体育会系入力方式を採用しておりました。

さあ、そこで中華ファンタジーです。

一発変換どころか、そもそも変換候補に上ってこないような文字もばんばん出てきます。

もうね、あまりにもしんどくて、ついに方針変更を余儀なくされました。なにしろ多分に意固地なところのある私、長いこと続けてきたやり方を変えるのには抵抗感もあったんですが、いざやってみると便利なもんですなあ。「月華」を「つきはな」ではなく「べるか」で変換できちゃうなんて素晴らしいです。辞書登録が当たり前の人からすれば「アホかこいつ」という話かもしれませんが、第二章くらいまでは「つきはな」「むれいぬ」「すずしいこどく」で頑張ってたんですよマジで。

というわけで、『DRAGONBUSTER 01』なのでした。

次はいよいよバトルです。デストロイです。初めての勝利と初めての敗北、そろそろ本物の血が流れ始めます。一応、次の巻でラストまで行くつもり。

◉秋山瑞人著作リスト

「E．G．コンバット」（電撃文庫）
「E．G．コンバット2nd」（同）
「E．G．コンバット3rd」（同）
「鉄（くろがね）コミュニケイション① ハルカとイーヴァ」（同）
「鉄（くろがね）コミュニケイション② チェスゲーム」（同）
「猫の地球儀 焔の章」（同）
「猫の地球儀その2 幽の章」（同）
「イリヤの空、UFOの夏 その1」（同）
「イリヤの空、UFOの夏 その2」（同）
「イリヤの空、UFOの夏 その3」（同）
「イリヤの空、UFOの夏 その4」（同）
「ミナミノミナミノ」（同）

本書に対するご意見、ご感想をお寄せください。

■

あて先

〒101-8305 東京都千代田区神田駿河台1-8 東京YWCA会館
アスキー・メディアワークス電撃文庫編集部
「秋山瑞人先生」係
「藤城 陽先生」係

■

電撃文庫

龍盤七朝《りゅうばんななちょう》

DRAGONBUSTER 01

秋山瑞人《あきやまみずひと》

発行 二〇〇八年五月十日 初版発行

発行者 髙野 潔

発行所 株式会社アスキー・メディアワークス
〒一〇一-八三〇五 東京都千代田区神田駿河台一-八
東京YWCA会館
電話〇三-五二八一-五二〇七(編集)

発売元 株式会社角川グループパブリッシング
〒一〇二-八一七七 東京都千代田区富士見二-十三-三
電話〇三-三二三八-八六〇五(営業)

装丁者 荻窪裕司(META+MANIERA)

印刷・製本 加藤製版印刷株式会社

ISBN978-4-04-867027-2 C0193

電撃文庫創刊に際して

文庫は、我が国にとどまらず、世界の書籍の流れのなかで〝小さな巨人〟としての地位を築いてきた。古今東西の名著を、廉価で手に入りやすい形で提供してきたからこそ、人は文庫を自分の師として、また青春の想い出として、語りついできたのである。

その源を、文化的にはドイツのレクラム文庫に求めるにせよ、規模の上でイギリスのペンギンブックスに求めるにせよ、いま文庫は知識人の層の多様化に従って、ますますその意義を大きくしていると言ってよい。

文庫出版の意味するものは、激動の現代のみならず将来にわたって、大きくなることはあっても、小さくなることはないだろう。

「電撃文庫」は、そのように多様化した対象に応え、歴史に耐えうる作品を収録するのはもちろん、新しい世紀を迎えるにあたって、既成の枠をこえる新鮮で強烈なアイ・オープナーたりたい。

その特異さ故に、この存在は、かつて文庫がはじめて出版世界に登場したときと、同じ戸惑いを読書人に与えるかもしれない。

しかし、〈Changing Time, Changing Publishing〉時代は変わって、出版も変わる。時を重ねるなかで、精神の糧として、心の一隅を占めるものとして、次なる文化の担い手の若者たちに確かな評価を得られると信じて、ここに「電撃文庫」を出版する。

1993年6月10日
角川歴彦

電撃文庫

龍盤七朝 DRAGONBUSTER 01

秋山瑞人
イラスト／藤城 陽

ISBN978－4－04－867027－2

青い目を持つ〝言愚《ゴング》〟の涼孤《ジャンゴ》と第十八皇女の月華《ベルカ》。二人は出会い、龍と剣をめぐる物語が幕を開ける。秋山&古橋コンビの共同企画〝龍盤七朝〟第一弾！

あ-8-13　1591

イリヤの空、UFOの夏 その1

秋山瑞人
イラスト／駒都えーじ

ISBN4－8402－1944－3

不毛な夏休みの最後の日。せめてもと学校のプールに忍び込んだ浅羽がであったのは……!? 秋山瑞人が贈る新感覚ボーイ・ミーツ・ガール、登場！

あ-8-6　0593

イリヤの空、UFOの夏 その2

秋山瑞人
イラスト／駒都えーじ

ISBN4－8402－1973－7

中学校といえば文化祭。だがしかし浅羽直之が通う園原中学の旭日祭は一味違う。その中身ときたら……！ 秋山瑞人が贈るボーイ・ミーツ・ガール第2弾！

あ-8-7　0604

イリヤの空、UFOの夏 その3

秋山瑞人
イラスト／駒都えーじ

ISBN4－8402－2173－1

園原基地内で起こった突然の大爆発。無数の憶測が飛び交う中、軍の緊張は高まり、世間は戦時へと変貌していく。その変化は伊里野の身にも及び、そして……！

あ-8-8　0704

イリヤの空、UFOの夏 その4

秋山瑞人
イラスト／駒都えーじ

ISBN4－8402－2431－5

伊里野と浅羽の逃避行を描いた『夏休みふたたび前・後編』と『最後の道』、そして感動の最終話『南の島』に、描き下ろしのエピローグがついて……ついに完結。

あ-8-9　0823

電撃文庫

猫の地球儀 焔の章

秋山瑞人
イラスト／椎名 優

ISBN4－8402－1388－7

この物語はトルクと呼ばれるコロニーに棲む数千匹の猫たちの、哀しくて暖かいそんな物語です――『E.G.コンバット』の秋山瑞人、オリジナル初登場！

あ-8-4 0413

猫の地球儀 その2 幽の章

秋山瑞人
イラスト／椎名 優

ISBN4－8402－1487－5

禁断の地――地球を目指す一匹の猫、幽《かすか》。果たして彼は地球にたどり着くことが出来るのか？ 暖かくておかしくて涙がとまらないSFファンタジー、完結！

あ-8-5 0442

ラッキーチャンス！

有沢まみず
イラスト／QP:flapper

ISBN978－4－8402－4123－6

疫病神から転職したばっかりのかわいい福の神・キチと、日本一不運な〝ごえん〟使いの高校生・外神雅人が贈る、問題いっぱいの学園ハッピーラブコメディ！

あ-13-20 1528

ラッキーチャンス！2

有沢まみず
イラスト／QP:flapper

ISBN978－4－8402－4170－0

雅人の想いをかなえるために、福の神キチはかわいい二之宮さんとの仲を取り持とうと一生懸命がんばるが……。でもね、キチ？ それでいいの？

あ-13-21 1550

ラッキーチャンス！3

有沢まみず
イラスト／QP:flapper

ISBN978－4－04－867057－9

雅人と一緒にいるだけで幸せ♥ でもキチには、どうしても叶えてみたい望みが一つあって……。福の神キチとごえん使い雅人のハッピー学園ラブコメ、第3弾！

あ-13-22 1596

電撃文庫

ダブルブリッド

中村恵里加
イラスト／藤倉和音

ISBN4－8402－1417－4

特定遺伝子保持生物―通称〝怪《アヤカシ》〟。その宿命を背負う少女、片倉優樹が青年・山崎太一朗と出会ったとき―。第6回電撃ゲーム小説大賞〈金賞〉受賞作！

な-7-1 0423

ダブルブリッドⅡ

中村恵里加
イラスト／藤倉和音

ISBN4－8402－1490－5

人の血を糧とするアヤカシ――吸血鬼と対峙した優樹の胸に芽生えたものは!? 第6回電撃ゲーム小説大賞〈金賞〉受賞作の続編!!

な-7-2 0436

ダブルブリッドⅢ

中村恵里加
イラスト／たけひと

ISBN4－8402－1586－3

大陸からやってきた大戦期の人型兵器、哪吒《なた》。その哪吒と、片倉優樹の運命が交錯したとき、その悲劇は起こった――。人気沸騰のシリーズ第3弾！

な-7-3 0462

ダブルブリッドⅣ

中村恵里加
イラスト／たけひと

ISBN4－8402－1683－5

高橋幸児の死体を運んでいた輸送車が炎上、死体はその場から消え去った。一方、出向期間終了を間近に控えた太一朗はある決意で優樹のもとに向かうのだが……。

な-7-4 0498

ダブルブリッドⅤ

中村恵里加
イラスト／たけひと

ISBN4－8402－1738－6

京都でひとりのアヤカシが殺害された。調査のため京都に向かった片倉優樹が見たものは……？ 一方、休暇を利用して実家に帰った山崎太一朗は――。

な-7-5 0522

電撃文庫

ダブルブリッドⅥ

中村恵里加
イラスト／たけひと

ISBN4－8402－1869－2

EATと米軍の共同演習に六課に在籍していた面々がアヤカシ役として協力することになった。だが、その演習の背後には……！　緊迫のシリーズ第6弾!!

な-7-6　0566

ダブルブリッドⅦ

中村恵里加
イラスト／たけひと

ISBN4－8402－1995－8

鬼切りに寄生され自らを失いつつある山崎太一朗。再生能力が衰えつつある片倉優樹。仲間を守るため、決断を下した八牧。すべては破滅へ突き進む……！

な-7-7　0616

ダブルブリッドⅧ

中村恵里加
イラスト／たけひと

ISBN4－8402－2274－6

暴走を続ける山崎太一朗によって、大切な友人を失った片倉優樹。その喪失は捜査六課の面々を、様々な方向に駆り立てる。そしてその先には……！

な-7-8　0757

ダブルブリッドⅨ

中村恵里加
イラスト／たけひと

ISBN4－8402－2543－5

相川虎司と対峙する兇人・山崎太一朗。その闘いの果てにあるものは……？　一方、その闘いを見守る安藤希の心中は？　超人気シリーズ、クライマックス直前!!

な-7-9　0871

ダブルブリッドⅩ

中村恵里加
イラスト／たけひと

ISBN978－4－04－867065－4

ついに対峙した片倉優樹と山崎太一朗。戦い、互いに傷つけあっていく二人に救いの道はもう残されていないのか……。「ちとにくとほね」の物語――終幕。

な-7-11　1588

電撃文庫

狼と香辛料

支倉凍砂

イラスト／文倉 十

ISBN4－8402－3302－0

行商人ロレンスが馬車の荷台で見つけたのは、自らを豊穣の神ホロと名乗る、狼の耳と尻尾を有した美しい少女だった。剣も魔法もない、新感覚ファンタジー登場！

は-8-1　1215

狼と香辛料Ⅱ

支倉凍砂

イラスト／文倉 十

ISBN4－8402－3451－5

異教徒の地への玄関口、北の教会都市で大商いを仕掛けたロレンスだったが、思いもかけぬ謀略に嵌ってしまう。賢狼ホロでも解決策は見つからず絶体絶命に⁉

は-8-2　1278

狼と香辛料Ⅲ

支倉凍砂

イラスト／文倉 十

ISBN4－8402－3588－0

異教の祭りで賑わう町クメルスンを訪れたロレンスとホロ。そこで一人の若い商人アマーティと出会う。彼はホロに一目惚れし、それが大騒動の発端となった。

は-8-3　1334

狼と香辛料Ⅳ

支倉凍砂

イラスト／文倉 十

ISBN978－4－8402－3723－9

ホロの故郷ヨイツの情報を集めるため、田舎町テレオを訪れたロレンスとホロ。情報を知る司祭がいるはずの教会で二人が出会ったのは無愛想な少女で……⁉

は-8-4　1390

狼と香辛料Ⅴ

支倉凍砂

イラスト／文倉 十

ISBN978－4－8402－3933－2

ホロの伝承が残る町レノス。ホロはのんびりヨイツの情報を探したがるが、ロレンスは商売への好奇心を拭えないでいた。そんな時、ロレンスに大きな儲け話が舞い込む。

は-8-5　1468

電撃文庫

狼と香辛料Ⅵ

支倉凍砂
イラスト／文倉 十

ISBN978－4－8402－4114－4

ヨイツまで共に旅を続けることを決めたホロとロレンス。二人はエーブを追って船で川を下る。途中、ロレンスは厄介ごとに巻き込まれた少年を助けることになるのだが……？

は-8-6　1519

狼と香辛料Ⅶ Side Colors

支倉凍砂
イラスト／文倉 十

ISBN978－4－8402－4169－4

ロレンスと出会う前のホロの旅や、パッツィオでの二人の買い物風景、そしてホロを看病するロレンスなど、〝色〟をキーワードに綴られる、珠玉の短編集。

は-8-7　1553

狼と香辛料Ⅷ 対立の町〈上〉

支倉凍砂
イラスト／文倉 十

ISBN978－4－04－867068－5

「狼の骨」の情報を得るため、ロレンスたちは港町ケルーベでエーブを待ち伏せる。だがそこは、貿易の中心である三角洲を挟んで、北と南が対立している町だった！

は-8-8　1587

藤堂家はカミガカリ

高遠豹介
イラスト／油谷秀和

ISBN978－4－8402－4164－9

「ハテシナ」という世界から来た神一郎と美琴。彼らはある目的のため周慈と春菜という双子の姉弟が住む家に押しかける。第14回電撃小説大賞〈銀賞〉受賞作。

た-21-1　1549

藤堂家はカミガカリ2

高遠豹介
イラスト／油谷秀和

ISBN978－4－04－867064－7

藤堂家で平穏に暮らす神一郎と美琴の前に、アフロ頭にサングラスという怪しい男が現れる。しかも、この男が持つ〝ある物〟により春菜がとんでもない事に！

た-21-2　1593